CHINUA ACHEBE

AFEROJ DISFALAS

CHINUA ACHEBE

AFEROJ DISFALAS

Esperantigis
Anna Löwenstein

ESPERANTO-ASOCIO DE BRITIO

2025

Chinua Achebe
Aferoj disfalas

Esperanto-Asocio de Britio
Londono, 2025
esperanto.org.uk

ISBN: 978-0-902756-85-4

Originala titolo: Things Fall Apart

Tradukis Anna Löwenstein. Provlegis kaj lingve kontrolis Hirotaka Masaaki (Vastalto), Renato Corsetti kaj Edmund Grimley Evans.

Enhavo

Enkonduko

Same kiel la verkisto Chinua Achebe, *Aferoj disfalas* transiris la landlimojn de Niĝerio, kaj ankaŭ tiujn de la kontinento, por fariĝi vera trezoro de la literaturo el Afriko. En multaj landoj, ekzemple en Sud-Afriko, sed ne nur tie, lernejanoj legas tiun romanon kiel unu el siaj studtaskoj. La romano estas ŝatata ne nur de infanoj kaj junuloj sed ankaŭ de plenaĝuloj.

Sed unue, kiu estas Chinua Achebe, la verkisto?

La verkisto Chinua Achebe estis 28-jaraĝa, kiam en 1958 lia libro *Aferoj disfalas* aperis la unuan fojon. Tio okazis en periodo tuj antaŭ la sendependiĝo de multaj afrikaj landoj; sendependiĝa kurento trafluis Afrikon en la 1960aj jaroj. Tiam la gvidantoj de la popolo instruis, ke la historio kaj la aferoj de Afriko estu verkitaj de afrikanoj mem por korekti la misinformon de la pasinteco. Unu tia politika gvidanto estis Patrice Émery Lumumba, kiu fariĝis ekde 1960 la heroo de la sendependiĝo de Kongo-Kinŝaso. En Niĝerio, tamen, la ĉefa rolanto estis Anthony Enahoro, kiun multaj konsideras la patro de la sendependiĝo de Niĝerio en 1960. Tiun sendependiĝon li ekproponis en 1953. Enahoro, kiu same kiel Chinua Achebe interesiĝis pri amaskomunikiloj kaj politiko, kaj laboris en Ibadan kiel ĵurnalisto, partoprenis en tiu lukto kun aliaj politikistoj kiel Obafemi Jeremiah O. Awolowo, Ladoke Akintola kaj Remi Fani-Kayode.

Tiu verko do estas perfekta ekzemplo de libro de intelektulo, Chinua Achebe, kiu uzis sian plumon por kontribui al la malkoloniigo de Afriko je literatura flanko.

Chinua Achebe naskiĝis la 16an de novembro 1930 en Nnobi, en orienta Niĝerio. Li studis medicinon kaj literaturon en la Universitato de Ibadan en Niĝerio, kaj poste eklaboris por la Niĝeria Dissenda Servo en Lagoso en 1954. En 1958 aperis lia unua romano *Afero disfalas* ĉe brita eldonejo. Ĝi ĝuis tujan sukceson.

Li ricevis honorajn titolojn de pli ol 30 universitatoj en Niĝerio, Kanado, Sud-Afriko, Britujo kaj Usono. Li ankaŭ ricevis plurajn premiojn kaj honorojn, inkluzive de la unua *Commonwealth Poetry Prize* (1972), la Niĝeria Nacia Ordeno de Merito, honora membreco en *American Academy of Arts and Letters* (1982), krom multaj aliaj.

Por reiri al la verko...

Tiu ĉi versio de la romano tradukita en Esperanton estas aparte gravega, ĉar la Internacia Lingvo rajtas ekhavi tiun juvelon. Miloj da verkoj originale verkitaj kaj tradukitaj jam ekzistas en Esperanto, kaj *Aferoj disfalas* ne devus malesti. En Esperantujo, nia kulturo estas ja tiu de la tuta mondo – do inkluzive de tiu de Niĝerio.

Tiu fikcia romano montras elementojn de la afrika kulturo kaj realeco de la vivo en la periodo tuj antaŭ la koloniigo. La leganto malkovras, kiel koloniistoj venis en tiun parton de Afriko kaj kiel tiu stranga sistemo, koloniismo, estis sukcese establita tie.

Legante tiun romanon vi lernos:

- kiel religia superstiĉo influis la vivon en la komunumo de Chinua Achebe;
- pri la igbaj kulturo, tradicio kaj vivmaniero;
- espereble eviti stereotipojn kontraŭ afrikaj kulturoj;
- respekti la tradiciojn de aliaj, ĉefe kiam ili ne estas krimaj;
- kiel kaj kial gravas progresigi harmonion inter la popoloj;
- ke afrikanoj konis Dion kaj havis religion eĉ antaŭ la alveno de la koloniistoj.

Sed legante tiun «juvelon», mi esperas, ke vi ankaŭ lernos:

- forigi seksan malegalecon;
- malakcepti la diskriminacion kontraŭ alilandanoj;
- forlasi tradiciojn, kiuj estas krimaj, kaj ne plu subteni ilin.

Kaj eble la plej grava afero lernota de vi estas, ke ŝanĝado nepre okazas. Tial ni devas esti malfermitaj al aliaj ideoj kaj – kial ne? – al aliaj vivmanieroj.

Kvankam la libro ne estas esence feminisma, vi legos kiel malegaleco influis negative virinojn. La aŭtoro priskribas precize kaj koncize tion, kio okazis, kvazaŭ li celas montri sian malaprobon de la situacio.

La libro estas bonega ekzemplo pri la riĉeco de la igba afrika kulturo, kun nuancoj, proverboj kaj varieco. Krome, la libro estis koncize verkita de Chinua Achebe, kiu pruvas sin kapabla rakonti pri la aferoj de Afriko. Verkita en relative simpla lingvo, tiu romano estas alirebla por ĉiuj kaj estas por ĉiuj, ne nur por intelektuloj.

Kiel efike legi tiun libron?

Dum vi legos tiun libron, vi rimarkos vortojn en la igba lingvo kaj ankaŭ Esperantajn vortojn, kiujn vi eble ne jam renkontis. Klarigojn pri tiuj vortoj vi trovos en la glosaro ĉe la fino de la libro. Sed ne tro zorgu pri vortoj, kiujn vi ne konas. Kiam oni komprenas la kuntekston de la rakonto, estas pli facile kompreni la tuton.

En la angla originalo Achebe uzis igbajn vortojn kaj esprimojn, sed li ne aldonis piednotojn. Kelkfoje li klarigis la signifon de igbaj vortoj en la teksto mem, en aliaj okazoj li tute ne klarigis ilin, sed lasis la leganton iom post iom ekkompreni ilian signifon. Esperantistoj tamen interesiĝas pri lingvoj kaj certe volos lerni la signifon de nekomprenata nova vorto. Tial estas aldonita glosaro por tiuj, kiuj deziras ĝin. Sed eĉ se vi ne komprenas ĉiun vorton, certe eblas ĝui la legadon de tiu vereca kaj homama verko.

Mi deziras al vi bonan legadon kaj esperas, ke vi trovos la romanon enhavoriĉa, prirakontinda kaj diskutinda. Ĝuu ĝin!

D-ro Elisée BYELONGO ISHELOKE

Rektoro kaj profesoro de la Universitato Espoir du Congo (UEC)

Retadreso: ebyelongo@gmail.com

Kab-urbo, en majo 2024

Rondfluge, rondfluge, en kirlo mondvasta
La falko ne aŭdas, ignoras falkiston;
Aferoj disfalas; la centro ne regas;
Ĥaoso nun ŝvebas tra tuta la mondo.

W. B. Yeats: *La dua veno*

Parto unua

Ĉapitro 1

Okonkŭo estis konata tra la naŭ vilaĝoj kaj eĉ pli malproksime. Lia famo baziĝis sur solidaj personaj atingoj. Kiel junulo dekokjara li alportis honoron al sia vilaĝo, kiam li faligis Amalinze la Katon. Amalinze estis granda luktisto, kiu de sep jaroj estis nevenkita, de Umuofia ĝis Mbaino. Oni nomis lin la Kato, ĉar lia dorso neniam tuŝis la teron. Tiu estis la homo, kiun Okonkŭo venkis dum konkurso, kiu laŭ ĉiuj maljunuloj estis unu el la plej furiozaj de kiam la fondinto de ilia urbo luktis kontraŭ spirito de la arbaro dum sep tagoj kaj sep noktoj.

La tamburoj batis kaj la flutoj kantis kaj la spektantoj retenis sian spiron. Amalinze estis ruza fakulo, sed Okonkŭo estis glita kiel fiŝo en akvo. Ĉiu nervo kaj ĉiu muskolo elstaris sur iliaj brakoj, sur iliaj dorsoj kaj iliaj femuroj, kaj streĉiĝis preskaŭ ĝis rompiĝo. Finfine Okonkŭo ĵetis la Katon.

Tio okazis antaŭ multaj jaroj, dudek jaroj aŭ pli, kaj dum tiu tempo la famo de Okonkŭo kreskis kiel fajro en la veprejo dum la harmatano. Li estis alta kaj impona, kaj liaj tufaj brovoj kaj larĝa nazo donis al li tre severan aspekton. Lia spirado estis peza, kaj oni diris, ke kiam li dormis, liaj edzinoj kaj infanoj ekstere en siaj kabanoj povis aŭdi lin spiri. Kiam li marŝis, liaj kalkanoj apenaŭ tuŝis la grundon, kaj li ŝajnis paŝi sur risortoj, kvazaŭ li subite eksaltos por kapti iun. Kaj efektive li eksaltis sur la homojn sufiĉe ofte. Li iomete balbutis, kaj kiam ajn li koleriĝis kaj ne povis sufiĉe rapide eligi siajn vortojn, li uzis siajn pugnojn. Li tute ne havis paciencon por malsukcesaj homoj. Li tute ne havis paciencon por sia patro.

Unoka, ĉar tiel nomiĝis lia patro, jam mortis antaŭ dek jaroj. Siatempe li estis mallaborema kaj malŝparema kaj tute ne kapablis pensi pri la morgaŭo. En la maloftaj okazoj, kiam trafis lian manon iom da mono, li tuj aĉetis kelkajn kukurbobotelojn da palmovino, invitis siajn najbarojn, kaj festis. Li ĉiam diris, ke kiam ajn li vidas la buŝon de mortinto, li vidas, kiel estas malsaĝe ne manĝi tion, kion oni havas, dum oni vivas. Unoka, kompreneble, havis ŝuldojn, kaj li ŝuldis al ĉiu najbaro iom da mono, de kelkaj monkonkoj ĝis konsiderindaj sumoj.

Li estis alta sed tre maldika, kun iom kurba dorso. Lia vizaĝ-esprimo estis malsaneta kaj funebra, krom kiam li drinkis aŭ ludis sian fluton. Li tre bone ludis la fluton, kaj liaj plej feliĉaj momentoj estis la du aŭ tri lunoj post la rikolto, kiam la vilaĝaj muzikistoj deprenis siajn instrumentojn pendantajn super la kameno. Unoka kutimis ludi kun ili kun vizaĝo elradianta beatecon kaj pacon. Foje la anoj de alia vilaĝo petis, ke la bando de Unoka kaj ĝia dancanta *egwugwu* venu gasti ĉe ili por instrui al ili siajn melodiojn. Ili kutimis resti ĉe tiaj gastigantoj eĉ dum la daŭro de tri aŭ kvar bazaroj[1], muzikante kaj festenante.

Unoka ŝategis la bonajn manĝojn kaj la bonan kunestadon, kaj li ŝategis tiun sezonon de la jaro, kiam la pluvoj finiĝis kaj la suno

---

1 **Bazaro.** Bazaro okazas en ĉiu kvara tago, do la daŭro de kvar bazaroj estas periodo longa 12 ĝis 16 tagojn.

leviĝis ĉiumatene kun blindiga beleco. Kaj samtempe estis ne tro varmege, ĉar la malvarma kaj seka harmatana vento alblovis el la nordo. En iuj jaroj la harmatano estis tre severa, kaj densa nebuleto pendis en la atmosfero. Tiam maljunuloj kaj infanoj sidadis ĉirkaŭ fajroj el lignoŝtipoj por varmigi sin. Unoka ŝategis ĉion ĉi, kaj li ŝategis la unuajn milvojn, kiuj revenis komence de la seksezono, kaj la infanojn, kiuj kantadis al ili bonvenigajn kantojn. Li memoris siajn proprajn infanajn jarojn, kiam li ofte vagadis serĉante milvon, kiu ŝvebis senurĝe sub la blua ĉielo. Tuj kiam li trovis milvon, li kantis per sia tuta animo por bonvenigi ĝin hejmen post ĝia longega vojaĝo kaj por demandi, ĉu ĝi kunportis iom da ŝtofo.

Tio okazis jarojn pli frue, kiam li estis juna. Plenkreskinte, Unoka estis malsukcesulo. Li estis malriĉa, kaj liaj edzino kaj infanoj havis apenaŭ sufiĉe por manĝi. La homoj mokis lin, ĉar li estis nenifaranto, kaj ili ĵuris neniam plu prunti al li monon, ĉar li neniam repagis. Sed Unoka estis tia homo, ke li ĉiam sukcesis prunti pli kaj kreskigi sian monton da ŝuldoj.

Iun tagon li ricevis viziton de najbaro kun la nomo Okoje. Li kliniĝis sur kotlito en sia kabano ludante fluton. Li tuj leviĝis kaj manpremis kun Okoje, kiu tiam malvolvis kaprofelon, kiun li portis subbrake, kaj sidiĝis. Unoka iris en internan ĉambron kaj baldaŭ revenis kun ligna disketo enhavanta kolanukson, iom da aframoma guŝo, kaj pecon da blanka kreto[2].

«Mi havas kolaon», li anoncis, kiam li sidiĝis, kaj proponis la diskon al sia gasto.

«Dankon. Kiu alportas kolaon, alportas vivon. Sed laŭ mi vi mem devas rompi ĝin», respondis Okoje, redonante la diskon.

---

2 **Kreto.** Kreto reprezentas pacon. Per kreto oni farbas la plankon kaj la piedfingron aŭ vizaĝon por montri la nivelon de la titolo, kiun oni alprenis. Okoje farbas sian piedfingron por indiki sian unuan titolon.

«Ne, ĝi estas por vi, laŭ mi», kaj ili disputetis tiel dum kelkaj momentoj, ĝis Unoka akceptis la honoron rompi la kolaon. Okoje, intertempe, prenis la kretopecon, desegnis kelkajn liniojn sur la plankon, kaj poste farbis la dikfingron de sia piedo. Dum li rompis la kolaon, Unoka preĝis al iliaj praavoj por vivo kaj sano, kaj por protektado kontraŭ iliaj malamikoj. Manĝinte, ili parolis pri multaj aferoj: pri la pezaj pluvoj, kiuj dronigas la ignamojn, pri la venonta festo por la antaŭuloj, kaj pri la baldaŭa milito kontraŭ la vilaĝo Mbaino. Unoka neniam estis feliĉa, kiam temis pri militoj. Fakte li estis malkuraĝulo, kiu ne eltenis vidi sangon. Tial li ŝanĝis la temon kaj parolis pri muziko, kaj lia vizaĝo radiis. Li povis aŭdi en sia mensa orelo la sangovigligajn kaj ellaboritajn ritmojn de la *ekwe* kaj la *udu* kaj la *ogene*, kaj li povis aŭdi sian propran fluton, kiu enkaj el-glitas inter ili, ornamante ilin per kolorplena kaj lamenta melodio. La tuta efekto estus gaja kaj vigla, sed se oni aparte sekvus la fluton, kies voĉo grimpas kaj falas kaj poste disrompiĝas en mallongajn fragmentojn, oni aŭdus, ke estas tie ankaŭ malĝojo kaj doloro.

Ankaŭ Okoje estis muzikisto. Li ludis la *ogene*. Sed li ne estis malsukcesinto kiel Unoka. Li havis grandan plenegan ignamejon kaj li havis tri edzinojn. Kaj nun li intencis preni la titolon Idemili, la trian plej altan en la lando[3]. Tio estis tre multekosta ceremonio, kaj li kolektis ĉiujn siajn rimedojn. Tio estis fakte la klarigo de lia vizito al Unoka. Li tusetis en sia gorĝo kaj ekparolis:

«Dankon pro la kolao. Vi eble jam aŭdis pri la titolo, kiun mi intencas baldaŭ alpreni.»

---

3 **Titoloj.** En la igba socio, individuoj ne ricevas titolon sed mem aĉetas ĝin. Tamen tiuj titoloj estas tre multekostaj, kaj ne facile akireblaj. Estas kvar niveloj de titoloj, sed multaj homoj ne povas permesi al si atingi preter la unua nivelo. Eblas ankaŭ aĉeti titolon por membro de la propra familio.

Parolinte senorname ĝis nun, Okoje esprimis la postajn kvinses frazojn per proverboj. Inter la igboj la arto konversacii estas tre alte taksata, kaj proverboj estas la palmoleo, kun kiu oni manĝas la vortojn. Okoje estis lerta parolanto kaj li parolis dum longa tempo, unue vagante ĉirkaŭ la randoj de la temo antaŭ ol trafi ĝin rekte. Mallonge, li volis peti Unokan redoni la ducent monkonkojn, kiujn li prunteprenis de li antaŭ pli ol du jaroj. Tuj kiam Unoka komprenis, kion lia amiko celas, li ekridegis. Li ridis laŭte kaj longe, kaj lia voĉo sonoris klare kiel la *ogene*, kaj larmoj staris en liaj okuloj. Lia vizitanto miris, kaj sidis senvorte. Finfine Unoka sukcesis respondi, inter novaj rideksplodoj.

«Rigardu tiun muron», li diris, montrante al la malapuda muro de sia kabano, kiu estis polurita per ruĝa argilo por ke ĝi brilu. «Rigardu tiujn kretajn liniojn», kaj Okoje vidis grupojn de vertikalaj linietoj desegnitaj per kreto. Estis kvin grupoj, kaj la plej malgranda grupo enhavis dek linietojn. Unoka ĝuis krei momenton de dramo, do li permesis al si paŭzon, dum li prenis pinĉaĵon da flartabako kaj ternis brue, antaŭ ol daŭrigi: «Ĉiu grupo tie reprezentas ŝuldon al iu, kaj ĉiu linio estas cent monkonkoj. Vidu, mi ŝuldas al tiu homo mil konkojn. Sed li ne venas veki min matene por rehavi ilin. Mi ja pagos al vi, sed ne hodiaŭ. Niaj pliaĝuloj diras, ke la suno brilas sur tiuj kiuj staras, antaŭ ol ĝi brilas sur tiuj kiuj genuas sub ili. Mi pagos unue miajn ŝuldojn grandajn.» Kaj li prenis plian pinĉaĵon da flartabako, kvazaŭ per tio li pagus unue la grandajn ŝuldojn. Okoje volvis sian kaprofelon kaj foriris.

Kiam Unoka mortis, li estis preninta neniun titolon, kaj li havis amason da ŝuldoj. Ĉu miri, do, ke lia filo Okonkŭo hontis pri li? Bonŝance ĉe tiu popolo oni taksis viron laŭ ties merito kaj ne laŭ la merito de lia patro. Okonkŭo klare estis destinita por grandaj aferoj. Li estis ankoraŭ juna, sed li jam gajnis famon kiel

21

la plej granda luktisto en la naŭ vilaĝoj. Li estis prospera kultivisto kaj havis du ignamejojn tute plenajn, kaj li ĵus edziĝis kun sia tria edzino. Ne nur tio, sed li jam prenis du titolojn, kaj montris nekredeblan bravecon en du intertribaj militoj. Kaj do, kvankam Okonkŭo estis ankoraŭ juna, li jam estis unu el la plej grandaj viroj de sia epoko. Ĉe lia popolo oni respektis aĝon, sed atingoj estis eĉ pli admirataj. Kiel diris la pliaĝuloj, se infano lavas siajn manojn, ĝi rajtas manĝi kun reĝoj. Okonkŭo evidente estis lavinta al si la manojn, kaj tial li manĝis kun reĝoj kaj pliaĝuloj. Kaj tiel okazis, ke oni petis lin prizorgi la malbonŝancan junulon, kiu estis oferita al la vilaĝo Umuofia de iliaj najbaroj por eviti militon kaj sango-verŝadon. La nomo de tiu missorta knabo estis Ikemefuna.

Ĉapitro 2

Okonkŭo apenaŭ estingis la palmolean lampon kaj etendis sin sur sia bambua lito, kiam li aŭdis la *ogene* de la anoncisto ŝiri la senmovan noktan aeron. *Gome, gome, gome, gome*, tondris la kava metala gongo. Tiam la anoncisto kriis sian mesaĝon, kaj poste denove batis sian instrumenton. Kaj jen la mesaĝo: ĉiuj viroj de Umuofia kolektiĝu morgaŭ matene ĉe la bazarplaco. Okonkŭo scivolis, kio misas, ĉar li sciis tutcerte ke io misas. Li distingis klaran subtonon tragedian en la voĉo de la anoncisto, kaj eĉ nun li ankoraŭ aŭdis ĝin, dum ĝi ĉiam pli obtuziĝis en la distanco.

La nokto estis tre kvieta. Ĉiam estis kviete, krom kiam brilis la luno. Por la tieaj homoj, eĉ por la plej kuraĝaj inter ili, la mallumo enhavis nedifineblan teruron. Oni avertis infanojn ne fajfi nokte pro timo pri malicaj spiritoj. Danĝeraj bestoj fariĝis eĉ pli minacaj kaj timigaj en la mallumo. Nokte, oni neniam nomis serpenton per ĝia nomo, ĉar ĝi povus aŭdi tion. Oni nomis ĝin ŝnureto. Kaj do en ĉi tiu aparta nokto, dum la distanco iom post iom englutis la voĉon de la anoncisto, silento revenis al la mondo: vibra silento, kiun intensigis la universala trilado de milionmilionoj da arbaraj insektoj.

En plenlunaj noktoj, ne estis tiel. Tiam oni aŭdadis la feliĉajn voĉojn de infanoj ludantaj en la kampoj. Kaj eble ankaŭ tiuj malpli junaj ludadis duope en malpli publikaj lokoj, kaj maljunuloj kaj maljunulinoj memoris sian junecon. Kiel diras la igboj: «Kiam la luno brilas, la lamulo avidas je promenado.»

Sed ĝuste ĉi tiu nokto estis malluma kaj silenta. Kaj en ĉiuj naŭ vilaĝoj de Umuofia anoncisto kun sia *ogene* admonis, ke ĉiu viro ĉeestu la postan matenon. Okonkŭo sur sia bambua lito provis imagi la kaŭzon de la urĝo: ĉu milito kun najbara klano? Tio ŝajnis la plej probabla kialo, kaj li ne timis militon. Li estis homo agema, homo batalema. Malkiel lia patro, li povis elteni la vidon de sango. Dum la lasta milito de Umuofia, li estis la unua, kiu portis hejmen homan kapon. Tio estis lia kvina kapo; kaj li ankoraŭ ne estis maljuna. En grandaj okazoj, kiel la funebra ceremonio de vilaĝa famulo, li trinkis sian palmovinon el sia unua homa kapo.

En la mateno la bazarplaco estis plenega. Ĉeestis ĉirkaŭ dek mil viroj[4], ĉiuj parolantaj per mallaŭtaj voĉoj. Finfine Ogbuefi Ezeugo ekstaris meze inter ili kaj kriegis kvar fojojn: «*Umuofia kwenu*», kaj ĉiufoje li turnis sin al malsama direkto kaj ŝajnis bati la aeron per sia pugno. Kaj ĉiufoje dek mil viroj respondis: «*Yaa!*» Sekvis absoluta silento. Ogbuefi Ezeugo estis potenca oratoro kaj oni ĉiam elektis lin por paroli en tiaj okazoj. Li karesis sian blankan kapon per la mano, kaj glatigis sian blankan barbon. Tiam li ĝustigis sian tukon, kiu estis tirita sub lia dekstra akselo kaj ligita sur lia maldekstra ŝultro.

«*Umuofia kwenu*», li muĝis la kvinan fojon, kaj la homamaso kriegis responde. Tiam subite kvazaŭ homo obsedita, li abrupte levis sian maldekstran manon kaj fingromontris al la direkto de

---

4 **Dek mil viroj.** Tre malverŝajne la naŭ vilaĝoj de Umuofia havis dek mil virojn. Tiu troiga esprimo signifas, ke ĉeestis ĉiuj viroj de la komunumo.

Mbaino, kaj diris inter siaj glimantaj blankaj dentoj kunpremitaj: «Tiuj filoj de sovaĝaj bestoj aŭdacis murdi filinon de Umuofia.» Li malaltigis sian kapon kaj grincis per la dentoj, kaj permesis, ke murmuro de subpremata kolero pasu tra la homamaso. Kiam li denove ekparolis, ne plu vidiĝis en lia vizaĝo kolero, sed anstataŭe ŝvebis speco de rideto, pli terura kaj pli minaca ol la kolero. Kaj per klara senemocia voĉo li rakontis al Umuofia, kiel ilia filino iris al la bazaro en Mbaino kaj estis mortigita. Tiu virino, diris Ezeugo, estis la edzino de Ogbuefi Udo, kaj li montris al viro, kiu sidis proksime al li kun klinita kapo. Tiam la homamaso kriegis pro kolero kaj sangosoifo.

Multaj aliaj parolis, kaj fine oni decidis sekvi la kutiman proceduron. Tuj oni sendos ultimaton al Mbaino, postulante ke ĝi elektu inter milito unuflanke, kaj aliflanke la ofero de juna viro kaj virgulino kiel kompenso.

Umuofia estis timata de ĉiuj siaj najbaroj. Ĝi estis potenca en milito kaj en magio, kaj ĝiaj pastroj kaj sorĉistoj estis timataj tra la tuta ĉirkaŭa regiono. Ĝia plej potenca militsorĉaĵo estis same antikva kiel la klano mem. Neniu sciis ĝian aĝon. Sed pri unu detalo estis ĝenerala konsento: ke la aktiva ingredienco de tiu sorĉaĵo estis maljunulino kun nur unu kruro. Fakte la sorĉaĵo mem havis la nomon *agadi-nwayi*, aŭ maljunulino. Ĝia sanktejo estis en la centro de Umuofia, en loko, kie oni forpurigis la veprejon. Kaj se iu estis sufiĉe malsaĝa por pasi apud la sanktejo post la krepusko, tiu certe vidos la maljunulinon saltetantan tien-reen sur unu kruro.

Kaj tial la najbaraj klanoj, kiuj nature sciis pri tiuj aferoj, timis Umuofian, kaj ne volis ekmiliti kontraŭ ĝi, sen unue serĉi pacan interkonsenton. Kaj por juste prezenti Umuofian, necesas mencii, ke ĝi neniam ekmilitis, krom se ĝia motivo estis klara kaj justa ankaŭ laŭ ĝia Orakolo, la Orakolo de la Montetoj kaj Kavernoj. Kaj efektive estis okazoj, kiam la Orakolo malpermesis al Umuofia fari militon. Se la klano malobeus la Orakolon, ĝi certe estus venkita, ĉar ĝia terura *agadi-nwayi* neniam konsentis partopreni en tio, kion la igbo nomis *lukto senhonora*.

Sed la milito, kiu nun minacis, estis justa milito. Eĉ la malamika klano sciis tion. Kaj tial, kiam Okonkŭo el Umuofia alvenis en Mbaino kiel fiera kaj postulema intertraktanto, oni bonvenigis lin kun grandaj honoro kaj respekto, kaj du tagojn poste li revenis hejmen kun knabo dekkvinjara kaj juna virgulino. La nomo de la knabo estis Ikemefuna, kies malfeliĉan historion oni plu rakontas en Umuofia ankoraŭ nun.

La pliaĝuloj, aŭ *ndichie*, renkontiĝis por aŭdi raporton pri la misio de Okonkŭo. Fine ili decidis, kiel ĉiuj jam antaŭvidis, ke la knabino iru al Ogbuefi Udo por anstataŭi lian murditan edzinon. Rilate al la knabo, li apartenis al la klano kiel tuto, kaj estis neniu urĝo decidi pri lia sorto. Oni tial petis al Okonkŭo nome de la klano prizorgi lin intertempe. Kaj tial dum tri jaroj Ikemefuna loĝis ĉe la familio de Okonkŭo.

Okonkŭo regis sian familion per peza mano. Liaj edzinoj, precipe la plej juna, vivis en stato de konstanta timo pro lia fajra koleriĝemo, kaj same liaj malgrandaj infanoj. Eble profunde en sia koro Okonkŭo ne estis kruela homo. Sed lian tutan vivon regis timo: la timo pri malsukceso kaj malforto. Tio estis pli profunda kaj pli intima ol la timo pri malbonaj kaj kapricaj dioj, pri magio, aŭ la timo pri la arbarego kaj naturaj fortoj, malicaj, kun dentoj kaj ungegoj sangaj. La timo de Okonkŭo estis pli granda ol tiuj. Ĝi estis ne ekstera, sed vivis profunde interne de li. Temis pri timo pri si mem, ĉu oni trovos, ke li similas al sia patro.

Eĉ kiel malgranda knabo li indignis pro la malsukceso kaj malforteco de sia patro, kaj eĉ nun li ankoraŭ memoris, kiel li suferis, kiam kunludanto diris al li, ke lia patro estas *agbala*. Tiel Okonkŭo la unuan fojon eksciis, ke *agbala* ne estas nur alia nomo por virino; ĝi povas ankaŭ signifi viron, kiu prenis neniun titolon. Kaj tial Okonkŭo estis regata de unu ĉefa pasio: malami ĉion, kion lia patro Unoka amis. Unu el tiuj aferoj estis mildeco kaj alia estis mallaboremo.

Dum la sezono de plantado Okonkŭo laboris ĉiutage sur sia kultivejo ekde la unua kokokrio ĝis la kokinoj reiris al sia ejo por la nokto. Li estis tre forta viro kaj malofte sentis lacecon. Sed liaj edzinoj kaj junaj infanoj ne estis same fortaj, do ili suferis. Sed ili ne kuraĝis laŭte plendi. La unua filo de Okonkŭo, Nŭoje, tiam havis dek du jarojn, sed li jam zorgigis sian patron pro la unuaj signoj de maldiligenteco. Tiel la afero aspektis almenaŭ al lia patro, kiu provis korekti lin per konstantaj riproĉado kaj batado. Tial en la mieno de Nŭoje ekaperis malgaja esprimo.

La prospero de Okonkŭo estis videbla en lia domaro. Li havis grandan korton ĉirkaŭatan de dika muro el ruĝa argilo. Lia propra kabano, aŭ *obi*, staris tuj malantaŭ la sola pordego en la ruĝaj muroj. Ĉiu el liaj tri edzinoj havis sian propran kabanon, kaj kune la tri formis duonlunon malantaŭ la *obi*. La ignamejo estis konstruita ĉe unu ekstremo de la ruĝaj muroj, kaj en ĝi longaj faskoj de ignamoj elstaris prospere. Ĉe la alia ekstremo de la korto estis kabano por la kaproj, kaj ĉiu edzino alkonstruis al sia dometo malgrandan kokinejon. Proksime al la ignamejo estis malgranda domo, la «sorĉodomo» aŭ sanktejo, kie Okonkŭo tenis la lignajn simbolojn de sia persona dio kaj de la spiritoj de siaj antaŭuloj. Li adoris ilin per oferoj de kolanuksoj, manĝaĵoj kaj palmovino, kaj preĝis al ili por la sano de si mem, siaj tri edzinoj kaj ok infanoj.

Do, kiam la filino de Umuofia estis mortigita en Mbaino, Ikemefuna eniris la domanaron de Okonkŭo. Kiam Okonkŭo kondukis lin hejmen tiutage, li vokis sian ĉefedzinon kaj transdonis lin al ŝi.

«Li apartenas al la klano», li diris al ŝi. «Do, prizorgu lin.»

«Ĉu li restos longe ĉe ni?» ŝi demandis.

«Faru tion, kion mi diras al vi, ino», Okonkŭo muĝis, kaj balbutis: «Kiam vi fariĝis unu el la *ndichie* de Umuofia?»

Tial la patrino de Nŭoje prenis Ikemefunan en sian kabanon kaj ne starigis pliajn demandojn.

Rilate al la knabo mem, li terure timis. Li ne komprenis, kio okazas al li, aŭ kion li misfaris. Kiel li povis scii, ke lia patro estis inter tiuj, kiuj mortigis filinon de Umuofia? Li sciis nur, ke kelkaj viroj alvenis ĉe ilia domo, parolis kun lia patro per mallaŭtaj voĉoj, kaj ke poste oni elirigis lin kaj transdonis lin al nekonato. Lia patrino ploris senespere, sed li estis tro surprizita por plori. Kaj do la fremdulo kondukis lin kaj iun knabinon laŭ senhomaj vojetoj tra la arbarego, longegan vojon for de ilia hejmo. Li ne sciis, kiu estis la knabino, kaj li neniam plu vidis ŝin.

Ĉapitro 3

Okonkŭo ne havis la avantaĝojn frue en sia vivo, kiujn multaj junuloj kutime havis. Li ne heredis ignamejon de sia patro. Ne ekzistis ignamejo heredebla. Oni rakontis en Umuofia, ke lia patro, Unoka, iris konsulti la Orakolon de la Montetoj kaj Kavernoj por malkovri, kial li ĉiam havas mizeran rikolton.

La nomo de la Orakolo estis Agbala, kaj la homoj venis de proksime kaj malproksime por konsulti ĝin. Ili venis, kiam misfortuno mordetis iliajn kalkanojn, aŭ kiam ili disputis kun siaj najbaroj. Ili venis por malkovri, kion la estonteco entenas por ili, aŭ por konsulti la spiritojn de siaj forpasintaj patroj.

La maniero por eniri la sanktejon estis tra ronda truo en la flanko de monteto, nur iomete pli granda ol la ronda enirejo de kokinejo. Adorantoj, kaj tiuj kiuj venis por peti sciojn de la dio, rampis surventre tra la truo, kaj trovis sin en malluma, senlima spaco en la ĉeesto de Agbala. Neniu iam ajn estis vidinta Agbalan, krom lia pastrino. Sed neniu iama rampinto en lian teruran sanktejon revenis sen timo pri lia potenco. Lia pastrino staris apud la sankta fajro, kiun ŝi konstruis en la koro de la kaverno, kaj proklamis la volon de la dio. La fajro ne brulis kun flamo. La ardantaj arbotrunkoj nur servis por malklare lumigi la malhelan figuron de la pastrino.

Kelkfoje venis viro por konsulti la spiriton de sia mortinta patro aŭ parenco. Oni diris, ke kiam tia spirito aperas, la homo vidas ĝin malklare en la mallumo, sed neniam aŭdas ĝian voĉon. Iuj homoj eĉ diris, ke ili aŭdis la spiritojn flugi kaj bati per siaj flug-iloj kontraŭ la plafono de la kaverno.

Antaŭ multaj jaroj kiam Okonkŭo estis ankoraŭ knabo, lia patro Unoka iris por konsulti Agbalan. La pastrino tiutempe estis virino kun la nomo Ĉika. Ŝi estis plena de la potenco de sia dio, kaj oni multe timis ŝin. Unoka staris antaŭ ŝi kaj ekrakontis.

«Ĉiujare,» li diris malgaje, «antaŭ ol meti iun ajn semon en la teron, mi oferas virkokon al Ani, la posedanto de la tuta tereno. Tio estas la leĝo de niaj patroj. Mi ankaŭ mortigas virkokon ĉe la sanktejo de Ifeĝioku, la dio de ignamoj. Mi forpurigas la veprojn kaj bruligas ilin, kiam ili estas sekaj. Mi semas la ignamojn, kiam la unua pluvo jam falis, kaj ligas ilin al bastonoj, kiam la junaj tigetoj aperas. Mi sarkas...»

«Tenu vian langon!» kriegis la pastrino per terura voĉo, kiu eĥis tra la malpleno senluma. «Vi ofendis nek la diojn nek viajn patrojn. Kaj kiam homo estas en paca rilato kun siaj dioj kaj siaj antaŭuloj, lia rikolto estos bona aŭ malbona laŭ la forteco de lia brako. Vi, Unoka, estas konata en la tuta tribo pro la malforto de via maĉeto kaj via hojo. Kiam viaj najbaroj eliras kun siaj hakiloj por forhaki virgajn arbarojn, vi semas viajn ignamojn en elĉerpitaj kultivejoj, kiujn eblas senveprigi sen granda peno. Ili transiras sep riverojn por fari siajn kultivejojn; vi restas hejme kaj proponas oferojn al malvolonta tero. Iru hejmen kaj laboru kiel viro.»

Unoka havis malfeliĉan sorton. Li havis malbonan *chi* aŭ personan dion, kaj misfortuno sekvis lin ĝis la tombo, aŭ pli ĝuste ĝis lia morto, ĉar li ne havis tombon. Li mortis pro la ŝvelado, kiu estis abomenaĵo por la diino de la tero. Kiam homon trafis ŝvelado en la stomako kaj la kruroj, oni ne permesis al li morti en la domo. Oni portis lin al la Malica Arbarego kaj lasis lin tie por morti. Estis rakonto pri tre obstina viro, kiu stumblis reen al sia domo, tiel ke necesis reporti lin al la arbaro kaj ligi lin al arbo. La malsano estis abomenaĵo por la tero, kaj tial oni ne rajtis enterigi la viktimon en ĝian ventron. La homo mortis kaj forputris ekster la tero, kaj ne ricevis la unuan, nek la duan enterigon. Jen la sorto de Unoka. Kiam oni forportis lin, li kunprenis sian fluton.

Kun tia patro kiel Unoka, Okonkŭo ne ricevis la avantaĝojn, kiujn multaj junaj viroj ĝuis frue en la vivo. Li heredis nek ignamejon, nek titolon, nek eĉ junan edzinon. Sed malgraŭ tiuj malavantaĝoj li komencis, eĉ dum lia patro ankoraŭ vivis, starigi la fundamenton de estonta prospero. Tio estis malrapida kaj pena afero. Sed li ĵetis sin en tion kiel homo obsedita. Kaj efektive obsedis lin la timo pri la malestiminda vivo de lia patro kaj ties hontinda morto.

En la vilaĝo de Okonkŭo estis riĉulo, kiu havis tri grandegajn ignamejojn, naŭ edzinojn kaj tridek infanojn. Lia nomo estis Nŭakibie, kaj li jam prenis la duan plej altan titolon, kiun eblis preni en la tribo. Ĝuste por tiu homo Okonkŭo laboris por gajni siajn unuajn ignamojn por semado.

Li kunportis poton da palmovino kaj virkokon por Nŭakibie. Oni alvokis du maljunajn najbarojn, kaj ĉeestis ankaŭ du plenkreskaj filoj de Nŭakibie en lia *obi*. Okonkŭo prezentis kolanukson kaj aframoman guŝon, kiujn oni pasigis inter ĉiuj por ke ĉiuj vidu ilin, kaj poste redonis al li. Li rompis la nukson, dirante: «Ni ĉiuj vivos. Ni preĝas por vivo, infanoj, bona rikolto kaj feliĉo. Vi ricevos tion, kio estas bona por vi, kaj mi ricevos tion, kio estas bona por mi. La milvo ekstaru, kaj ekstaru ankaŭ la aglo. Se unu rifuzos al la alia, ĝia flugilo rompiĝu.»

Kiam la kolanukso estis manĝita, Okonkŭo prenis sian palmovinon el la angulo de la kabano, kien oni antaŭe metis ĝin, kaj starigis ĝin meze de la grupo. Li alparolis Nŭakibie, nomante lin «Nia patro».

«*Nna ayi*», li diris. «Mi alportis al vi tiun etan kolaon. Kiel oni diras ĉe nia popolo, homo kiu esprimas respekton al gravuloj pretigas la vojon por sia propra graveco. Mi venas por esprimi al vi mian respekton kaj ankaŭ por peti komplezon. Sed unue ni trinku ĉi tiun vinon.»

Ĉiuj dankis Okonkŭon kaj la najbaroj prenis siajn trinkokornojn el la kaprofelaj sakoj, kiujn ili kunportis. Nŭakibie deprenis sian propran kornon, kiu estis ligita al la plafonotraboj. La pli juna el liaj filoj, kiu estis ankaŭ la plej juna homo en la grupo, moviĝis al la centro, levis la poton sur sian maldekstran kruron, kaj ekverŝis la vinon. La unua taso estis por Okonkŭo, kiu devis gustumi sian vinon antaŭ la aliaj. Poste la grupo ekdrinkis, komencante de la plej aĝa viro. Kiam ĉiuj jam eltrinkis du aŭ tri kornojn, Nŭakibie alvokis siajn edzinojn. Kelkaj el ili ne estis hejme kaj alvenis nur kvar.

«Ĉu Anasi ne ĉeestas?» li demandis al ili. Ili diris, ke ŝi venas. Anasi estis la ĉefedzino kaj la aliaj ne rajtis trinki antaŭ ol ŝi. Tial ili staris atendante.

Anasi estis mezaĝa virino, alta kaj fortika. Estis aŭtoritato en ŝia maniero teni sin, kaj ŝi donis ĉian impreson esti la reganto de la inaro en granda kaj prospera familio. Ĉirkaŭ ŝia maleolo estis la ringo montranta la titolojn de ŝia edzo, kiun nur la ĉefedzino rajtis porti.

Ŝi alproksimiĝis al sia edzo kaj akceptis de li la kornon. Tiam ŝi genuiĝis sur unu genuo, trinkis iomete kaj redonis la kornon. Ŝi ekstaris, alparolis lin per lia nomo, kaj reiris al sia kabano. La aliaj edzinoj trinkis sammaniere, laŭ la ĝusta sinsekvo, kaj foriris.

La viroj tiam daŭrigis siajn drinkadon kaj paroladon. Ogbuefi Idigo parolis pri la faristo de palmovino, Obiako, kiu subite rezignis pri sia profesio.

«Devas esti ia klarigo por tio», li diris, forviŝante la vinŝaŭmon de siaj lipharoj per la dorso de sia maldekstra mano. «Devas esti ia kialo. Bufo ne kuras dumtage pro nenio.»

«Laŭ iuj homoj, la Orakolo avertis lin, ke li falos el palmo kaj mortigos sin», diris Akukalia.

«Obiako de ĉiam estas strangulo», Nŭakibie diris. «Mi aŭdis, ke antaŭ multaj jaroj, ne longe post la morto de lia patro, li iris konsulti la Orakolon. La Orakolo diris al li: ‹Via mortinta patro volas, ke vi oferu al li kapron.› Ĉu vi scias, kion li respondis al la Orakolo? Li diris: ‹Diru al mia mortinta patro, ke kiam li vivis, li ne havis eĉ kokinon.›» Ĉiuj plenkore ridis krom Okonkŭo, kiu ridis maltrankvile, ĉar laŭ la proverbo, maljunulino ĉiam estas maltrankvila, kiam oni parolas pri ostoj kaj kadavroj. Okonkŭo memoris sian propran patron.

Finfine la junulo, kiu verŝis la vinon, montris duonan kornon de la densa, blanka feĉo kaj diris: «Tio, kion ni manĝis, estas finita.» «Ni vidis tion», la aliaj respondis. «Kiu trinkos la feĉon?» li demandis. «Tiu, kiu havas aferon farendan», diris Idigo, rigardante Igŭelon, la plej aĝan filon de Nŭakibie, kun petola brilo en sia okulo.

Ĉiuj konsentis, ke Igŭelo trinku la feĉon. Li akceptis la duon- plenan kornon de sia frato kaj eltrinkis ĝin. Kiel jam komentis Idigo, Igŭelo havis farendan aferon, ĉar li edziĝis kun sia unua edzino antaŭ unu-du monatoj. La densa feĉo de palmovino laŭdire estis bona por viro, kiu aliras sian edzinon.

Kiam la vino estis fintrinkita, Okonkŭo prezentis siajn malfacilaĵojn al Nŭakibie.

«Mi venas al vi por peti helpon», li diris. «Eble vi jam divenas, pri kio temas. Mi purigis terenon, sed mi ne havas ignamojn por semi. Mi scias, kion tio signifas, peti iun konfidi al alia siajn ignamojn, precipe nuntempe, kiam junuloj timas pezan laboron. Mi ne timas labori. Saltinte al la tero el la alta irok-arbo, la lacerto diris, ke li laŭdos sin mem, se neniu alia laŭdos lin. Mi komencis prizorgi min mem en aĝo, kiam la plejmulto da homoj ankoraŭ suĉas ĉe la mamo de sia patrino. Se vi donos al mi kelkajn ignamo-semojn, mi ne trompos viajn esperojn.»

Nŭakibie tusetis en sia gorĝo. «Plaĉas al mi vidi junulon kiel vi en ĉi tiu tempo, kiam nia junularo tiom malfortiĝis. Multaj junaj viroj venas al mi por peti ignamojn, sed mi rifuzas, ĉar mi scias, ke ili nur ŝovos ilin en la teron kaj lasos ilin tie, por ke la fiherboj sufoku ilin. Kiam mi neas al ili, ili opinias, ke mi estas ŝtonkora. Sed ne estas tiel. Eneke la birdo diras, ke ekde kiam la homoj lernis pafi sen mistrafi, li lernis flugi sen ripozi. Mi lernis avari pri miaj ignamoj. Sed mi fidas vin. Mi scias tion, kiam mi rigardas vin. Kiel diris niaj patroj, oni rekonas maturan grenon per ties aspekto. Mi donos al vi duoble kvarcent ignamojn. Vi rajtas pretigi viajn kampojn.»

Okonkŭo dankis lin ripete kaj iris hejmen tre feliĉa. Li jam sciis, ke Nŭakibie ne rifuzos al li; sed li ne atendis, ke li estos tiel malavara. Li ne esperis ricevi pli ol kvarcent semojn. Nun li devos fari pli grandan kultivejon. Li esperis ricevi ankoraŭ kvarcent semojn de iu amiko de lia patro en Isiuzo.

Tia pruntokultivado estis tre malrapida maniero por konstrui sian propran ignamejon. Post la tuta penado oni ricevas nur tri-onon de la rikolto. Sed por juna viro, kies patro ne havis ignamojn, estis neniu alia solvo. Kaj eĉ pli malbona por Okonkŭo estis la fakto, ke li devis ankaŭ subteni sian patrinon kaj du fratinojn per sia malabunda rikolto. Kaj subteni sian patrinon signifis ankaŭ subteni sian patron. Li ne povis atendi, ke ŝi kuiros kaj manĝos, dum ŝia edzo malsatas. Kaj tial je tre frua aĝo, dum li senespere strebis konstrui ignamejon per pruntado, Okonkŭo ankaŭ prizorgis la domon de sia patro. Estis kvazaŭ li verŝus grenon en sakon kun amaso da truoj. Liaj patrino kaj fratinoj laboris sufiĉe diligente, sed ili kreskigis virinajn rikoltojn, kiel taro, fazeoloj kaj manioko. Ignamoj, la reĝo de rikoltoj, estis rikolto de viroj.

Eĉ la maljunuloj ne memoris pli malbonan jaron ol tiu, en kiu Okonkŭo prenis de Nŭakibie okcent ignamojn por semado. Nenio okazis en sia ĝusta sezono; ĉio venis aŭ tro frue aŭ tro malfrue. Ŝajnis kvazaŭ la mondo freneziĝis. La unuaj pluvoj malfruis, kaj alveninte, daŭris nur mallongan momenteton. La flamanta suno revenis, pli ardega ol oni iam ajn spertis, kaj velkigis ĉiujn verdaĵojn, kiuj aperis pro la pluvo. La tero brulis kiel varmegaj karboj kaj rostis ĉiujn ignamojn jam semitajn.

Kiel ĉiuj bonaj kultivistoj, Okonkŭo komencis semi, kiam venis la unuaj pluvoj. Li estis seminta kvarcent semojn, kiam la pluvoj sekiĝis kaj la varmego revenis. Li serĉis en la ĉielo tuttage spurojn de nuboj kaj restis sendorma la tutan nokton. Matene li reiris al siaj kampoj por vidi la velkantajn tigojn. Li provis protekti ilin de la brulanta tero farante ĉirkaŭ ili ringojn de densaj sisalfolioj. Sed fine de la tago, la sisalaj ringoj estis sekaj kaj grizaj pro la varmego. Li ŝanĝis ilin ĉiutage kaj preĝis, ke la pluvo falos dum la nokto. Sed la sekeco daŭris dum ok bazarsemajnoj, kaj la ignamoj estis mortigitaj.

Iuj kultivistoj ne jam plantis siajn ignamojn. Ili estis la senzorgaj maldiligentuloj, kiuj ĉiam prokrastis senveprigi siajn kampojn kiel eble plej longe. Ĉi-jare la saĝuloj estis ili. Ili kondolencis siajn najbarojn per kompataj kapneoj, sed interne ili estis feliĉaj pro sia lerta antaŭvidado, kiel ili mem prezentis al si la aferon.

Okonkŭo plantis siajn restantajn ignamojn, kiam finfine revenis la pluvoj. Konsolis lin unu afero. La ignamoj, kiujn li semis antaŭ la sekiĝo, estis liaj propraj, la rikolto de la antaŭa jaro. Li ankoraŭ havis la okcent de Nŭakibie kaj la kvarcent de la amiko de lia patro. Do, li povos komenci denove.

Sed la sezono freneziĝis. Pluvo falegis, kiel ĝi neniam falis antaŭe. Dum tagoj kaj noktoj sinsekve ĝi torentis sovaĝe malsupren kaj forlavis la termontetojn, en kiuj li plantis la ignamojn. Arboj elradikiĝis, kaj profundaj sulkegoj aperis ĉie. Tiam la pluvo iom mildiĝis. Sed ĝi daŭris de tago al tago senpaŭze. La suna periodo, kiu ĉiam okazis meze de la pluvsezono, ne aperis. La ignamoj elmetis luksajn verdajn foliojn, sed ĉiu kultivisto sciis, ke sen suno la tuberoj ne kreskos.

Tiujare la rikolto estis malgaja kiel funebra ceremonio, kaj multaj kultivistoj ploris dum ili elfosis la mizerajn, putrajn ignamojn. Unu homo ligis sian tukon al arbobranĉo kaj pendumis sin.

Okonkŭo memoris tiun tragedian jaron kun frostotremo dum sia tuta restanta vivo. Ĉiam surprizis lin, kiam li pensis pri tio poste, ke li ne dronis sub la ŝarĝo de malespero. Li sciis, ke li estas brava batalanto, sed tiu jaro sufiĉus por rompi la koron de leono.

«Ĉar mi travivis tiun jaron,» li ĉiam diris, «mi travivos ĉion.» Li atribuis tion al sia nefleksebla volo.

Lia patro, Unoka, kiu tiam estis homo malsaniĝanta, diris al li dum tiu terura rikoltomonato: «Ne senesperiĝu. Mi scias, ke vi ne malesperos. Vi havas virecan kaj fieran koron. Fiera koro povas travivi ĝeneralan malsukceson, ĉar tia malsukceso ne pikas ĝian fierecon. Estas pli malfacile kaj pli maldolĉe, kiam homo mal-sukcesas *sola*.»

Tia estis Unoka dum siaj lastaj tagoj. Lia ĝuo pri parolado kreskis, dum li maljuniĝis kaj malsaniĝis. Ne estas vortoj por esprimi, kiom tio agacis la paciencon de Okonkŭo.

Ĉapitro 4

«Rigardante la buŝon de reĝo,» diris maljunulo, «oni neniam imagus, ke li suĉis ĉe la mamo de sia patrino.» Li parolis pri Okonkŭo, kiu tiel subite leviĝis el grandaj malriĉeco kaj malfeliĉo kaj fariĝis unu el la moŝtoj de la klano. La maljunulo ne sentis malbonvolemon kontraŭ Okonkŭo. Male, li respektis lin pro liaj diligento kaj sukceso. Sed trafis lin, same kiel tio trafis la plejmulton da homoj, la senpacienca sinteno de Okonkŭo, kiam li traktis kun malpli sukcesaj homoj. Lastatempe iu viro kontraŭdiris al li dum kunveno de parencoj, kiam ili renkontiĝis por diskuti la venontan festenon por la antaŭuloj. Eĉ ne rigardante la homon Okonkŭo diris: «Ĉi tiu kunveno estas por viroj.» La viro, kiu kontraŭdiris al li, havis neniujn titolojn. Tial Okonkŭo nomis lin virino. Li sciis, kiel mortigi ies spiriton.

Ĉiuj ĉe la kunveno de parencoj subtenis Osugon, kiam Okonkŭo nomis lin virino. La plej aĝa ĉeestanto diris severe, ke tiuj, kies palmokernoj estis fenditaj por ili de bonvolema spirito, ne forgesu humilecon. Okonkŭo pardonpetis pro siaj vortoj, kaj oni daŭrigis la kunvenon.

Sed efektive tio ne estis vera, ke la palmokernoj de Okonkŭo estis fenditaj por li de bonvolema spirito. Li mem fendis ilin. Neniu, kiu sciis pri lia senĝoja lukto kontraŭ malriĉeco kaj malfeliĉo, povus diri, ke li estis bonŝanca. Se entute ekzistis homo, kiu meritis sian sukceson, tiu homo estis Okonkŭo. Ankoraŭ juna li famiĝis kiel la plej granda luktanto en la tuta lando. Tio ne okazis pro bonŝanco. Maksimume oni povus diri, ke lia *chi* aŭ persona dio estas bona. Sed la igboj havas proverbon, laŭ kiu se viro diras jes, ankaŭ lia *chi* diras jes. Okonkŭo diris jes tre forte; tial lia *chi* konsentis. Kaj ne nur lia *chi*, sed ankaŭ lia klano, ĉar ĝi taksis viron laŭ la laboro de liaj manoj. Tial Okonkŭo estis elektita de la naŭ vilaĝoj por porti al iliaj malamikoj mesaĝon pri milito, krom se ili konsentos transdoni junulon kaj virgulinon por kompensi la murdon de la edzino de Udo. Kaj tiel profunda estis la timo, kiun iliaj malamikoj havis pri Umuofia, ke ili traktis Okonkŭon kiel reĝon, kaj kondukis al li virgulinon por doni al Udo kiel edzinon, kaj la knabon Ikemefuna.

La pliaĝuloj de la klano decidis, ke Ikemefuna restu sub la prizorgo de Okonkŭo dum ioma tempo. Sed neniu antaŭvidis, ke tio daŭros eĉ tri jarojn. Ŝajnis kvazaŭ, farinte la decidon, oni tute forgesis pri li.

Komence Ikemefuna terure timis. Unu-du fojojn li provis forkuri, sed li ne sciis, kiel ekfari tion. Li pensis pri sia patrino kaj sia trijara fratino, kaj senespere ploris. La patrino de Nŭoje traktis lin tre afable, kvazaŭ li estus ŝia propra infano. Sed lia sola respondo estis: «Kiam mi iros hejmen?» Kiam Okonkŭo aŭdis, ke li tute ne manĝas, li venis en la kabanon kun granda bastono en la mano, kaj staris super la knabo dum li englutis siajn ignamojn, tremante. Kelkajn momentojn poste li iris malantaŭ la kabanon, kaj dolore vomis. La patrino de Nŭoje iris al li kaj metis siajn manojn sur lian bruston kaj lian dorson. Li estis malsana dum tri bazarsemajnoj, kaj kiam li resaniĝis, ŝajnis ke li superis siajn grandajn timon kaj malĝojon.

Li estis laŭkaraktere tre vigla knabo, kaj iom post iom li fariĝis tre populara inter la domaranoj de Okonkŭo, precipe ĉe la infanoj. La filo de Okonkŭo, Nŭoje, kiu estis du jarojn pli juna, fariĝis nedisigebla de li, ĉar li ŝajne sciis ĉion. Li povis tajli flutojn el bambutigoj kaj eĉ el herbaĉoj. Li sciis la nomojn de ĉiuj birdoj, kaj li povis starigi lertajn kaptilojn por la etaj ronĝuloj de la veprejo. Kaj li sciis per kiuj arboj fari la plej fortikajn pafarkojn.

Eĉ Okonkŭo mem komencis ameti la knabon – interne, kompreneble. La sola emocio, kiun Okonkŭo montris senkaŝe, estis kolero. Montri amon estis signo de malforto; la sola afero montrinda estis forteco. Tial li traktis Ikemefunan same kiel li traktis ĉiujn: per peza mano. Sed ne eblis dubi, ke li ŝatas la knabon. Foje, kiam li iris al grandaj vilaĝaj kunvenoj aŭ komunaj festenoj por la prauloj, li permesis al Ikemefuna akompani lin kvazaŭ filo, portante lian tabureton kaj lian kaprofelan sakon. Kaj efektive Ikemefuna nomis lin patro.

Ikemefuna venis al Umuofia fine de la senzorga sezono inter la rikolto kaj la semado. Post lia malsano, li ekfartis pli bone nur kelkajn tagojn antaŭ la komenciĝo de la Semajno de Paco. Kaj krome tiu estis la jaro, kiam Okonkŭo rompis la pacon, kaj laŭ la kutimo estis punita de Ezeani, la pastro de la terdiino.

Okonkŭon provokis ĝis pravigebla kolero lia plej juna edzino, kiu iris plekti sian hararon ĉe la domo de amikino, kaj ne revenis sufiĉe frue por kuiri la posttagmezan manĝon. Okonkŭo komence ne sciis, ke ŝi ne estas hejme. Atendinte vane la pladon li iris al ŝia kabano, por vidi kion ŝi faras. Estis neniu en la kabano, kaj la kameno estis malvarma.

«Kie estas Oĝiugo?» li demandis al sia dua edzino, kiu venis el sia kabano por ĉerpi akvon el la giganta poto en la ombro de

40

malgranda arbo meze de la korto.

«Ŝi iris plekti sian hararon.»

Okonkŭo mordis siajn lipojn, dum kolero ŝvelis interne de li.

«Kie estas ŝiaj infanoj? Ĉu ŝi kunprenis ilin?» li demandis, kun nekutimaj kvieto kaj retenemo.

«Ili estas ĉi tie», respondis lia unua edzino, la patrino de Nŭoje. Okonkŭo kliniĝis por rigardi internen de ŝia kabano. La infanoj de Oĝiugo manĝis kune kun la infanoj de lia unua edzino.

«Ĉu ŝi petis vin manĝigi ilin antaŭ ol ŝi iris?»

«Jes», la patrino de Nŭoje mensogis, provante malgravigi la senpripensecon de Oĝiugo.

Okonkŭo sciis, ke ŝi ne diras la veron. Li remarŝis al sia *obi* por atendi la revenon de Oĝiugo. Kaj kiam ŝi revenis, li batis ŝin tre peze. Pro sia kolero li forgesis, ke estas la Semajno de Paco. Liaj unuaj du edzinoj alvenis kurante kaj tre zorgoplene por atentigi, ke estas la sankta semajno. Sed Okonkŭo ne estis tia homo, kia ĉesas bati homon antaŭ ol fini, eĉ ne pro timo de diino.

La najbaroj de Okonkŭo aŭdis lian edzinon plori, kaj vokis super la murojn de la korto por demandi, kio okazas. Kelkaj el ili venis internen por vidi mem. Bati iun dum la sankta semajno estis afero absolute nefarenda.

Jam antaŭ noktiĝo, Ezeani, la pastro de la terdiino Ani, vizitis Okonkŭon en lia *obi*. Okonkŭo alportis kolanukson kaj metis ĝin antaŭ la pastron.

«Forprenu vian kolanukson. Mi ne manĝos en la domo de viro, kiu havas nenian respekton por niaj dioj kaj antaŭuloj.»

Okonkŭo provis klarigi al li la misagon de sia edzino, sed ŝajnis, ke Ezeani ne atentas. Li tenis en sia mano mallongan bastonon, per kiu li trafis la plankon por emfazi siajn argumentojn.

«Aŭskultu min», li diris, kiam Okonkŭo finparolis. «Vi ne estas fremdulo en Umuofia. Vi scias same bone kiel mi, ke niaj praavoj dekretis, ke antaŭ ol ni semas en la teron iun ajn kultivaĵon, ni observu semajnon, kiam homo ne diras akran vorton al siaj najbaroj. Ni pace kunvivas kun niaj kunuloj por honori nian grandan diinon de la tero, ĉar sen ŝia beno niaj kultivaĵoj ne kreskos. Vi faris grandan malbonon.» Li trafis forte la plankon per sia bastono. «Via edzino kulpis, sed ankaŭ se vi venus en vian *obi* kaj trovus ŝin sub sia amanto, eĉ tiuokaze vi realigus grandan malbonon batante ŝin.» Lia bastono denove trafegis la plankon. «La malbono, kiun vi faris, povas detrui la tutan klanon. La terdiino, kiun vi insultis, eble rifuzos doni al ni sian rikolton, kaj ni ĉiuj pereos.» Lia tono nun ŝanĝiĝis de kolero al komando. «Vi portu morgaŭ al la sanktejo de Ani unu kaprinon, unu kokinon, grandan ŝtofopecon kaj cent monkonkojn.» Li leviĝis kaj eliris el la kabano.

Okonkŭo faris tion, kion la pastro ordonis. Li ankaŭ kunportis poton da palmovino. Interne li sentis pentemon. Sed li ne estis tia homo, kia iras al siaj najbaroj por konfesi, ke li eraris. Kaj tial la homoj diris, ke li ne respektas la diojn de la klano. Liaj malamikoj diris, ke lia bona fortuno ebriigis lin. Ili nomis lin la birdeto *nza*, kiu post peza manĝo tiom mistaksis sin mem, ke li defiis sian *chi*.

Neniu laboro okazis dum la Semajno de Paco. La homoj vizitis siajn najbarojn kaj trinkis palmovinon. Ĉi-jare ili parolis pri nenio krom la *nso-ani* farita de Okonkŭo. Tio estis la unua fojo de multaj jaroj, kiam homo rompis la sanktan pacon. Eĉ la plej maljunaj homoj povis memori nur unu-du aliajn okazojn iam en la fora pasinteco.

Ogbuefi Ezeudu, kiu estis la plej maljuna viro en la vilaĝo, rakontis al du aliaj homoj, kiuj venis viziti lin, ke la puno por rompado de la Paco de Ani fariĝis tre milda en ilia klano.

«Ne ĉiam estis tiel», li diris. «Laŭ tio, kion mia patro diris al mi, en la pasinteco homo, kiu rompis la pacon, estis tirata surtere tra la vilaĝo ĝis li mortis. Sed post iom da tempo oni ĉesigis tiun kutimon, ĉar ĝi damaĝis la pacon, kiun ĝi celis konservi.»

«Iu diris al mi hieraŭ,» diris unu el la pli junaj viroj, «ke en kelkaj klanoj, se iu mortas dum la Semajno de Paco, tio estas abomenaĵo.»

«Efektive, tio estas vera», diris Ogbuefi Ezeudu. «Oni havas tiun kutimon en Obodoani. Se homo mortas dum tiu periodo, oni ne enterigas lin, sed ĵetas lin en la Malican Arbaregon. Tio estas malbona kutimo observata de tiuj homoj, ĉar mankas al ili kompreno. Ili forĵetas grandajn nombrojn da viroj kaj virinoj sen enterigo. Kaj kio estas la sekvo? Ilia klano estas plena je la malicaj spiritoj de tiuj neenterigitaj mortintoj, kiuj avidas misfari al la vivantoj.»

Post la Semajno de Paco, ĉiuj viroj kaj ties familioj komencis forpurigi la veprejon por fari novajn kultivejojn. Oni lasis la tranĉitajn veprojn por sekiĝi, kaj tiam flamigis ilin. Dum la fumo leviĝis en la ĉielon, milvoj aperis de diversaj direktoj, kaj ŝvebis super la brulanta kampo kvazaŭ ili silente benus. La pluvsezono alproksimiĝis, kaj tiam ili foriros ĝis revenos la seksezono.

Okonkŭo pasigis la postajn tagojn preparante siajn semotajn ignamojn. Li atente rigardis ĉiun ignamon por kontroli, ĉu ĝi estas taŭga por semado. Foje li decidis, ke iu ignamo estas tro granda por ke li traktu ĝin kiel unu semon, kaj li lerte fendis ĝin laŭlonge per sia akra tranĉilo. Nŭoje, lia plej aĝa filo, kaj Ikemefuna helpis lin, alportante la ignamojn en korboj el la stokejo, kaj nombrante la preparitajn semojn po kvarcent. Foje Okonkŭo donis al ili kelkajn ignamojn por pretigi. Sed li ĉiam kritikis iliajn provojn, kaj diris tion sufiĉe minace.

«Ĉu vi kredas distranĉi ignamojn por kuirado?» li demandis al Nŭoje. «Se vi denove disfendos tiel etan ignamon, mi rompos vian makzelon. Vi kondutas, kvazaŭ vi ankoraŭ estus infano. Je via aĝo, mi jam ekposedis kultivejon. Kaj vi,» li diris al Ikemefuna, «ĉu oni ne kreskigas ignamojn en via vilaĝo?»

Interne Okonkŭo sciis, ke la knaboj estas ankoraŭ tro junaj por plene kompreni la malfacilan arton pretigi la semotajn ignamojn. Sed li opiniis, ke ne eblas komenci tro frue. Ignamo signifas virecon, kaj tiu, kiu povas manĝigi sian familion per ignamoj de unu rikolto ĝis la posta, estas vere granda homo. Okonkŭo volis, ke lia filo estu granda kultivisto kaj granda viro. Li intencis subpremi la maltrankviligajn signojn de mallaboremo, kiujn li imagis jam vidi en li.

«Mi ne volas filon, kiu ne povos teni alte sian kapon dum la kunveno de la klano. Mi preferus strangoli lin propramane. Kaj se vi staros tiel gapante al mi,» li ĵuris, «Amadiora rompos al vi la kapon!»

Post kelkaj tagoj, kiam la tero estis malsekigita de du-tri pezaj pluvoj, Okonkŭo kaj lia familio iris al la kampoj kun korboj da semotaj ignamoj, kun siaj hojoj kaj maĉetoj, por komenci la plantadon. Ili amasigis la teron en unuopaj montetoj laŭ longaj vicoj tra la tuta kampo, kaj semis en ilin la ignamojn.

Ignamo, la reĝo de rikoltoj, estis tre postulema reĝo. Dum tri aŭ kvar lunoj, ĝi bezonis pezan laboron kaj konstantan atentadon de la matena kokeriko ĝis la momento, kiam la kokinoj reiris vespere al la kokinejo. La junaj tigoj estis protektataj kontraŭ la varmega tero per ringoj de sisalaj folioj. Kiam la pluvoj intensiĝis, la virinoj plantis maizon, melonojn kaj fazeolojn inter la ignamo-montetoj. Tiam necesis ligi la ignamojn unue al maldikaj bastonoj, poste al altaj, dikaj arbobranĉoj. La virinoj sarkis la kampojn tri fojojn en difinitaj periodoj dum la vivo de la ignamoj, nek frue, nek malfrue.

Kaj nun la pluvoj vere alvenis, tiel peze kaj persiste, ke eĉ la vilaĝa sorĉisto ne plu pretendis, ke li povos interveni. Li ne povis nun haltigi la pluvadon, same kiel li ne klopodus ekigi ĝin meze de la seksezono sen serioza risko al la propra sano. La persona energio bezonata por kontraŭstari tiajn ekstremojn de la vetero estus tro granda por la homa korpo.

Kaj tial oni ne kontraŭstaris la naturon meze de la pluvsezono. Foje verŝiĝis malsupren tiel densaj akvofaloj, ke la tero kaj ĉielo ŝajnis kunfandiĝi en unu grizan malsekecon. Tiam ne eblis certe diri, ĉu la basa grumblado de la tondro de Amadiora venas de supre aŭ de sube. En tiuj momentoj, sub ĉiuj el la sennombraj pajlotegmentoj de Umuofia, infanoj sidis ĉirkaŭ la kuirfajro de sia patrino por aŭskulti rakontojn, aŭ kun sia patro en lia *obi* por varmigi sin antaŭ fajro el ŝtipoj, rostante kaj manĝante maizon. Tio estas mallonga periodo de ripozo inter la postula kaj laciga sezono de plantado, kaj la same laciga sed ĝojplena monato de rikoltoj.

Ikemefuna komencis senti sin membro de la familio de Okonkŭo. Li ankoraŭ pensis pri sia patrino kaj sia trijara fratino, kaj li havis momentojn de malfeliĉo kaj deprimiĝo. Sed li kaj Nŭoje nun tiom profunde amikiĝis, ke tiaj momentoj iĝis malpli oftaj kaj malpli doloraj. Ikemefuna havis senfinan stokon da popolaj rakontoj. Eĉ tiujn, kiujn Nŭoje jam konis, li rakontis kun freŝaj detaloj kaj la loka etoso de malsama klano. Nŭoje memoris ĉi tiun periodon tre vive, ĝis la fino de sia vivo. Li eĉ memoris, kiel li ridegis, kiam Ikemefuna diris al li, ke la ĝusta nomo por maizospiko kun nur kelkaj disaj grajnoj estas *eze-agadi-nwayi*: la dentoj de maljunulino. La menso de Nŭoje tuj iris al Nŭajieke, kiu loĝis apud la udal-arbo. Ŝi havis proksimume tri dentojn kaj ĉiam fumadis sian pipon.

Iom post iom la pluvoj malpeziĝis kaj maloftiĝis, kaj la tero kaj ĉielo denove disiĝis unu de la alia. La suno brilis kaj kvietaj ventetoj blovis tra maldensa pluvo oblikve falanta. Infanoj ne plu restis interne sed kuris ĉirkaŭe kantante:

«*La pluvo falas, la suno brilas,*
Nnadi sola kuiras kaj manĝas.»

Nŭoje ĉiam demandis sin, kiu estas Nnadi, kaj kial li loĝas tute sola, kaj sola kuiras kaj manĝas. Finfine li decidis, ke Nnadi devas loĝi en tiu lando pri kiu Ikemefuna rakontas en sia preferata fabelo pri la glora kortego de la formiko, kie la sabloj dancas eterne.

Ĉapitro 5

Alproksimiĝis la Festivalo de la Nova Ignamo, kaj Umuofia estis en festa humoro. Tio estis okazo por danki al Ani, la diino de la tero kaj la fonto de ĉia fekundeco. Ani ludis pli grandan rolon en la vivo de la popolo ol iu ajn alia dio. Ŝi estis la ĉefa juĝanto de moraleco kaj konduto. Kaj krome, ŝi estis en intima komunikado kun la forpasintaj gepatroj de la klano, kies korpojn oni jam metis en la teron.

La Festivalo de la Nova Ignamo okazis ĉiujare, antaŭ ol komenciĝis la rikoltado, por honori la diinon de la tero kaj la spiritojn de la antaŭuloj de la klano. Oni ne rajtis manĝi novajn ignamojn antaŭ ol oferi kelkajn al tiuj potencoj. Viroj kaj virinoj, junuloj kaj maljunuloj, ĉiuj senpacience atendis la Festivalon de la Nova Ignamo, ĉar per tio komenciĝis la sezono de abundo: la nova jaro. En la lasta nokto antaŭ la festivalo ĉiuj, kiuj ankoraŭ havis ignamojn de la malnova jaro, devis forkonsumi ilin. La nova jaro devas komenciĝi per bongustaj, freŝaj ignamoj, ne la ŝrumpaj kaj fibrecaj restaĵoj de la antaŭa jaro. Ĉiuj kuirpotoj, kalabasoj kaj lignaj bovloj estis ĝisfunde lavitaj, precipe la ligna pistujo en kiu oni pistis ignamojn.

Ignama fufuo kaj legomsupo estis la ĉefaj manĝoj dum la festado. Oni kuiris tiom multe, ke ne gravis, kiom la familio manĝis aŭ kiom da geamikoj kaj parencoj oni invitis el najbaraj vilaĝoj –ĉiam restis grandioza kvanto da manĝaĵoj fine de la tago. Estis rakonto pri riĉulo, kiu metis antaŭ siajn gastojn monton da fufuo tiel altan, ke tiuj sidantaj ĉe unu flanko ne povis vidi tiujn ĉe la alia. Nur malfrue en la vespero unu el ili finfine rimarkis, ke lia boparenco alvenis dum la tago kaj ekmanĝis ĉe la alia flanko. Nur tiam ili salutis unu la alian kaj manpremis super la restantaj manĝaĵoj.

Tial la Festivalo de la Nova Ignamo estis ĝojplena okazo tra Umuofia. Kaj oni atendis, ke ĉiu viro kun forta brako, kiel diras la igba popolo, invitos grandan nombron da gastoj de proksime kaj malproksime. Okonkŭo ĉiam invitis la parencojn de siaj edzinoj, kaj ĉar li nun havis tri edzinojn, liaj gastoj konsistigis imponan homamason.

Sed ial Okonkŭo neniam povis same entuziasmi pri festenoj kiel la plejmulto da homoj. Li ja kapablis manĝi abunde, kaj li povis eltrinki unu-du sufiĉe grandajn kukurbo-botelojn plenajn je palmovino. Sed li ĉiam fartis malbone, kiam necesis dum tagoj malŝpari tempon pro festeno. Li estis multe pli kontenta, kiam li povis labori en siaj kampoj.

Restis nur tri tagoj ĝis la festivalo. La edzinoj de Okonkŭo frotis la murojn kaj la kabanojn per ruĝa argilo ĝis ili glimis. Farinte tion, ili ornamis ilin per desegnaĵoj blankaj, flavaj kaj malhelverdaj. Post tio ili pripentris sin mem per bafia ligno, kaj desegnis belajn nigrajn dekoraciaĵojn sur siaj ventroj kaj dorsoj. Ankaŭ la infanoj estis ornamitaj, precipe iliaj hararoj, kiujn oni razis laŭ belegaj desegnoj. La tri virinoj babilis kun ekscito pri la parencoj alvenontaj, dum la infanoj ĝojplene anticipis la dorlotadon, kiun ili ricevos de tiuj vizitantoj el la patrinaj vilaĝoj. Ikemefuna estis same ekscitata. La Festivalo de la Nova Ignamo ŝajnis al li ĉi tie multe pli granda evento ol en lia propra vilaĝo – loko kiu jam fariĝis malproksima kaj malklara en lia menso.

Kaj tiam eksplodis la ŝtormo. Okonkŭo, kiu vagadis sencele en sia korto, subite trovis elirejon por sia subpremata kolero.

«Kiu mortigis ĉi tiun bananujon?» li demandis.

Silento tuj falis en la korto.

«Kiu mortigis ĉi tiun arbon? Ĉu vi ĉiuj estas surdaj kaj mutaj?»

Verdire la arbo estis tute vivoplena. La dua edzino de Okonkŭo estis nur fortranĉinta de ĝi kelkajn foliojn por envolvi iun manĝaĵon, kaj ŝi diris tion. Sen plia diskutado Okonkŭo batadis ŝin forte, kaj lasis ŝin kaj ŝian solan filinon plorantaj. La aliaj du edzinoj ne kuraĝis interveni, krom de tempo al tempo hezite peti: «Tio sufiĉas, Okonkŭo» de sekura distanco.

Kontentiginte tiel sian koleron, Okonkŭo decidis iri ĉasi. Li havis malnovan rustiĝintan pafilon faritan de lerta forĝisto, kiu venis loĝi en Umuofia antaŭ longe. Sed kvankam Okonkŭo estis granda homo universale rekonata kiel bravulo, li ne estis ĉasisto. Efektive li neniam mortigis eĉ raton per sia pafilo. Kaj tial, kiam li vokis al Ikemefuna alporti lian pafilon, la ĵus batita edzino murmuris ion pri pafiloj, kiuj neniam pafas. Bedaŭrinde por ŝi, Okonkŭo aŭdis tion, kaj kuris freneze en sian ĉambron por la ŝargita pafilo. Tuj poste li rekuris eksteren kaj alcelis ŝin, dum ŝi panike grimpis super la malaltan muron de la ignamejo. Li premis la ellasilon, kaj aŭdiĝis laŭta eksplodo akompanata de la plorkrioj de liaj edzinoj kaj infanoj. Li ĵetis teren la pafilon kaj saltis en la ignamejon. Tie kuŝis la virino, tre ŝokita kaj timigita, sed tute ne vundita. Li eligis pezan elspiron, kaj foriris kun la pafilo.

Malgraŭ tiu incidento, la Festivalon de la Nova Ignamo oni

festis tre ĝojplene en la domaro de Okonkŭo. Frumatene dum li oferis al siaj antaŭuloj novajn ignamojn kaj palmoleon, li petis ilin protekti lin, liajn infanojn kaj iliajn patrinojn dum la venonta jaro.

Dum la daŭro de la tago alvenis lia boparencaro el la tri ĉirkaŭaj vilaĝoj, kaj ĉiu grupo kunportis grandegan poton da palmovino. Kaj oni manĝis kaj drinkis ĝis la nokto, kiam la boparencoj de Okonkŭo komencis reiri hejmen.

La dua tago de la nova jaro estis la tago de la granda lukto-konkurso inter la vilaĝo de Okonkŭo kaj ties najbaroj. Estus malfacile diri, kiun la homoj ĝuis pli: ĉu la festenadon kaj kunestadon de la unua tago, ĉu la luktokonkurson de la dua. Sed estis unu virino, kiu pri tiu demando havis absolute neniun dubon. Ŝi estis la dua edzino de Okonkŭo, Ekŭefi, kiun li preskaŭ pafis. Neniu festivalo en iu ajn sezono de la jaro donis al ŝi tiom da plezuro, kiom la luktokonkurso. Antaŭ multaj jaroj, kiam ŝi estis la vilaĝa belulino, Okonkŭo gajnis ŝian koron, ĵetante la Katon en konkurso, kiu restis en la memoro de la vilaĝanoj kiel la plej granda iam ajn spertita. Ŝi ne edziniĝis kun li tiam, ĉar li estis tro malriĉa por pagi la edzinoprezon. Sed post kelkaj jaroj ŝi forfuĝis de sia edzo, kaj venis loĝi kun Okonkŭo. Ĉio ĉi okazis antaŭ multaj jaroj. Nun Ekŭefi estis virino kvardekkvinjara, suferinta sufiĉe multe dum sia vivo. Sed ŝia ĝuo pri luktokonkursoj estis ankoraŭ same vigla, kiel ĝi estis antaŭ tridek jaroj.

Ankoraŭ ne estis tagmezo en la dua tago de la Festivalo de la Novaj Ignamoj. Ekŭefi kaj ŝia sola filino, Ezinma, sidis apud la fajrujo, atendante ĝis la akvo en la poto ekbolos. La kokino ĵus mortigita de Ekŭefi estis en la ligna pistujo. La akvo komencis boli, kaj per unu lerta movo ŝi levis la poton de la fajro kaj verŝis la bolantan akvon sur la kokon. Ŝi remetis la malplenan poton sur la rondan mateton en la angulo, kaj rigardis siajn manplatojn, kiuj estis nigraj pro fulgo. Ezinma ĉiam miris, ke ŝia patrino povas levi poton de la fajro per siaj nudaj manoj.

«Ekŭefi,» ŝi diris, «ĉu estas vere, ke kiam homoj plenkreskas, fajro ne plu bruligas ilin?» Ezinma, malkiel la plejmulto da infanoj, nomis sian patrinon per ties nomo.

«Jes», Ekŭefi respondis, tro okupata por kontraŭdiri al ŝi.

Ŝia filino havis nur dek jarojn, sed ŝi estis pli saĝa ol normale je tiu aĝo. «Sed antaŭ kelkaj tagoj la patrino de Nŭoje faligis sian poton da varmega supo, kaj ĝi rompiĝis sur la planko.»

Ekŭefi turnis la kokinon en la pistujo, kaj komencis elpluki la plumojn.

«Ekŭefi,» diris Ezinma, kiu partoprenis en la senplumigado, «mia palpebro jukas.»

«Tio signifas, ke vi ekploros», diris ŝia patrino.

«Ne,» diris Ezinma, «temas pri tiu ĉi palpebro, la supra.»

«Tio signifas, ke vi vidos ion.»

«Kion mi vidos?» ŝi demandis.

«Kiel mi sciu?» Ekŭefi volis, ke ŝi mem solvu la aferon.

«Oho!» Ezinma finfine diris. «Mi scias pri kio temas: la lukto-konkurso.»

Finfine la kokino estas tute senplumigita. Ekŭefi provis eltiri la kornecan bekon, sed ĝi estis tro malmola. Ŝi tordiĝis sur sia malalta tabureto por meti la bekon en la fajron dum kelkaj momentoj. Ŝi denove tiris, kaj ĝi malfiksiĝis.

«Ekŭefi!» aŭdiĝis voĉo el unu el la aliaj kabanoj. Vokis la unua edzino de Okonkŭo, la patrino de Nŭoje.

«Ĉu temas pri mi?» Ekŭefi revokis. Tiel la homoj respondis al vokoj el ekstere. Ili neniam respondis jese pro timo, ke eble vokas malica spirito.

«Ĉu vi donos al Ezinma iom da fajro por porti al mi?» Ŝiaj propraj infanoj kaj Ikemefuna estis ĉe la rivereto.

Ekŭefi metis kelkajn ruĝardajn karbojn en pecon da rompita poto, kaj Ezinma portis ilin tra la freŝe balaita korto al la patrino de Nŭoje.

«Dankon, Nma», tiu diris. Ŝi dume senŝeligis novajn ignamojn, kaj en korbo apude estis verdaj legomoj kaj fazeoloj.

«Mi faros por vi la fajron», Ezinma proponis.

«Dankon, Ezigbo», ŝi diris. Ŝi ofte nomis la knabinon Ezigbo, kiu signifas «la bonulino».

Ezinma iris eksteren kaj prenis kelkajn bastonetojn el grandega fasko da ligno por la fajroj. Ŝi rompis ilin en pecetojn sub sia plando kaj komencis konstrui fajron, blovante ĝin per sia spiro.

«Vi elblovos viajn okulojn», diris la patrino de Nŭoje, levante siajn okulojn de la ignamoj senŝeligataj. «Uzu la ventumilon.» Ŝi ekstaris por preni la ventumilon, kiu estis fiksita en unu el la traboj. Tuj kiam ŝi leviĝis, la ĝena kaprino, kiu ĝis tiam bonkondute manĝis nur la ŝelojn de la ignamoj, fiksis siajn dentojn en la aĵon mem, elmordis du buŝplenojn, kaj fuĝis el la kabano por maĉi kaj remaĉi ilin en la kaprinejo. La patrino de Nŭoje sakris kontraŭ ĝi, kaj residiĝis por daŭrigi la senŝeligadon. La fajro de Ezinma jam elsendis densajn fumnubojn. Ŝi plu ventumis ĝin ĝis ĝi ekflamiĝis. La patrino de Nŭoje dankis ŝin, kaj ŝi reiris al la kabano de la propra patrino.

Tiumomente la malproksima batado de la tamburoj komencis atingi ilin. Ĝi venis de la direkto de la ilo, la ludejo de la vilaĝo. Ĉiu vilaĝo havis sian propran ilo, kiu estis samaĝa kiel la vilaĝo mem. Tie okazis ĉiuj grandaj ceremonioj kaj dancoj. La tamburoj aŭdigis la tuj rekoneblan luktodancon: rapidan, malpezan kaj gajan, kaj la sono alŝvebis sur la vento.

Okonkŭo tusis en sia gorĝo kaj movis siajn piedojn laŭ la takto de la tamburoj. Ili flamigis en li fajron, same kiel ĉiam okazis de kiam li estis juna. Li tremis pro la deziro venki kaj subigi. Tio estis kiel la deziro je virino.

«Ni malfruos por la luktado», Enzima diris al sia patrino.

«Oni ne komencos ĝis la sunsubiro.»

«Sed oni jam batas la tamburojn.»

«Jes. La tamburoj eksonas je tagmezo, sed la luktado atendas ĝis la suno komencos malaltiĝi. Iru vidi, ĉu via patro prenis el la ignamejo ignamojn por la posttagmezo.»

«Li ja faris. La patrino de Nŭoje jam ekkuiris.»

«Do, iru preni ankaŭ niajn. Ni devos kuiri rapide, aŭ ni malfruos al la luktado.»

Ezinma kuris al la ignamejo, kaj reportis du ignamojn, kiujn ŝi trovis apud la malalta muro.

Ekŭefi rapide senŝeligis la ignamojn. La ĝena kaprino ĉirkaŭsnufis, manĝante la ŝelojn. Ŝi distranĉis la ignamojn en malgrandajn pecetojn kaj komencis pretigi stufaĵon per parto de la kokinaĵo.

Tiumomente ili aŭdis iun plorantan tuj apud ilia korto. Tio sonis kiel Obiageli, la fratino de Nŭoje.

«Ĉu tiu ne estas Obiageli, kiu ploras?» Ekŭefi vokis trans la korton al la patrino de Nŭoje.

«Jes», ŝi respondis. «Verŝajne ŝi rompis sian akvopoton.»

La plorado nun sufiĉe proksimiĝis, kaj baldaŭ la infanoj alvenis, unu post alia, ĉiuj tenante sur la kapo potojn de diversaj grandecoj, depende de la aĝo. Ikemefuna venis unue kun la plej granda poto, kaj tuj post li sekvis Nŭoje kaj liaj du pli junaj fratoj. Obiageli sekvis malantaŭe, kun larmoj fluantaj laŭ la vizaĝo. En sia mano ŝi tenis la ŝtofan subtenilon, kiun ŝi devus porti sur la kapo por teni la poton.

53

«Kio okazis?» ŝia patrino demandis, kaj Obiageli klarigis per plorema tono. Ŝia patrino konsolis ŝin kaj promesis aĉeti por ŝi novan poton.

La pli junaj fratoj volis rakonti al sia patrino la veran kaŭzon de la akcidento, sed Ikemefuna alrigardis ilin severe, kaj ili silentis. Verdire, Obiageli ludis *inyanga* per sia poto. Ŝi metis ĝin en ekvilibro sur sian kapon, krucis antaŭ si la brakojn, kaj komencis balanci la talion kiel plenkreska junulino. Kiam la poto falis kaj rompiĝis, ŝi ekridegis. Ŝi komencis plori, nur kiam ili atingis la irok-arbon apud sia korto.

La tamburoj ankoraŭ batis, persiste kaj senŝanĝe. Ilia sono jam fariĝis esenca parto de la vivanta vilaĝo. Ĝi estis kiel la pulsado de ĝia koro. Ĝi vibris en la aero, en la sunradioj kaj eĉ en la arboj, kaj plenigis la vilaĝon per ekscito.

Per ĉerpilo Ekŭefi verŝis parton de la stufaĵo en bovlon por sia edzo, kaj kovris ĝin. Ezinma alportis ĝin al li en lia *obi*.

Okonkŭo sidante sur kaprofelo jam manĝis la porcion alportitan de lia unua edzino. Obiageli, kiu portis ĝin de la kabano de sia patrino, sidis sur la planko, atendante ĝis li finmanĝos. Ezinma metis antaŭ lin la pladon de sia patrino, kaj sidis kun Obiageli.

«Sidu kiel virino!» Okonkŭo kriis al ŝi kolere. Ezinma kunmetis siajn du krurojn kaj etendis ilin antaŭ si.

«Paĉjo, ĉu vi iros spekti la luktadon?» Ezinma demandis post taŭga silento.

«Jes», li respondis. «Ĉu ankaŭ vi?»

«Jes.» Kaj post paŭzo ŝi demandis: «Ĉu mi rajtas porti por vi vian seĝon?»

«Ne, tio estas tasko por knabo.» Okonkŭo aparte amis Ezinman. Ŝi aspektis tre simile al sia patrino, kiu iam estis la belulino de la vilaĝo. Sed lia amo estis videbla nur en tre maloftaj okazoj.

«Obiageli rompis sian poton hodiaŭ», Ezinma diris.

«Jes, ŝi rakontis tion al mi», Okonkŭo diris inter unu buŝpleno kaj la posta.

«Paĉjo,» Obiageli diris, «oni ne devus paroli dum oni manĝas, ĉar oni enspiros pipron en la gorĝon.»

«Vi tute pravas. Ĉu vi aŭdas tion, Ezinma? Vi estas pli aĝa ol Obiageli, sed ŝi estas pli saĝa.»

Li malkovris la bovlon de sia dua edzino kaj komencis manĝi el ĝi. Obiageli prenis la unuan bovlon kaj reiris al la kabano de sia patrino. Kaj tiam alvenis Nkeĉi, portante la trian bovlon. Nkeĉi estis la filino de la tria edzino de Okonkŭo.

En la distanco la tamburoj daŭre batis.

Ĉapitro 6

Ĉiuj en la vilaĝo aperis ĉe la *ilo*: viroj, virinoj kaj infanoj. Ili staris en grandega rondo, lasante libera la centron de la ludejo. La pliaĝuloj kaj gravuloj de la vilaĝo sidis sur siaj propraj taburetoj, alportitaj de iliaj junaj filoj aŭ de sklavoj. Inter tiuj estis Okonkŭo. Ĉiuj aliaj staris krom tiuj, kiuj alvenis sufiĉe frue por kapti lokon sur la malmultaj spektejoj kreitaj el glatŝelaj arbotrunkoj metitaj sur forkpintajn fostojn.

La luktistoj ankoraŭ ne alvenis, kaj la tamburistoj regis la kampon. Ili sidis tuj antaŭ la grandega cirklo de spektantoj, fronte al la pliaĝuloj. Malantaŭ ili estis la granda kaj antikva kapok-arbo, kiu estis sankta. Spiritoj de bonaj infanoj vivis en tiu arbo, atendante la naskiĝon. En ordinaraj tagoj junaj virinoj, kiuj deziris infanojn, venis sidi sub ĝia ombro.

Estis sep tamburoj, kaj ili estis aranĝitaj laŭ grandeco en longa ligna korbo. Tri viroj freneze batadis ilin per bastonoj, pasante febre de unu tamburo al la sekva. Ilin posedis la spirito de la tamburoj.

La junaj viroj kun la tasko teni la ordon rapidis en ĉiujn direktojn, konsultante inter si kaj kun la estroj de la du lukto-teamoj, kiuj staris ekster la rondo, malantaŭ la homamaso. De tempo al tempo du junuloj portante palmobrançojn kuris ĉirkaŭ la cirklo por repuŝi la homojn, batante la grundon antaŭ iliaj piedoj, aŭ se ili rifuzis moviĝi, ankaŭ iliajn krurojn kaj piedojn.

Finfine la du teamoj alvenis dancante en la cirklon, kaj la homamaso aklamis kaj aplaŭdis. La tamburoj freneziĝis. Ondo da homoj puŝiĝis antaŭen. La junuloj, kiuj tenis la ordon, kuregis ĉirkaŭe, svingante siajn palmobrançojn. Maljunuloj balancis la kapon laŭ la takto de la tamburoj, kaj memoris la tagojn, kiam ili mem luktis laŭ tiu ebriiga ritmo.

La unuaj konkursantoj estis knaboj dekkvin- aŭ dekses-jaraj. En ĉiu teamo estis nur tri tiaj knaboj. Tiuj ne estis la veraj luktantoj; ili nur varmigis la etoson. Tre rapide la unuaj du matĉoj jam finiĝis. Sed la tria kaŭzis grandan sensacion eĉ inter la pliaĝuloj, kiuj ne kutime montris sian eksciton tiel malkaŝe. La matĉo estis same mallonga kiel la aliaj du, eble eĉ pli mallonga. Sed malmultaj homoj iam vidis tian luktadon. Tuj kiam la du knaboj alproksimiĝis unu al la alia, unu el ili faris movon, kiun neniu povis priskribi, ĉar ĝi okazis fulmrapide. Kaj la alia knabo jam kuŝis surdorse. La homamaso aklamis kaj aplaŭdegis, kaj dum momento eĉ superis la freneziĝantajn tamburojn. Okonkŭo salte ekstaris, kaj tuj residiĝis. Tri junaj viroj el la teamo de la venkinta knabo kuris antaŭen, levis lin surŝultren, kaj dancis tra la huraanta homamaso. Baldaŭ ĉiuj sciis, kiu estas la knabo. Lia nomo estis Maduka, la filo de Obierika.

La tamburistoj paŭzis por mallonge ripozi antaŭ la veraj matĉoj. Iliaj korpoj glimis pro ŝvito, kaj ili prenis ventumilojn kaj ekventumis sin. Ili ankaŭ trinkis akvon el malgrandaj potoj kaj manĝis kolanuksojn. Ili refariĝis ordinaraj homoj, kiuj babilis kaj ridis inter si kaj kun la aliaj homoj starantaj apude. La aero, kiu etendiĝis preskaŭ ĝis rompiĝo pro la ekscito, denove malstreĉiĝis. Estis kvazaŭ oni verŝis akvon sur la streĉitan haŭton de tamburo.

Multaj homoj rigardis ĉirkaŭe, eble nur la unuan fojon, kaj rimarkis tiujn, kiuj staris aŭ sidis apude.

«Mi ne sciis, ke tiu estas vi», Ekŭefi diris al la virino, kies ŝultro tuŝis la ŝian de kiam komenciĝis la luktado.

«Tio ne mirigas min», la virino diris. «Mi neniam vidis tiel grandan amason da homoj. Ĉu estas vere, ke Okonkŭo preskaŭ mortigis vin per sia pafilo?»

«Tio efektive estas vera, kara amikino. Mi ankoraŭ ne trovas buŝon, per kiu eblas rakonti tiun aferon.»

«Via *chi* certe ne dormas, amikino mia. Kaj kiel fartas mia filino, Ezinma?»

«Ŝi fartas tre bone de iom da tempo. Eble ŝi venis por resti.»

«Mi pensas, ke eble vi pravas. Kiom aĝa ŝi estas nun?»

«Ŝi havas ĉirkaŭ dek jarojn.»

«Mi pensas, ke ŝi plurestos. Ili kutime restas, se ili ne mortas antaŭ ol atingi ses jarojn.»

«Mi preĝas, ke ŝi restu», Ekŭefi diris, kun peza elspiro.

La virino, kun kiu ŝi parolis, nomiĝis Ĉielo. Ŝi estis la pastrino de Agbala, la Orakolo de la Montetoj kaj Kavernoj. En la ĉiutaga vivo Ĉielo estis vidvino kun du infanoj. Ŝi estis bona amikino de Ekŭefi, kaj ili havis komunan budon en la bazaro. Ŝi havis aparte ameman rilaton kun la sola filino de Ekŭefi, Ezinma, kiun ŝi nomis «mia filino». Sufiĉe ofte ŝi aĉetis fazeolokukojn, kaj donacis kelkajn al Ekŭefi por porti hejmen al Ezinma. Iu ajn, kiu vidus Ĉielon en la normala vivo, apenaŭ kredus, ke ŝi estas la sama homo, kiu elbuŝigas profetaĵojn, kiam posedas ŝin la spirito de Agbala.

La tamburistoj reprenis siajn bastonojn, kaj la aero tremis kaj streĉiĝis kiel preta pafarko.

La du teamoj estis aranĝitaj frontante unu la alian trans la libera spaco. Junulo el unu teamo dancis trans la centron al la alia flanko kaj fingromontris tiun homon, kun kiu li deziras batali. Ili dancis reen kune al la centro, kaj tiam komenciĝis la luktado.

Estis po dek du junuloj en ĉiu flanko, kaj la defio pasis de unu flanko al la alia. Du juĝistoj paŝis ĉirkaŭ la luktantoj, kaj kiam ili opiniis, ke ili luktas egale forte, haltigis ilin. Kvin matĉoj finiĝis tiumaniere. Sed la plej ekscitaj momentoj okazis, kiam homo estis ĵetita teren. Tiam la laŭtega voĉo de la homamaso leviĝis ĝis la ĉielo kaj en ĉiun direkton. Oni aŭdis ĝin eĉ en la apudaj vilaĝoj.

La lasta matĉo estis inter la estroj de la teamoj. Ili estis inter la plej bonaj luktistoj en ĉiuj naŭ vilaĝoj. La homoj demandis sin, kiu el la du ĵetos la alian ĉi-jare. Iuj opiniis, ke Okafo estas la pli bona luktisto; laŭ aliaj li tute ne povas egali Ikezue. La pasintan jaron neniu el la du sukcesis ĵeti la alian, kvankam la juĝistoj permesis, ke la matĉo daŭru pli longe ol kutime. Ili havis la saman stilon, kaj ambaŭ povis antaŭvidi la planojn de la alia. Tio povus okazi denove.

Jam krepuskiĝis, kiam ilia matĉo komenciĝis. La tamburoj freneziĝis, kaj ankaŭ la homamaso. Ili puŝiĝis antaŭen, kiam la du junuloj dancante eniris la cirklon. La palmobranĉoj tute ne sufiĉis por reteni ilin.

Ikezue etendis sian dekstran manon. Okafo kaptis ĝin, kaj ili kunpremiĝis. La batalo estis furioza. Ikezue strebis ŝovi sian dekstran kalkanon malantaŭ Okafon por faligi lin surdorsen per la ruzaĵo *ege*. Sed unu jam sciis, kion la alia pensas. La homamaso ĉirkaŭis kaj englutis la tamburistojn, kies freneziĝanta ritmo ne plu estis sono ekstera sed la korbato mem de la spektantoj.

Kaptinte unu la alian, la luktistoj nun apenaŭ moviĝis. La muskoloj de iliaj brakoj kaj femuroj kaj sur iliaj dorsoj elstaris kaj spasmis. Tio ŝajnis kiel egala matĉo. La du juĝistoj jam paŝis antaŭen por disigi ilin, kiam Ikezue, nun preskaŭ senespera, rapide malleviĝis sur unu genuon kun la celo ĵeti la alian malantaŭen super sian kapon. Tio estis bedaŭrinda miskalkulo. Rapidege kiel la fulmo de Amadiora, Okafo levis sian dekstran kruron kaj svingis ĝin super la kapon de sia rivalo. La homamaso eksplodis per tondra kriego. La subtenantoj de Okafo tuj kaptis lin, kaj portis lin hejmen sur siaj ŝultroj. Ili laŭdis lin per kantoj, kaj la junulinoj frapadis per la manoj:

> *«Kiu luktos por nia vilaĝo?*
> *Okafo luktos por nia vilaĝo.*
> *Ĉu li ĵetis centon da viroj?*
> *Li ĵetis jam kvarcent virojn.*
> *Ĉu li ĵetis centon da Katoj?*
> *Li ĵetis jam kvarcent Katojn.*
> *Do alvoku lin, ke li luktu por ni.»*

Ĉapitro 7

Dum tri jaroj Ikemefuna loĝis ĉe la domanaro de Okonkŭo, kaj ŝajnis, ke la pliaĝuloj de Umuofia forgesis pri li. Li kreskis rapide kiel ignama tigo en la pluvsezono, kaj estis plena je vivosuko. Li estis tute ensorbita en sian novan familion. Li estis kiel pli aĝa frato al Nŭoje, kaj ekde la komenco ŝajnis, kvazaŭ li flamigis novan fajron en la pli juna knabo. Pro li Nŭoje sentis sin pli plenkreska; kaj ili ne plu pasigis la vesperojn en la kabano de lia patrino dum ŝi kuiris, sed nun sidis kun Okonkŭo en lia *obi*, aŭ rigardis dum li eltiris sukon el sia palmo por la vespera vino. Nŭoje nun estis aparte kontenta, kiam alvokis lin lia patrino aŭ alia edzino de lia patro, por fari iun malfacilan kaj virecan taskon en la hejmo, kiel fendi lignon aŭ pisti manĝaĵon. Ricevinte tian mesaĝon pere de pli juna frato aŭ fratino, Nŭoje ĉiam ŝajnigis sin ĝenata kaj laŭte grumblis pri virinoj kaj iliaj problemoj.

Okonkŭo interne estis kontenta pri la evoluo de sia filo, kaj li sciis, ke tio ŝuldiĝas al Ikemefuna. Li volis, ke Nŭoje fariĝu fortika junulo kapabla regi la domanaron de sia patro post ties morto, kiam li aliĝos al la antaŭuloj. Li volis, ke lia filo estu prosperulo kun plena ignamejo, tiel ke li povu nutri la antaŭulojn per regulaj oferoj. Kaj do li ĉiam estis feliĉa, kiam li aŭdis lin grumbli pri virinoj. Tio montris, ke estonte li povos regi sian inaron. Eĉ se viro estas prosperega, se li ne kapablas regi siajn virinojn kaj infanojn (kaj precipe siajn virinojn), li ne estas vera viro. Li estas kiel la viro en la kanto, kiu havis dek kaj unu edzinojn, kaj ne sufiĉe da supo por sia fufuo.

Do Okonkŭo kuraĝigis la junulojn sidi kun li en lia *obi*, kaj li rakontis al ili la rakontojn de ilia lando: virecajn rakontojn de perforto kaj sangoverŝado. Nŭoje sciis, ke estas ĝuste konduti virece kaj perforte, sed ial li ankoraŭ preferis la fabelojn, kiujn li aŭdis pli frue de sia patrino, kaj kiujn ŝi sendube ankoraŭ rakontadis al siaj pli junaj infanoj: fabelojn pri la testudo kaj ties ruzaĵoj, kaj pri la birdo *eneke-nti-oba*, kiu defiis la tutan mondon lukti kontraŭ li kaj finfine estis faligita de la kato.

Li memoris la fabelon, kiun ŝi ofte rakontis, pri la kverelo antaŭ longe inter Tero kaj Ĉielo, kaj kiel Ĉielo retenis la pluvon dum sep jaroj, ĝis rikoltoj velkis kaj ne eblis enterigi mortintojn, ĉar la hojoj rompiĝis kontraŭ la ŝtona Tero. Finfine oni sendis Vulturon por petegi la Ĉielon, kaj por moligi lian koron per kanto pri la suferado de la homidoj. Kiam ajn la patrino de Nŭoje kantis tiun kanton, li sentis sin forportata al la malproksima sceno en la ĉielo, kie Vulturo, la sendito de Tero, per kanto petas kompaton. Efektive Ĉielo estis kortuŝita, kaj li donis al Vulturo pluvon, envolvitan en tarofolioj. Sed dum li flugis hejmen, lia longa ungego trapikis la foliojn, kaj la pluvo falis pli forte ol ĝi iam ajn falis antaŭe. Kaj pluvis tiel peze sur Vulturon, ke li ne reiris por liveri sian mesaĝon, sed flugis al fora lando, kie li rimarkis fajron. Alveninte li malkovris, ke temas pri viro faranta oferon. Vulturo varmigis sin per la fajro kaj manĝis la intestojn.

Tiajn fabelojn ŝategis Nŭoje. Sed nun li sciis, ke ili estas por malsaĝaj inoj kaj infanoj, kaj li sciis, ke lia patro deziras, ke li estu viro. Tial li ŝajnigis, ke ne plu interesas lin la rakontoj de virinoj. Kiam li faris tion, li rimarkis, ke tio plaĉas al lia patro, kiu ne plu riproĉas aŭ batas lin. Do Nŭoje kaj Ikemefuna aŭskultadis la rakontojn de Okonkŭo pri intertribaj militoj, aŭ kiel antaŭ multaj jaroj Okonkŭo gvatis sian viktimon, subigis lin, kaj akiris sian unuan homan kapon. Kaj dum li rakontis al ili pri la pasinteco, ili sidis en mallumo aŭ ĉe la malforta ardo de la ŝtipoj, atendante ĝis la virinoj finkuiros. Kiam la inoj estis pretaj, ĉiu portis sian bovlon da fufuo kaj bovlon da supo al sia edzo. Oni flamigis olelampon kaj Okonkŭo gustumis el ĉiu bovlo. Farinte tion, li transdonis du porciojn al Nŭoje kaj Ikemefuna.

Tiamaniere la lunoj kaj la sezonoj pasis. Kaj tiam venis la lokustoj. Tio laste okazis antaŭ multaj jaroj. La pliaĝuloj diris, ke lokustoj venas nur unu fojon en ĉiu generacio, reaperas ĉiujare dum sep jaroj, kaj poste malaperas dum plena vivodaŭro. Ili reiras al siaj kavernoj en fora lando, kie gardas ilin raso de nanoj. Kaj tiam post denova vivodaŭro, tiuj homoj malfermas la kavernojn, por ke la lokustoj flugu al Umuofia.

Ili venis dum la malvarma harmatana sezono post la rikoltoj, kaj formanĝis ĉiujn sovaĝajn herbojn en la kampoj.

Okonkŭo kaj la du knaboj okupiĝis pri la ruĝaj eksteraj muroj de la korto. Tio estis unu el la malpli pezaj taskoj de la postrikolta sezono. Ili metis novan kovraĵon el dikaj palmobranĉoj kaj folioj sur la murojn por protekti ilin dum la venonta pluvsezono. Okonkŭo laboris ĉe la ekstero de la muro kaj la knaboj interne. En la supra nivelo de la muro estis etaj truoj de unu flanko al la alia, kaj tra tiuj Okonkŭo pasigis la ŝnuron, la *tie-tie*, al la knaboj. Ili volvis ĝin ĉirkaŭ la lignaj teniloj kaj poste repuŝis ĝin al li; kaj farante tion ili plifortigis la kovrilon sur la muro.

Intertempe la virinoj iris al la veprejo por kolekti brullignon, kaj la infanetoj vizitis siajn kunludantojn en la najbaraj domaroj. La harmatano estis en la aero, kaj ŝajnis koncentri nebulan senton de dormemo sur la mondon. Okonkŭo kaj la knaboj laboris en perfekta silento, rompita nur kiam ili levis novan palmofolion sur la muron, aŭ kiam diligenta kokino movis sekajn foliojn jen kaj jen dum sia senĉesa serĉado de manĝoj.

Kaj tiam subite ombro falis sur la mondon, kaj la suno ŝajnis kaŝiĝi malantaŭ densa nubo. Okonkŭo levis la okulojn de sia laboro kaj demandis sin, ĉu pluvos en tiel nekutima sezono. Sed preskaŭ tuj aŭdiĝis ĝoja krio el ĉiuj direktoj, kaj Umuofia, kiu ĝis tiam dormetis en la tagmeza varmego, eksplodis per vivo kaj aktiveco.

«Lokustoj alvenas», la homoj ĝoje kriis ĉie, kaj viroj, virinoj kaj infanoj forlasis sian laboron aŭ ludadon kaj kuris eksteren por spekti la nekutiman vidaĵon. Pasis multaj, multaj jaroj, de kiam la lokustoj laste venis, kaj nur la maljunuloj jam vidis ilin.

Komence venis nur malgranda svarmeto. Tiu estis la avangardo sendita por espiori la ĉirkaŭaĵon. Kaj tiam ĉe la horizonto aperis malrapide moviĝanta maso kiel senlima nigra nubego, ŝvebanta survoje al Umuofia. Baldaŭ ĝi kovris duonon de la ĉielo, kaj la solida maso nun estis punktita de etetaj lumokuloj kiel brilantaj stelopolveroj. Temis pri imponega vidindaĵo, plena je potenco kaj beleco.

Ĉiuj nun staris ekstere, ekscite babilante kaj preĝante, ke la lokustoj haltu en Umuofia por la nokto. Kvankam lokustoj ne vizitis Umuofian de multaj jaroj, ĉiuj sciis instinkte, ke ili estas tre bongustaj. Kaj finfine la lokustoj ja venis malsupren. Ili surteriĝis sur ĉiu arbo kaj sur ĉiu herbero; ili surteriĝis sur la tegmentoj kaj kovris la senherban grundon. Fortikaj arbobranĉoj forrompiĝis sub ilia pezo, kaj la tuta lando akiris la terbrunan koloron de tiu vasta, malsata svarmo.

Multaj homoj eliris kun korboj por provi kapti ilin, sed la pliaĝuloj konsilis atendi pacience ĝis noktiĝos. Kaj ili pravis. La lokustoj ripozis en la arbustoj por la nokto, kaj iliaj flugiloj malsekiĝis pro roso. Tiam malgraŭ la malvarma harmatano, ĉiuj en Umuofia eliris por plenigi siajn sakojn kaj potojn per lokustoj. La sekvan matenon oni rostis ilin en argilaj potoj, kaj poste dismetis ilin sub la suno ĝis ili fariĝis sekaj kaj rompeblaj. Kaj dum multaj tagoj oni manĝis tiun maloftan frandaĵon kun solida palmoleo.

Okonkŭo sidis en sia *obi* feliĉe maĉante tiun krakaĵon kun Ikemefuna kaj Nŭoje, kaj drinkante abundan palmovinon, kiam alvenis Ogbuefi Ezeudu. Ezeudu estis la plej maljuna viro en tiu kvartalo de Umuofia. Siatempe li estis granda kaj sentima militisto, kaj nun li estis alte respektata de ĉiuj en la klano. Li rifuzis partopreni en la manĝo, kaj petis Okonkŭon interŝanĝi kun li kelkajn vortojn ekstere. Tial Okonŭo paŝis eksteren apud la maljunulo, kiu apogis sin sur bastono. Kiam iliaj voĉoj ne estis aŭdeblaj en la domo, li diris al Okonkŭo:

«Tiu knabo nomas vin patro. Ne partoprenu en lia morto.» Okonkŭo miris kaj volis ekparoli, sed la maljunulo daŭrigis:

«Jes, Umuofia decidis mortigi lin. La Orakolo de la Montetoj kaj la Kavernoj deklaris tion. Oni kondukos lin ekster Umuofian laŭ la kutimo, kaj mortigos lin tie. Sed mi volas, ke vi tute ne rilatu al tiu afero. Li nomas vin sia patro.»

La postan tagon venis frumatene grupo da pliaĝuloj el ĉiuj naŭ vilaĝoj de Umuofia al la domo de Okonkŭo, kaj antaŭ ol ili ekparolis per mallaŭtaj tonoj, Nŭoje kaj Ikemefuna estis senditaj eksteren. Ili ne restis tre longe, sed post ilia foriro Okonkŭo sidis senmove dum longa tempo, subtenante sian mentonon inter siaj manplatoj. Pli malfrue en tiu tago li vokis Ikemefunan por diri al li, ke la postan tagon oni kondukos lin hejmen.

Nŭoje aŭdis tion kaj ekploregis, kaj tial lia patro forte batis lin. Ikemefuna, aliflanke, sentis konfuzon. Liaj memoroj pri la propra hejmo iom post iom jam iĝis tre palaj kaj malproksimaj. Ankoraŭ mankis al li la patrino kaj fratino, kaj li estus kontenta revidi ilin. Sed iel li sciis, ke li tamen ne revidos ilin. Li memoris, kiam viroj antaŭe parolis al lia patro per mallaŭtaj tonoj; kaj nun ŝajnis, kvazaŭ la sama afero okazas denove.

Poste Nŭoje venis al la kabano de sia patrino por diri al ŝi, ke Ikemefuna iros hejmen. Ŝi tuj faligis la pistilon, per kiu ŝi muelis pipron, krucis siajn brakojn antaŭ sia brusto, kaj elspiris: «La kompatinda infano.»

La postan tagon la viroj revenis kun poto da vino. Ĉiuj estis plene vestitaj, kvazaŭ ili iros al granda kunveno de la klano, aŭ por viziti najbaran vilaĝon. Ili tiris siajn tukojn sub la dekstra akselo, kaj pendigis siajn kaprofelajn sakojn kaj maĉetingojn sur la maldekstra ŝultro. Okonkŭo rapide pretigis sin, kaj la grupo ekiris kun Ikemefuna, kiu portis la poton da vino. Morta silento falis sur la korton de Okonkŭo. Laŭŝajne, eĉ la plej etaj infanoj sciis. Dum tiu tuta tago, Nŭoje sidis en la kabano de sia patrino, kaj larmoj staris en liaj okuloj.

Komence de sia vojaĝo, la viroj de Umuofia parolis kaj ridis pri la lokustoj, pri siaj virinoj, kaj pri iuj inecaj viroj, kiuj rifuzis akompani ilin. Sed dum ili alproksimiĝis al la rando de Umuofia, ankaŭ ili eksilentis.

La suno malrapide leviĝis al la centro de la ĉielo, kaj la seka, sabla vojo komencis liberigi sian entenatan varmegon. Kelkaj birdoj ĉirpis en la ĉirkaŭaj arbaroj. La viroj surtretis sekajn foliojn sur la sablo. Ĉio alia silentis. Tiam el la distanco aŭdiĝis mallaŭte la batado de la *ekwe*. Ĝi leviĝis kaj malaperis laŭ la vento: paca danco el malproksima klano.

«Tio estas la *ozo*-danco», la viroj diris inter si. Sed neniu estis certa, de kie ĝi venas. Iuj diris Ezimili, aliaj Abame aŭ Aninta. Ili diskutis mallonge kaj denove silentiĝis, kaj la apenaŭ kaptebla danco leviĝis kaj falis laŭ la vento. Ie, iu viro prenas unu el la titoloj de sia klano, kun muziko kaj dancado kaj granda festeno.

La vojo intertempe fariĝis mallarĝa linio tra la koro de la arbaro. La malaltaj arboj kaj maldensa veprejo, kiu ĉirkaŭis ilian vilaĝon, komencis cedi al gigantaj arboj kaj lianoj, kiuj staris eble jam de la komenco de la tempo, neniam tuŝitaj de hakilo kaj veprofajro. La suno etendiĝis tra iliaj folioj kaj branĉoj, kaj ĵetis desegnon de lumo kaj ombro sur la sablan vojeton.

Ikemefuna aŭdis flustron tuj malantaŭ si, kaj turniĝis abrupte. La flustrinta viro nun vokis laŭte, urĝante la aliajn, ke ili rapidu.

«Ni ankoraŭ devas fari longan vojon», li diris. Tiam li kaj alia viro marŝis antaŭ Ikemefuna, por ke ankaŭ la aliaj rapidiĝu.

Tiel la viroj de Umuofia sekvis sian vojon, armitaj per ingitaj maĉetoj, kaj Ikemefuna kun poto de palmovino sur la kapo marŝis inter ili. Kvankam komence li estis maltrankvila, li ne plu timis. Okonkŭo marŝis malantaŭ li. Li apenaŭ povis imagi, ke Okonkŭo ne estas lia vera patro. Li neniam aparte amis sian veran patron, kaj post paso de tri jaroj tiu jam fariĝis tre distanca. Sed lia patrino kaj trijara fratino... komprenable ŝi ne plu havas tri jarojn, sed ses. Ĉu li rekonos ŝin nun? Intertempe ŝi certe kreskis kaj sufiĉe grandiĝis. Lia patrino ploros pro ĝojo, kaj dankos Okonkŭon, ke li tiel bone prizorgis lin kaj rekondukis lin hejmen. Ŝi volos aŭdi ĉion, kio okazis al li dum tiuj jaroj. Ĉu li memoros ĉion? Li rakontos al ŝi pri Nŭoje kaj lia patrino, kaj pri la lokustoj...

Tiam tute subite venis al li penso. Eble lia patrino mortis. Li vane provis forpuŝi la penson el sia menso. Tiam li provis solvi la aferon laŭ la sama maniero kiel li solvis tiajn aferojn, kiam li estis malgranda knabo. Li ankoraŭ memoris la kanton:

Eze elina, elina!

Sala

Eze ilikwa ya

Ikwaba akwa oligholi

Ebe Danda nechi eze

Ebe Uzuzu nete egwu

Sala

Li kantis tion enmense, kaj marŝis laŭ ĝia takto. Se la kanto finiĝos per lia dekstra piedo, lia patrino estas viva. Se ĝi finiĝos per la maldekstra, ŝi estas morta. Ne, ne morta, sed malsana. Ĝi finiĝis per la dekstra. Ŝi vivas kaj fartas bone. Li kantis la kanton denove, kaj ĝi finiĝis per la maldekstra. Sed la duan fojon oni ne konsideru. Nur la unua voĉo atingas Ĉukŭun, la domon de Dio. Tio estis preferata diraĵo de infanoj. Ikemefuna sentis sin denove kiel infano. Eble pro la penso iri hejmen al sia patrino.

Unu el la viroj malantaŭ li tusis en sia gorĝo. Ikemefuna rigardis malantaŭen, kaj la viro blekis kolere ke li pluiru kaj ne haltu por rigardi malantaŭen. La maniero, laŭ kiu li diris tion, sendis frostotremon laŭ la dorso de Ikemefuna. Liaj manoj tremetis senhelpe sur la nigra poto. Kial Okonkŭo retiriĝis malantaŭ la aliajn? Ikemefuna sentis siajn krurojn fandiĝi sub li. Kaj li timis rigardi malantaŭen.

Kiam la viro, kiu tusetis, rektigis sin kaj levis sian maĉeton, Okonkŭo forturnis siajn okulojn. Li aŭdis la baton. La poto falis kaj rompiĝis en la sablo. Li aŭdis Ikemefunan krii: «Mia patro, ili mortigis min!», dum li kuris al li. La cerbo de Okonkŭo naĝis pro timo, kaj li eltiris sian maĉeton kaj morthakis lin. Li timis, ke oni konsideros lin malforta.

Tuj kiam lia patro enpaŝis en la domon tiunokte, Nŭoje sciis, ke oni mortigis Ikemefunan. Io ŝajnis fendiĝi interne de li, kvazaŭ subita rompiĝo de tro streĉita pafarko. Li ne ploris. Li nur kliniĝis senenergie. Li jam spertis similan senton antaŭ nelonge, dum la pasinta rikoltosezono. Ĉiu infano ŝategis la rikoltosezonon. Tiuj, kiuj estis sufiĉe grandaj por porti nur du-tri ignamojn en tute eta korbo, akompanis la plenkreskulojn al la kampoj. Kaj se ili ne kapablis helpi elfosante la ignamojn, ili povis kolekti brullignon por rosti tiujn, kiujn oni manĝos tuj surloke. Tiu rostita ignamo trempita en ruĝa palmoleo, kiun oni manĝis ĉe la kultivejo, estis pli dolĉa ol iu ajn manĝo en la hejmo.

Post ĝuste tia tago ĉe la kultivejo dum la pasinta rikolto, Nŭoje spertis la unuan fojon tiun senton de interna fendado, kiel tiu, kiun li spertis nun. Dum ili revenis hejmen kun korboj da ignamoj de malproksima kultivejo trans la rivereto, ili aŭdis la voĉon de infano ploranta en la densa arbaro. La virinoj subite ĉesigis sian babiladon kaj rapidigis siajn paŝojn. Nŭoje ja sciis, ke oni metas ĝemelojn en argilan poton kaj forĵetas ilin en la arbaro, sed li neniam ĝis tiam renkontis tiun aferon. Malvarma sento envolvis lin, kaj lia kapo ŝajnis ŝveli, kvazaŭ ĉe homo, kiu marŝas nokte tute sola, kaj preterpasas malican spiriton laŭ la vojo. Tiam io rompiĝis interne de li. Falis sur lin denove tiu sento, kiam lia patro enpaŝis en la domon, tiun nokton post kiam li mortigis Ikemefunan.

Ĉapitro 8

Okonkŭo tute ne gustumis manĝaĵojn dum du tagoj post la morto de Ikemefuna. Li drinkis palmovinon de la mateno ĝis la nokto, kaj liaj okuloj estis ruĝaj kaj sovaĝaj, kiel la okuloj de rato, kiam oni kaptas ĝin per la vosto kaj frakasas ĝin kontraŭ la grundon. Li vokis sian filon, Nŭoje, sidi kun li en lia *obi*. Sed la knabo timis lin, kaj forglitis el la kabano, tuj kiam li rimarkis, ke Okonkŭo dormetas.

Li ne dormis nokte. Li provis ne pensi pri Ikemefuna, sed ju pli li provis, des pli li pensis pri li. Unu fojon li leviĝis el sia lito kaj paŝis ĉirkaŭ la korto. Sed li estis tiel malforta, ke liaj kruroj apenaŭ subtenis lin. Li sentis sin kiel ebria giganto kun la kruroj de kulo. Jen kaj jen malvarma tremo trafis lian kapon kaj etendiĝis malsupren laŭ lia korpo.

En la tria tago, li petis sian duan edzinon, Ekŭefi, rosti por li kelkajn kuirbananojn. Ŝi pretigis ilin laŭ lia preferata maniero, kun tranĉaĵoj da oleaj fazeoloj kaj fiŝaĵoj.

«Vi ne manĝas de du tagoj», diris lia filino Ezinma, kiam ŝi alportis al li la manĝaĵon. «Do vi devas finmanĝi ĉi tion.» Ŝi sidiĝis kaj etendis siajn krurojn antaŭ sin. Okonkŭo manĝis kun sia menso aliloke. «Ŝi devus esti knabo», li pensis, rigardante sian dekjaran filinon. Li donis al ŝi pecon da fiŝaĵo.

«Iru porti al mi iom da malvarma akvo», li diris. Ezinma rapidis el la kabano, maĉante la fiŝaĵon, kaj baldaŭ revenis kun bovlo da malvarmeta akvo ĉerpita el la argila poto en la kabano de ŝia patrino.

Okonkŭo prenis de ŝi la bovlon kaj englutis la akvon. Li manĝis kelkajn pliajn pecojn da banano kaj puŝis flanken la teleron.

«Portu al mi mian sakon», li petis, kaj Ezinma alportis lian kaprofelan sakon de la alia flanko de la kabano. Li serĉis en ĝi sian boteleton de flartabako. La sako estis profunda kaj preskaŭ sufiĉe longa por teni lian tutan brakon. Ĝi enhavis aliajn aferojn krom lia flartabako. Estis en ĝi trinkokorno kaj ankaŭ kalabaseto por trinkado, kaj ili frapiĝis unu kontraŭ la alia dum li serĉis. Kiam li eltiris la boteleton de flartabako, li frapetis ĝin kelkajn fojojn kontraŭ sian genuon antaŭ ol elpreni iom da flartabako sur sia maldekstra manplato. Tiam li rimarkis, ke li bezonos ankaŭ sian tabakokulereton. Li denove serĉis en sia sako, kaj eltiris malgrandan, platan, eburan kulereton, per kiu li portis la brunan flartabakon al siaj naztruoj.

Ezinma prenis la teleron per unu mano kaj la malplenan akvobovlon per la alia, kaj reiris al la kabano de sia patrino. «Ŝi devus esti knabo», Okonkŭo denove diris al si mem. Lia menso revenis al Ikemefuna kaj li frostotremis. Se li povus nur trovi ian laboron por fari, li povus forgesi. Sed nun estis la ripozsezono inter la rikolto kaj la posta sezono de plantado. La sola laboro, kiun viroj faris dum tiu periodo, estis kovri la murojn de sia korto per novaj palmobranĉoj. Kaj Okonkŭo jam faris tion. Li finis ĝin en tiu sama tago, kiam alvenis la lokustoj, kiam li laboris ĉe unu flanko de la muro kaj Ikemefuna kaj Nŭoje ĉe la alia.

«Kiam vi fariĝis tremanta maljunulino?» Okonkŭo demandis al si mem. «Oni konas vin en ĉiuj naŭ vilaĝoj pro via braveco en milito. Kiel povas disfali viro, kiu mortigis kvin homojn en batalo, nur ĉar li aldonis al tiu nombro ankaŭ knabon? Okonkŭo, vi efektive fariĝis virino.»

Li saltis surpieden, pendigis sian kaprofelan sakon de sia ŝultro, kaj iris viziti sian amikon, Obierikan.

Obierika sidis ekstere sub la ombro de oranĝarbo, kunplektante la foliojn de rafia palmo por kovri tegmenton. Li reciprokis la saluton de Okonkŭo, kaj kondukis lin internen en sian *obi*.

«Mi intencis viziti vin, tuj fininte tiun tegmenton», li diris, forfrotante la sablerojn, kiuj gluiĝis al liaj femuroj.

«Ĉu ĉio estas en ordo?» Okonkŭo demandis.

«Jes», respondis Obierika. «La aspiranto de mia filino venos hodiaŭ, kaj mi esperas, ke ni interkonsentos pri la edzinoprezo. Mi volas, ke vi ĉeestu.»

Ĝuste tiam la filo de Obierika, Maduka, venis en la *obi*, salutis Okonkŭon, kaj turnis sin en la direkton de la korto.

«Venu doni al mi vian manon», Okonkŭo diris al la junulo. «Via luktado antaŭ kelkaj tagoj vere ĝojigis min.» La knabo ridetis, premis la manon de Okonkŭo, kaj eliris en la korton.

«Li faros grandajn aferojn», Okonkŭo diris. «Se mi havus filon kiel li, mi estus feliĉa. Mi estas maltrankvila pro Nŭoje. Bovlo da pistitaj ignamoj povus venki lin je luktado. Liaj du pli junaj fratoj estas pli promesplenaj. Sed mi povas diri al vi, Obierika, ke miaj infanoj ne similas al mi. Kie estas la junaj ĝermoj, kiuj kreskos, kiam la malnova bananujo mortos? Se Ezinma estus knabo, mi estus pli kontenta. Ŝi havas la ĝustan spiriton.»

«Vi maltrankviliĝas senkaŭze», diris Obierika. «La infanoj estas ankoraŭ tre junaj.»

«Nŭoje estas sufiĉe aĝa por gravedigi virinon. Je lia aĝo mi jam vivtenis min mem. Ne, amiko mia, li ne estas tro juna. Kokido plenkreskonta kiel virkoko estas rekonebla tuj en la tago, kiam ĝi elkoviĝas. Mi faris mian eblon por ke Nŭoje plenkresku kiel viro, sed li enhavas tro multe de sia patrino.»

«Tro multe de sia avo», Obierika pensis, sed li ne diris tion. La sama penso venis ankaŭ en la menson de Okonkŭo. Sed li jam delonge lernis kiel enterigi tiun fantomon. Kiam ajn ĝenis lin la penso pri la malforto kaj malsukceso de lia patro, li elpelis ĝin pensante pri siaj propraj forto kaj sukceso. Kaj tion li faris nun. Lia menso iris al lia lasta elmontro de vireco.

«Mi ne komprenas, kial vi rifuzis akompani nin por mortigi tiun knabon», li demandis al Obierika.

«Ĉar mi ne volis», Obierika respondis abrupte. «Mi havis pli utilan aferon por fari.»

«Tio sonas, kvazaŭ vi pridubas la aŭtoritaton kaj la decidon de la Orakolo, kiu dekretis ke li mortu.»

«Tute ne. Kial mi pridubu tion? Sed la Orakolo ne dekretis, ke mi mem plenumu ĝian decidon.»

«Sed iu devis fari tion. Se ni ĉiuj timus sangon, ĝi ne estus plenumita. Kaj kion laŭ vi la Orakolo farus tiuokaze?»

«Vi scias tute bone, Okonkŭo, ke mi ne timas sangon; kaj se iu diros tion al vi, li mensogos. Kaj mi diros al vi unu aferon, amiko mia. Se mi estus vi, mi estus restinta hejme. Tio, kion vi faris, ne plaĉos al la Tero. Pro tiaj agoj la diino forviŝas tutajn familiojn.»

«La Tero ne rajtas puni min pro tio, ke mi obeis ŝian mesaĝiston», Okonkŭo diris. «La fingrojn de infano ne bruligas peco da varmega ignamo, se ĝia patrino metas tion en ĝian manplaton.»

«Tio estas vera», Obierika konsentis. «Sed se la Orakolo dekretus, ke mia filo estu mortigita, mi nek kontraŭstarus tion, nek mem plenumus ĝin.»

Ili estus plu disputintaj, se Ofoedu ĝuste tiam ne envenus. La brileto en liaj okuloj klare montris, ke li havas gravan novaĵon. Sed estus malĝentile rapidigi lin. Obierika proponis al li lobeton de la kolanukso, kiun li jam rompis kun Okonkŭo. Ofoedu manĝis malrapide kaj parolis pri la lokustoj. Fininte sian kolanukson li diris:

«La aferoj, kiuj okazas nuntempe, estas tre strangaj.»

«Kio okazis?» demandis Okonkŭo.

«Ĉu vi konas Ogbuefi Ndulue?» Ofoedu demandis.

«Ogbuefi Ndulue el la vilaĝo Ire», Okonkŭo kaj Obierika diris samtempe.

«Li mortis ĉi-matene», Ofoedu diris.

«Tio ne estas stranga. Li estis la plej maljuna viro en Ire», Obierika diris.

«Vi pravas», Ofoedu konsentis. «Sed vi devus demandi, kial oni ne batas la tamburon por informi Umuofian pri lia morto.»

«Kial?» Obierika kaj Okonkŭo demandis samtempe.

«Jen la stranga aspekto de la afero. Ĉu vi konas lian unuan edzinon, kiu marŝas per bastono?»

«Jes. Ŝi nomiĝas Ozoemena.»

«Ĝuste», diris Ofoedu. «Ozoemena estis, kiel vi scias, tro maljuna por prizorgi Ndulue dum lia malsano. Liaj pli junaj edzinoj faris tion. Kiam li mortis ĉi-matene, unu el tiuj virinoj iris al la kabano de Ozoemena por sciigi ŝin. Ŝi leviĝis de sia mato, prenis sian bastonon kaj marŝis al la *obi*. Ŝi genuiĝis sur siaj genuoj kaj manoj ĉe la sojlo, kaj vokis sian edzon, kiun oni kuŝigis sur mato. ‹Ogbuefi Ndulue›, ŝi vokis tri fojojn, kaj reiris al sia kabano. Kiam la plej juna edzino iris alvoki ŝin denove, ke ŝi ĉeestu dum oni lavas la korpon, ŝi trovis ŝin kuŝanta sur la mato, morta.»

«Tio efektive estas stranga», diris Okonkŭo. «Oni prokrastos la funebran ceremonion de Ndulue ĝis post la enterigo de lia edzino.»

«Tial oni ne batis la tamburon por informi Umuofian.»

«Oni ĉiam diris, ke Ndulue kaj Ozoemena havas unusolan menson», diris Obierika. «Mi memoras, ke kiam mi estis junulo, estis kanto pri ili. Li ne povis fari ion ajn sen diri tion al ŝi.»

«Mi ne sciis tion», Okonkŭo diris. «Mi kredis, ke li estis fortulo dum sia junaĝo.»

«Efektive li estis tia», Ofoedu diris.

Okonkŭo kapneis dubeme.

«Li gvidis Umuofian al la milito tiutempe», Obierika diris.

Okonkŭo komencis senti sin denove kiel si mem. Necesis por li nur io por okupi lian menson. Se li estus mortiginta Ikemefunan dum la okupoplena sezono de plantado aŭ de rikoltado, ne estus tiel malbone; lia menso koncentrus sin sur lian laboron. Okonkŭo ne estis homo de pensado, sed de agado. Sed kiam mankis laboro, parolado helpis.

Ne longe post la foriro de Ofoedu, Okonkŭo prenis sian kaprofelan sakon por foriri.

«Mi devas iri hejmen por eltiri la sukon de miaj palmarboj ĉiposttagmeze», li diris.

«Kiu eltiras la sukon de viaj altaj arboj?» Obierika demandis.

«Umezulike», Okonkŭo respondis.

«Foje mi bedaŭras, ke mi prenis la titolon *ozo*», Obierika diris. «Tio vundas mian koron, vidi tiujn junulojn mortigi palmarbon, dirante ke ili eltiras la sukon.»

«Efektive estas tiel», Okonkŭo konsentis. «Sed ja necesas obei la leĝon de nia lando.»

«Mi ne scias, kiel ekestis tiu leĝo», Obierika diris. «En multaj aliaj klanoj, oni ne malpermesas al titolita viro grimpi sur la palmarbon. Ĉi tie ni diras, ke li ne rajtas grimpi sur la altan arbon, sed li ja rajtas eltiri sukon de la malaltaj, starante sur la grundo. Tio similas al Dimaragana, kiu rifuzis prunti sian tranĉilon por distranĉi hundoviandon, ĉar la hundo estis tabua al li, kaj tamen proponis fari tion per siaj dentoj.»

«Laŭ mi estas bona afero, ke nia klano alte estimas la *ozo*-titolon», Okonkŭo diris. «En tiuj aliaj klanoj, pri kiuj vi parolas, *ozo* estas tiel senvalora, ke ĉiu almozpetanto prenas ĝin.»

«Mi parolis nur ŝerce», Obierika diris. «En Abame kaj Aninta la titolo valoras malpli ol du monkonkojn. Ĉiu viro portas la fadenon de tiu titolo ĉirkaŭ sia maleolo, kaj li ne perdas ĝin, eĉ se li ŝtelas.»

«Ili ja makulis la nomon *ozo*», Okonkŭo diris, leviĝante por foriri.

«Post mallonga tempo alvenos miaj boparencoj», Obierika diris.

«Mi revenos tre baldaŭ», diris Okonkŭo, rigardante la pozicion de la suno.

Estis sep viroj en la kabano de Obierika, kiam Okonkŭo revenis. La aspiranto estis junulo proksimume dudekkvinjara, kaj kun li estis liaj patro kaj onklo. Flanke de Obierika estis liaj du pli aĝaj fratoj kaj Maduka, lia filo deksesjara.

«Petu al la patrino de Akueke sendi al ni kelkajn kolanuksojn», Obierika diris al sia filo. Maduka malaperis en la korton kiel fulmo. La konversacio tuj turniĝis al li, kaj ĉiuj konsentis, ke li estas akra kiel razilo.

«Foje mi pensas, ke li estas tro akra», Obierika diris, iom indulge. «Li apenaŭ marŝas. Li ĉiam rapidas. Se oni sendas lin por fari ion, li forflugas antaŭ ol li aŭdis duonon de la mesaĝo.»

«Vi mem agis laŭ tre simila maniero», lia plej aĝa frato diris. «Laŭ la diraĵo de nia popolo: ‹Kiam panjo-bovino maĉas herbon, ŝiaj idoj rigardas ŝian buŝon.› Maduka rigardis vian buŝon.»

Dum li parolis, revenis la knabo, sekvate de Akueke, lia duon-fratino, kiu portis lignan teleron kun tri kolanuksoj kaj aframoma guŝo. Ŝi donis la teleron al la plej aĝa frato de sia patro, kaj poste manpremis, tre timeme, kun sia aspiranto kaj liaj parencoj. Ŝi estis proksimume deksesjara, ĵus sufiĉe maturiĝinta por la edziniĝo. Ŝia aspiranto kaj liaj parencoj ekzamenis ŝian junan korpon per spertaj okuloj, kvazaŭ por certigi al si mem, ke ŝi estas bela kaj matura.

Ŝia hararo estis aranĝita en la formo de kresto meze de ŝia kapo. Ŝia haŭto estis delikate farbita per bafia ligno, kaj ŝian tutan korpon ornamis nigraj desegnoj faritaj per *uli*. Ŝi portis nigran kolĉenon, kies tri ŝnuretoj pendis iomete super ŝiaj sukoplenaj mamoj. Ĉirkaŭ ŝiaj brakoj estis ruĝaj kaj flavaj brakringoj, kaj ĉirkaŭ ŝia talio estas kvar-kvin vicoj de *jigida*, aŭ taliobidoj.

Manpreminte, aŭ pli ĝuste, proponinte sian manon por ke oni premu ĝin, ŝi reiris al la kabano de sia patrino por helpi pri la kuirado.

«Unue forprenu viajn *jigida*», ŝia patrino avertis ŝin, kiam ŝi alproksimiĝis al la kameno por preni la pistujon, kiu kuŝis ĉe la muro. «Ĉiutage mi diras al vi, ke *jigida* kaj fajro ne estas amikoj. Sed vi neniam volas aŭdi. Vi kreskigis viajn orelojn kiel ornamaĵojn, ne por aŭdado. Iun tagon la fajro kaptos la *jigida* sur via talio, kaj tiam vi scios.»

Akueke moviĝis al la alia flanko de la kabano, kaj komencis demeti la taliobidojn. Necesis fari tion malrapide kaj zorge, traktante ĉiun ŝnureton aparte, alie ĝi rompiĝos, kaj ŝi devos denove surfadenigi la centojn da tute etaj ringetoj. Per siaj manplatoj ŝi frotis ĉiun ŝnureton malsupren ĝis ĝi preterpasis la gluteojn kaj glitis al la planko ĉirkaŭ ŝiaj piedoj.

La viroj en la *obi* jam komencis trinki la palmovinon alportitan de la aspiranto de Akueke. Ĝi estis tre bona vino kaj potenca, ĉar malgraŭ la palmofrukto pendigita sur la buŝo de la poto por reteni la viglan likvoron, blanka ŝaŭmo leviĝis kaj elverŝiĝis.

«La eltirinto de tiu suko faris tion tre lerte», Okonkŭo diris.

La juna aspiranto, kies nomo estis Ibe, diris al sia patro kun larĝa rideto: «Ĉu vi aŭdas tion?» Li aldonis al la aliaj: «Li neniam volas agnoski, ke mi lerte eltiras la sukon.»

«Li mortigis tri el miaj plej bonaj palmoj, eltirante la sukon», diris lia patro, Ukegbu.

«Tio okazis antaŭ kvin jaroj,» diris Ibe, kiu jam komencis verŝi la vinon, «antaŭ ol mi lernis kiel eltiri la sukon.» Li plenigis la unuan trinkokornon kaj donis ĝin al sia patro. Poste li elverŝis vinon ankaŭ por la aliaj. Okonkŭo elprenis sian grandan kornon el la kaprofela sako, blovis en ĝin por forigi eventualan polvon, kaj donis ĝin al Ibe por ke li plenigu ĝin.

Dum la viroj drinkis, ili parolis pri ĉio krom la afero, pro kiu ili kuniĝis. Nur kiam la poto estis malplenigita, la patro de la aspiranto tusetis en sia gorĝo kaj anoncis la celon de ilia vizito.

Obierika proponis al li malgrandan faskon da mallongaj bastonoj. Ukegbu nombris ilin.

«Ĉu estas tridek?» li demandis.

Obierika kapjesis.

«Finfine ni proksimiĝas al konkludo», Ukegbu diris. Turnante sin al siaj frato kaj filo li diris: «Ni iru eksteren por flustri inter ni.» La tri homoj leviĝis kaj iris eksteren. Kiam ili revenis, Ukegbu transdonis la faskon da bastonoj al Obierika. Li nombris ilin; anstataŭ tridek nun restis nur dek kvin. Li transdonis ilin al sia plej aĝa frato, Maĉi. Ankaŭ tiu nombris ilin kaj diris:

«Ni ne pensis akcepti malpli ol tridek. Sed kiel diris la hundo: ‹Se mi falos por vi, kaj vi falos por mi, tio estas ludo.› La geedzeco devus esti ludo, ne batalo; do ni falas denove.» Dirinte tion, li aldonis dek bastonojn al la dek kvin, kaj donis la faskon al Ukegbu.

Laŭ tiu maniero oni finfine interkonsentis pri dudek sakoj da monkonkoj kiel la edzinoprezo de Akueke. Jam krepuskiĝis, kiam la du partioj finis sian negocon.

«Iru diri al la patrino de Akueke, ke ni finis», Obierika diris al sia filo, Maduka. Preskaŭ tuj la virino eniris kun granda bovlo da fufuo. La dua edzino de Obierika sekvis kun poto da supo, kaj Maduka alportis poton da palmovino.

Dum la viroj manĝis kaj trinkis palmovinon, ili parolis pri la kutimoj de siaj najbaroj.

«Okazis nur ĉi-matene,» Obierika diris, «ke mi kaj Okonkŭo parolis pri Abame kaj Aninta, kie titolhavaj viroj grimpas sur la arbojn, kaj pistas fufuon por siaj edzinoj.»

«Ĉiuj iliaj kutimoj estas renversitaj. Ili ne decidas la edzino-prezon kiel ni faras, per bastonoj. Ili marĉandaĉas, kvazaŭ ili aĉetus kapron aŭ bovinon ĉe la bazaro.»

«Tio estas tre malbona», diris la plej aĝa frato de Obierika. «Sed tio, kio estas bona en unu loko, estas malbona en alia. En Umunso oni tute ne marĉandas, eĉ ne per bastonoj. La aspiranto simple alportas sakojn da monkonkoj, kaj plu alportadas ilin, ĝis liaj boparencoj diras al li, ke li ĉesu. Tio estas malbona kutimo, ĉar ĝi ĉiam kondukas al kverelo.»

«La mondo estas granda», Okonkŭo diris. «Mi eĉ aŭdis, ke en iuj triboj la infanoj apartenas ne al la viro, sed al lia edzino kaj ŝia familio.»

«Tio ne estas ebla», Maĉi diris. «Oni same povus diri, ke la virino kuŝas sur la viro, kiam ili faras la infanojn.»

«Tio estas kiel la rakonto pri la blankuloj, kiuj laŭdire estas blankaj kiel ĉi tiu kreto», Obierika diris. Li montris pecon da kreto, kiun ĉiu homo tenis en sia *obi*, por ke liaj gastoj desegnu liniojn sur la plankon antaŭ ol manĝi kolanuksojn. «Kaj tiuj blankuloj, laŭdire, ne havas piedfingrojn[5].»

«Kaj ĉu vi neniam vidis ilin?» Maĉi demandis.

«Ĉu vi?» Obierika demandis.

«Unu el ili pasas ĉi tie ofte», Maĉi diris. «Lia nomo estas Amadi.»

Tiuj, kiuj konis Amadi, ridis. Li estis leprulo, kaj la ĝentila nomo por lepro estis «la blanka haŭto».

---

5 **Blankuloj ne havas piedfingrojn.** Oni ne vidas la piedfingrojn de la blankuloj, ĉar ili surhavas ŝuojn.

Ĉapitro 9

La unuan fojon en tri noktoj, Okonkŭo dormis. Li vekiĝis unu fojon meze de la nokto, kaj lia menso revenis al la lastaj tri tagoj sen kaŭzi al li ĝenan senton. Li komencis demandi sin, kial li entute ĝeniĝis. Li estis kiel homo, kiu demandas sin dum la suno brilas, kial sonĝo ŝajnis al li nokte tiel terura. Li streĉis siajn brakojn kaj gratis sian femuron, kie kulo pikis lin dum li dormis. Alia zumis apud lia dekstra orelo. Li frapis la orelon kaj esperis, ke li mortigis ĝin. Kial ili ĉiam atakas la orelojn? Kiam li estis infano, lia patrino rakontis al li fabelon pri tio. Sed temis pri stultaĵo, same kiel ĉiuj rakontoj de virinoj. Kulo, laŭ ŝi, petis Orelon edziĝi kun li, sed Orelo tuj falis al la planko pro neregebla ridegado. «Kiom da tempo vi ankoraŭ vivos, laŭ via supozo?» ŝi demandis. «Vi estas jam skeleto.» Kulo foriris, humiligite, kaj ĉiufoje kiam li pasis apud Orelo, li diris al ŝi, ke li ankoraŭ vivas.

Okonkŭo turniĝis sur sian flankon kaj reendormiĝis. Vekis lin matene iu, kiu frapegis je la pordo.

«Kiu estas tiu?» li grumblis kolere. Li sciis, ke tiu devas esti Ekŭefi. El liaj tri edzinoj nur Ekŭefi aŭdacus frapegi lian pordon.

«Ezinma estas mortanta», ŝia voĉo aŭdiĝis, kaj la tuta tragedio kaj malĝojo de ŝia vivo estis enpakita en tiuj vortoj.

Okonkŭo saltis el sia lito, flankenpuŝis la riglilon de sia pordo, kaj kuris en la kabanon de Ekŭefi.

Ezinma kuŝis frostotremante sur mato apud grandega fajro, kiun ŝia patrino tenis brulanta jam la tutan nokton. «Temas pri *iba*», Okonkŭo diris, prenante sian maĉeton. Li iris en la veprejon por kolekti la foliojn kaj herbojn kaj arboŝelojn necesajn por fari la kuracilon kontraŭ *iba*.

Ekŭefi genuiĝis apud la malsana infano, de tempo al tempo palpante per sia manplato la humidan, brulantan frunton.

Ezinma estis ŝia sola infano, kaj la centro de la mondo por sia patrino. Tre ofte Ezinma estis tiu, kiu decidis, kiun manĝaĵon ŝia patrino pretigu. Ekŭefi eĉ donis al ŝi frandaĵojn kiel ovoj, kiujn oni malofte permesis al infanoj, ĉar tiaj manĝaĵoj tentis ilin al ŝtelado. Iun tagon, kiam Ezinma manĝis ovon, Okonkŭo envenis neatendite el sia kabano. Li estis tre ŝokita, kaj ĵuris bati Ekŭefi, se ŝi aŭdacos denove doni ovojn al la infano. Sed estis neeble rifuzi ion ajn al Ezinma. Post la riproĉo de ŝia patro, ŝia apetito pri ovoj eĉ akriĝis. Kaj ŝi aparte ĝuis la sekretecon, kiu nun necesis, kiam ŝi manĝis ilin. Ŝia patrino ĉiam enirigis ŝin en ilian dormoĉambron kaj fermis la pordon.

Ezinma ne nomis sian patrinon *Nne*, kiel ĉiuj aliaj infanoj. Ŝi alparolis ŝin per ŝia nomo, Ekŭefi, same kiel ŝia patro kaj aliaj plenkreskuloj. La rilato inter ili ne estis nur tiu de patrino kaj infano. Iugrade ĝi similis al la kamaradeco inter egaluloj, kiun fortigis tiaj etaj konspiroj kiaj manĝado de ovoj en la dormoĉambro.

Ekŭefi estis multe suferinta dum sia vivo. Ŝi naskis dek infanojn, kaj naŭ el ili mortis tre junaj, kutime antaŭ ol atingi tri jarojn. Kiam ŝi enterigis unu infanon post alia, ŝia malĝojo cedis al senespero, kaj poste al dolora rezignacio. La nasko de ŝiaj infanoj, kiu por la plejmulto da virinoj estas ilia ĉefa gloro, por Ekŭefi fariĝis nur fizika dolorego sen iu ajn promeso. La ceremonio de nomado post sep bazarsemajnoj iĝis malplena rito. Ŝi esprimis sian profundiĝantan senesperon per la nomoj, kiujn ŝi donis al siaj infanoj. Unu el ili estis kortuŝa elkrio, Onŭumbiko: «Morto, mi petegas vin». Sed la Morto tute ne atentis; Onŭumbiko mortis en sia dekkvina monato. La posta infano estis knabino, Ozoemena: «Ĝi ne okazu denove». Ŝi mortis en sia dekunua monato, kaj post ŝi du aliaj. Tiam Ekŭefi donis al sia posta infano la defian nomon Onŭuma: «La Morto faru laŭ sia volo». Kaj tion la Morto faris.

Post la morto de la dua infano de Ekŭefi, Okonkŭo iris al sorĉisto, kiu estis ankaŭ aŭguristo de la Orakolo Afa, por demandi kio misas. Tiu homo klarigis al li, ke la infano estas *ogbanje*, unu el tiuj fiinfanoj, kiuj post la morto reeniras la uteron de sia patrino por naskiĝi denove.

«Kiam via edzino denove gravediĝos,» li diris, «ŝi ne dormu en sia kabano. Ŝi iru ĉe sian propran popolon. Tiel ŝia turmentanto ne trovos ŝin, kaj per tio interrompiĝos ĝia malica ciklo de naskiĝado kaj mortado.»

Ekŭefi agis laŭ lia instrukcio. Tuj kiam ŝi gravediĝis, ŝi iris loĝi ĉe sia maljuna patrino en alia vilaĝo. Tie ŝia tria infano naskiĝis kaj estis cirkumcidita en la oka tago. Ŝi revenis al la domaro de Okonkŭo nur tri tagojn antaŭ la ceremonio de nomado. Oni nomis la infanon Onŭumbiko.

Onŭumbiko ne ricevis laŭritan enterigon, kiam li mortis. Okonkŭo intertempe konsultis alian sorĉiston, kiu estis fama en la klano pro siaj grandaj scioj pri la infanoj *ogbanje*. Lia nomo estis Okagbue Ujanŭa. Okagbue estis okulfrapa figuro, alta, kun plena barbo kaj senhara kapo. Li havis palkoloran haŭton, kaj liaj okuloj estis ruĝaj kaj fajrecaj. Li ĉiam grincigis la dentojn, dum li aŭskultis la homojn, kiuj venis konsulti lin. Li starigis al Okonkŭo kelkajn demandojn pri la mortinta infano. Ĉiuj najbaroj kaj parencoj, venintaj por funebri, kolektiĝis ĉirkaŭ ili.

«En kiu bazartago⁶ ĝi naskiĝis?» li demandis.

«*Oye*», Okonkŭo respondis.

«Kaj ĝi mortis ĉi-matene?»

Okonkŭo respondis jese, kaj nur tiam rimarkis la unuan fojon, ke la infano mortis en la sama bazartago, en kiu ĝi naskiĝis. Ankaŭ la najbaroj kaj parencoj vidis la koincidon, kaj diris inter si, ke tio estas tre signifoplena.

«Kie vi dormas kun via edzino, ĉu en via *obi*, aŭ en ŝia propra kabano?» la sorĉisto demandis.

«En ŝia kabano.»

«Estonte voku ŝin en vian *obi*.»

La sorĉisto poste ordonis, ke ne okazu funebrado por la mortinta infano. Li prenis el la kaprofela sako pendanta de sia maldekstra ŝultro akran razilon, kaj komencis tranĉaĉi la korpon de la infano. Kaj li forportis ĝin por enterigo en la Malica Arbarego, tenante ĝin per la maleolo, kaj trenante ĝin sur la grundo malantaŭ si. Post tia traktado ĝi ne facilanime revenos, krom se ĝi estas unu el tiuj obstinaj kiuj tamen reaperas, portante ian signon de tiu mistraktado: mankantan fingron, aŭ eventuale malhelan linion, kie la razilo de la sorĉisto tranĉis ĝin.

Kiam mortis Onŭumbiko, Ekŭefi jam fariĝis tre amara virino. La unua edzino de ŝia edzo jam havis tri filojn, ĉiuj fortaj kaj sanaj. Kiam tiu virino naskis sian trian sinsekvan filon, Okonkŭo buĉis por ŝi kapron laŭ la kutimo. Ekŭefi sentis por ŝi sinceran bonvolemon. Sed ŝi tiom amariĝis pro sia propra *chi*, ke ŝi ne povis ĝoji kun aliaj homoj pro ilia bona fortuno. Kaj tial, en la tago kiam la patrino de Nŭoje festis la naskon de siaj tri filoj per festeno kaj

---

6 **Bazartago.** La nomoj de la tagoj estas *Eke, Oye, Afo* kaj *Nkwo*.

muziko, Ekŭefi estis la sola homo en tiu feliĉa kunestantaro, kiu vidiĝis kun malgaja vizaĝo. La edzino de ŝia edzo rigardis tion kiel malicecon, kiel edzinoj de la propra edzo emis fari. Ŝi ne povis scii, ke la amareco de Ekŭefi fluis ne eksteren al aliaj, sed internen en ŝian propran animon; ke ŝi ne kulpigis aliajn pro ilia bona fortuno, sed sian propran malbonan *chi*, kiu rifuzis tion al ŝi.

Finfine naskiĝis Ezinma, kaj kvankam ŝi estis malsaneta, ŝajnis ke ŝi nepre volas vivi. Komence Ekŭefi akceptis ŝin sammaniere kiel ŝi akceptis la aliajn: kun apatia rezignacio. Sed kiam la knabino pluvivis ĝis siaj kvara, kvina kaj sesa jaroj, amo revenis al ŝia patrino, kaj samtempe kun la amo, ankaŭ zorgemo. Ŝi nepre intencis varti sian infanon ĝis plena saniĝo, kaj ŝi dediĉis al tio sian tutan animon. Premiis ŝin jen kaj jen periodoj de bona sano, kiam energio ŝaŭmis en Ezinma kiel freŝa palmovino. En tiuj momentoj ŝajnis, ke ŝi jam preterpasis la danĝeron. Sed tute subite ŝi denove refalis.

Ĉiuj sciis, ke ŝi estas *ogbanje*. Tiaj subitaj balanciĝoj inter sano kaj malsano estis tipaj de tiuj infanoj. Sed ŝi jam vivis tiel longe, ke eble ŝi decidis resti. Kelkaj el ili laciĝis je siaj kruelaj alternoj de naskiĝo kaj mortiĝo, aŭ ili ekkompatis sian patrinon kaj restis. Ekŭefi kredis profunde en sia koro, ke Ezinma nun restos. Ŝi kredis tion, ĉar nur tiu fido donis al ŝia propra vivo iun ajn sencon. Kaj fortigis tiun fidon la okazo antaŭ proksimume unu jaro, kiam sorĉisto elfosis la *iyi-uwa* de Ezinma. Post tio ĉiuj sciis, ke ŝi pluvivos, ĉar ŝia ligo kun la mondo de *ogbanje* estis rompita. Tio trankviligis Ekŭefi. Kaj tamen ŝia timo pro ŝia filino estis tiel forta, ke ŝi ne povis tute liberigi sin de ĝi. Kaj kvankam ŝi kredis, ke la elfosita *iyi-uwa* estis aŭtentika, ŝi ne povis ignori la fakton, ke kelkfoje vere malicaj infanoj trompis la homojn per falsaĵo.

Sed la *iyi-uwa* de Ezinma ja aspektis aŭtentike. Ĝi estis glata ŝtoneto volvita en malpura ĉifono. Elfosis ĝin tiu sama Okagbue, kiu estis fama en la tuta klano pro sia scio pri tiaj aferoj. Komence Ezinma ne volis kunlabori kun li. Sed ĝuste tion oni atendis. Neniu *ogbanje* facile cedos siajn sekretojn, kaj la plejmulto neniam faris, ĉar ili mortis tro junaj, antaŭ ol eblis pridemandi ilin.

«Kie vi enterigis vian *iyi-uwa*?» Okagbue demandis al Ezinma. Tiutempe ŝi estis naŭjara, apenaŭ resaniĝinta post serioza malsano. «Kio estas *iyi-uwa*?» ŝi respondis.

«Vi scias, kie ĝi estas. Vi enterigis ĝin ie en la grundo, tiel ke vi povu morti kaj denove reveni por turmenti vian patrinon.»

Ezinma rigardis sian patrinon, kies okuloj malgajaj kaj petegaj estis fiksitaj al ŝi.

«Tuj respondu la demandon», muĝis Okonkŭo, kiu staris apude. La tuta familio ĉeestis kaj ankaŭ kelkaj najbaroj.

«Lasu al mi la aferon», la sorĉisto diris al Okonkŭo per trankvila, memfida voĉo. Li denove turnis sin al Ezinma. «Kie vi enterigis vian *iyi-uwa*?»

«Tie, kie oni enterigas infanojn», ŝi respondis, kaj la spektantoj murmuris mallaŭte inter si.

«Do, venu montri al mi la lokon», la sorĉisto diris.

La homamaso ekiris kun Ezinma, kiu kondukis ilin laŭ la vojo, dum Okagbue sekvis tuj malantaŭ ŝi. Post ili venis Okonkŭo, sekvate de Ekŭefi. Kiam ŝi atingis la ĉefan vojon, Ezinma turnis sin maldekstren kvazaŭ por iri al la rivereto.

«Ĉu vi ne diris, ke ĝi estas en tiu loko, kie oni enterigas infanojn?» la sorĉisto demandis.

«Ne», diris Ezinma, kies vigla paŝado montris, kiom ŝi ĝuas senti sin tiel grava. Foje ŝi ekkuris, kaj foje subite haltis. La homamaso sekvis ŝin silente. Virinoj kaj infanoj, revenante de la rivereto kun akvopotoj surkape, demandis sin, kio okazas. Kiam ili vidis Okagbue ili divenis, ke la afero iel rilatas al *ogbanje*. Kaj ili ĉiuj tre bone konis Ekŭefi kaj ŝian filinon.

Kiam ŝi atingis la grandan udal-arbon, Ezinma turniĝis maldekstren en la veprejon, kaj la homamaso sekvis ŝin. Ĉar ŝi estis malgranda, ŝi trovis vojon inter arboj kaj lianoj pli rapide ol ŝiaj postirantoj. Aŭdiĝis en la veprejo la paŝado de piedoj sur sekaj folioj kaj branĉetoj, kaj la forpuŝado de arbobranĉoj. Ezinma eniris pli kaj pli profunden, kaj la homoj sekvis ŝin. Tiam ŝi subite turniĝis kaj komencis remarŝi al la vojo. Ĉiuj staris flanken por lasi ŝin preterpasi, kaj tiam enviciĝis post ŝi.

«Se vi kondukis nin laŭ ĉi tiu tuta vojo pro nenio, mi instruos al vi la bonan sencon per batregalo», Okonkŭo minacis ŝin.

«Mi jam diris, ke vi lasu ŝin al mi. Mi scias, kiel trakti ilin», Okagbue diris.

Ezinma kondukis ĉiujn reen al la vojo, rigardis maldekstren kaj dekstren, kaj turniĝis dekstren. Kaj tiel ili revenis hejmen.

«Kie vi enterigis vian *iyi-uwa*?» Okagbue demandis, kiam finfine Ezinma haltis ekster la *obi* de sia patro. La voĉo de Okabue estis sama kiel antaŭe: kvieta kaj memfida.

«Ĝi estas apud tiu oranĝarbo», Ezinma diris.

«Kaj kial vi ne tuj diris tion, vi perversa filino de Akalogoli?» Okonkŭo sakris furioze. La sorĉisto ignoris lin.

«Venu montri al mi la precizan lokon», li diris kviete al Ezinma.

«Ĝi estas ĉi tie», ŝi diris, kiam ili atingis la arbon.

«Montru la lokon per via fingro», Okagbue diris.

«Ĝi estas ĉi tie», Ezinma diris, tuŝante la teron per sia fingro. Okonkŭo staris apude, grumblante kiel tondro dum la pluvsezono.

«Portu al mi hojon», Okagbue diris.

Kiam Ekŭefi alportis la hojon, li jam estis formetinta sian kaprofelan sakon kaj sian grandan tukon. Li surhavis nur sian subveston, longan maldikan ŝtofostrion volvitan ĉirkaŭ la talio kiel zono, kaj tiritan inter la kruroj por ke ĝi estu ligita al la zono malantaŭe. Li tuj eklaboris, fosante ĉe la punkto indikita de Ezinma. La najbaroj sidis ĉirkaŭe por rigardi, dum la kavaĵo pli kaj pli profundiĝis. La malhelan teron supre baldaŭ anstataŭis la brilruĝa argilo, per kiu virinoj frotis la plankon kaj murojn de kabanoj. Okagbue laboris senlace kaj silente, kun sia dorso glimanta pro ŝvito. Okonkŭo staris apud la kavaĵo. Li invitis Okagbue veni supren por ripozi, dum li iom helpos. Sed Okagbue diris, ke li ankoraŭ ne laciĝis.

Ekŭefi eniris sian kabanon por kuiri ignamojn. Ŝia edzo jam elprenis pli da ignamoj ol kutime, ĉar necesos manĝigi la sorĉiston. Ezinma akompanis ŝin, kaj helpis pretigi la legomojn.

«Estas tro da verdaj legomoj», ŝi diris.

«Ĉu vi ne vidas, ke la poto estas plena je ignamoj?» Ekŭefi diris. «Kaj vi scias, kiel folioj malgrandiĝas dum la kuirado.»

«Jes,» Ezinma diris, «tial la lacerto mortigis sian patrinon.»

«Vi pravas», Ekŭefi diris.

«Li donis al sia patrino sep korbojn da legomoj por kuiri, kaj finfine restis nur tri. Kaj tial li mortigis ŝin», Ezinma diris.

«Tio ne estas la fino de la rakonto.»

«Oho,» Ezinma diris, «nun mi memoras. Li alportis ankoraŭ sep korbojn kaj kuiris ilin mem. Kaj denove restis nur tri. Do li mortigis ankaŭ sin mem.»

Ekster la *obi* Okagbue kaj Okonkŭo laŭvice fosis la kavaĵon por trovi, kie Ezinma enterigis sian *iyi-uwa*. La najbaroj sidis ĉirkaŭe, rigardante. La kavaĵo estis nun tiel profunda, ke oni ne plu vidis la fosanton. Oni vidis nur monteton de la suprenĵetita ruĝa tero, kiu pli kaj pli altiĝis. La filo de Okonkŭo, Nŭoje, staris apud la rando de la fosaĵo, ĉar li volis sekvi ĉion, kio okazas.

Okagbue denove transprenis la fosadon de Okonkŭo. Li laboris silente, laŭ sia kutimo. La najbaroj kaj la edzinoj de Okonkŭo babilis inter si. La infanoj jam perdis intereson kaj estis ludantaj.

Subite Okagbue saltis al la surfaco kun la vigleco de leopardo. «Ĝi estas tre proksima nun», li diris. «Mi sentis ĝin.»

Regis tuja ekscitiĝo, kaj la sidantaj homoj eksaltis surpieden.

«Voku viajn edzinon kaj infanon», li diris al Okonkŭo. Sed Ekŭefi kaj Ezinma jam aŭdis la bruon kaj kuris eksteren por vidi, kio okazas.

Okagbue reeniris la kavaĵon, kiu nun estis ĉirkaŭata de spektantoj. Post kelkaj pliaj hojplenoj da tero, li trafis la *iyi-uwa*. Li zorge levis ĝin per la hojo kaj ĵetis ĝin al la surfaco. Kelkaj virinoj forkuris pro timo, kiam li ĵetis ĝin. Sed ili baldaŭ revenis, kaj de sekura distanco ĉiuj fiksrigardis la ĉifonon. Okagbue grimpis el la truo, kaj ne dirante unu vorton nek eĉ rigardante la spektantojn, li iris al sia kaprofela sako, elprenis du foliojn, kaj komencis maĉi ilin. Englutinte ilin, li prenis la ĉifonon per sia maldekstra mano kaj komencis malligi ĝin. Kaj tiam elfalis la glata, glimanta ŝtono. Li prenis ĝin en sia mano.

«Ĉu tio estas via?» li demandis al Ezinma.

«Jes», ŝi respondis. Ĉiuj virinoj kriis ĝojplene, ĉar finfine la zorgoj de Ekŭefi estis for.

Ĉio ĉi okazis antaŭ pli ol unu jaro kaj de tiam Ezinma ne plu malsanis. Sed nun subite ŝi komencis frostotremi dum la nokto. Ekŭefi proksimigis ŝin al la fajrejo, etendis sian maton surplanke, kaj konstruis fajron. Sed ŝi fartis pli kaj pli malbone. Dum Ekŭefi genuis apud ŝi, palpante per sia manplato la malsekan, brulantan frunton, ŝi preĝis milfoje. Kvankam la edzinoj de ŝia edzo diris, ke temas pri nenio pli serioza ol *iba*, ŝi ne aŭdis ilin.

Okonkŭo revenis de la veprejo, portante sur sia maldekstra ŝultro grandan faskon da herboj kaj folioj, radikoj kaj ŝeloj de medicinaj arboj kaj arbustoj. Li iris en la kabanon de Ekŭefi, demetis sian ŝarĝon, kaj sidiĝis.

«Portu al mi poton,» li diris, «kaj lasu la infanon trankvila.»

Ekŭefi iris preni la poton, kaj Okonkŭo elektis la plej bonajn erojn el sia fasko, laŭ la ĝustaj kvantoj, kaj distranĉis ilin. Li metis ilin en la poton, kaj Ekŭefi enverŝis iom da akvo.

«Ĉu tio sufiĉas?» ŝi demandis, enverŝinte ĉirkaŭ duonon de la akvo en la bovlon.

«Iom pli... Mi diris iom. Ĉu vi estas surda?» Okonkŭo muĝis al ŝi.

Ŝi metis la poton sur la fajron, kaj Okonkŭo prenis sian maĉeton por reiri al sia obi.

«Vi devas rigardi la poton atente,» li diris elirante, «kaj ne permesu, ke ĝi superbolu. Se tio okazos, ĝia potenco estos for.» Li foriris al sia kabano, kaj Ekŭefi komencis varti la medikamenton, kvazaŭ ĝi mem estus malsana infano. Ŝiaj okuloj pasis konstante de Ezinma al la bolanta miksaĵo en la poto kaj reen al Ezinma.

Okonkŭo revenis, kiam li taksis, ke la medikamento kuiriĝis sufiĉe longe. Li rigardis ĝin atente kaj diris, ke ĝi estas preta.

«Alportu malaltan tabureton por Ezinma,» li diris, «kaj dikan maton.»

Li mallevis la poton de la fajro kaj starigis ĝin antaŭ la tabureto. Tiam li vekis Ezinman, kaj metis ŝin sur la tabureton super la vaporanta poto. Li ĵetis la dikan maton sur ambaŭ. Ezinma luktis, provante eskapi de la sufoka, neeltenebla vaporo, sed ŝi estis tenata firme. Ŝi komencis plori.

Kiam finfine la mato estis forprenita, ŝi estis trempita de ŝvito. Ekŭefi viŝis ŝin per ĉifono. Ezinma rekuŝis sur seka mato, kaj baldaŭ endormiĝis.

Ĉapitro 10

Grandaj amasoj komencis kolektiĝi sur la vilaĝa *ilo*, tuj kiam la ardo de la suno iom malfortiĝis, tiel ke ĝi ne plu dolorigis la korpon. La plejmulto de la komunaj ceremonioj okazis je tiu horo de la tago. Tial, eĉ kiam oni diris, ke iu ceremonio komenciĝos «post la tagmanĝo», ĉiuj komprenis, ke ĝi komenciĝos longe poste, kiam la varmego de la suno jam mildiĝis.

Pro la maniero laŭ kiu la homoj dismetis sin, estis klare, ke temas pri ceremonio por viroj. Estis multaj virinoj, sed ili observis de la rando kiel eksteruloj. La titolitaj viroj kaj pliaĝuloj sidis sur siaj taburetoj, atendante la komenciĝon de la procesoj. Antaŭ ili estis vico da taburetoj – estis naŭ – ankoraŭ ne okupataj. Du grupetoj da homoj staris je respektoplena distanco post la taburetoj. Ili frontis la pliaĝulojn. Estis tri viroj en unu grupo, kaj tri viroj kaj unu virino en la alia. La virino estis Mgbafo, kaj la tri viroj apud ŝi estis ŝiaj fratoj. En la alia grupo estis ŝia edzo, Uzoŭulu, kaj liaj parencoj. Mgbafo kaj ŝiaj fratoj staris senmove kiel statuoj, kun defio ĉizita en iliaj vizaĝoj. Uzoŭulu kaj liaj parencoj, aliflanke, flustris kune. Pli ĝuste, ŝajnis kvazaŭ ili flustras, sed en la realo ili parolis plenvoĉe. Ĉiuj en la homamaso parolis kvazaŭ ĉe la bazaro. De malproksime la bruo similis al profunda muĝado portata de la vento.

Sonoris fera gongo, vekante ondon de anticipo en la homamaso. Ĉiuj rigardis en la direkton de la domo de la *egwugwu*. *Gome, gome, gome, gome* sonoris la gongo, kaj potenca fluto blovis akutan kriegon. Poste aŭdiĝis la voĉoj de la *egwugwu*, gorĝaj kaj imponaj. La ondo trafis la virinojn kaj infanojn, kiuj tuj panike retiriĝis. Sed tio daŭris nur momenteton. Ili jam staris sufiĉe malproksime, kaj estis spaco por forkuri, se iu el la *egwugwu* alproksimiĝos al ili.

Denove la tamburo sonis, kaj ankaŭ la fluto. La domo de la *egwugwu* nun estis tohuvabohuo de tremantaj voĉoj: *Aru oyim de de de de dei!* plenigis la aeron, dum la spiritoj de la antaŭuloj apenaŭ leviĝintaj el la tero salutis unu la alian en sia esotera lingvo. Ili eniris la domon de la *egwugwu*, kiu frontis la arbaron. La homamaso vidis nur ĝian malantaŭan muron kun la multekoloraj desegnoj faritaj je regulaj intervaloj de aparte elektitaj virinoj. Tiuj virinoj neniam vidis la internon de la kabano. Neniu virino iam ajn vidis ĝin. Ili frotpurigis kaj pripentris la eksterajn murojn sub la kontrolo de viroj. Se ili iam imagis al si tion, kio troviĝas interne, ili silentis pri tio. Neniu virino iam ajn starigis demandojn pri la plej potenca kaj sekreta kulto de la klano.

Aru oyim de de de de dei! flugis ĉirkaŭ la malluma, fermita kabano kiel langoj el fajro. La spiritoj de la klanaj antaŭuloj estis vagantaj. La metala gongo nun batis senĉese, kaj la fluto, akuta kaj potenca, ŝvebis sur la surfaco de la ĥaoso.

Kaj tiam aperis la *egwugwu*. La virinoj kaj infanoj eligis grandan krion kaj forkuris. Ili faris tion instinkte. Ĉiam okazis, ke virinoj fuĝis tuj, kiam *egwugwu* vidiĝis. Kaj kiam, kiel en tiu tago, naŭ el la plej gravaj maskitaj spiritoj de la klano eliris samtempe, temis pri terura spektaklo. Eĉ Mgbafo volis ekkuri, kaj ŝiaj fratoj devis reteni ŝin.

Ĉiu el la naŭ *egwugwu* reprezentis vilaĝon de la klano. Ilia ĉefo nomiĝis Malica Arbaro. Fumo elŝprucis el lia kapo.

La naŭ vilaĝoj de Umuofia devenis el la naŭ filoj de la unua patro de la klano. Malica Arbaro reprezentis la vilaĝon Umeru – la infanojn de Eru, kiu estis la plej aĝa el la naŭ filoj.

«*Umuofia kwenu!*» kriis la ĉefa *egwugwu*, puŝante la aeron per siaj brakoj el rafio. La pliaĝuloj de la klano respondis: «*Yaa!*»

«*Umuofia kwenu!*»

«*Yaa!*»

«*Umuofia kwenu!*»

«*Yaa!*»

Tiam Malica Arbaro ŝovis la pintigitan ekstremon de sia skuiĝanta bastono en la teron. Kaj ĝi komencis skuiĝi kaj knari, kvazaŭ ĝi agitiĝis per metala vivo. Li prenis la unuan el la neokupataj taburetoj, kaj la ok restantaj *egwugwu* eksidiĝis post li laŭ sinsekvo de aĝo.

La edzinoj de Okonkŭo, kaj eble ankaŭ aliaj virinoj, estus povintaj rimarki, ke la dua *egwugwu* paŝas laŭ la risorteca maniero de Okonkŭo. Kaj krome ili estus povintaj rimarki, ke Okonkŭo mankas inter la titolhavaj viroj kaj pliaĝuloj, kiuj sidas malantaŭ la vico de *egwugwu*. Sed se ili havis tiajn pensojn, ili tenis ilin interne. La *egwugwu* kun la risorteca paŝo estis unu el la mortintaj patroj de la klano. Li aspektis terure kun sia korpo el fumgriza rafio, giganta ligna vizaĝo blanke pripentrita escepte de la rondaj, kavaj okuloj kaj la karbigitaj dentoj same grandaj kiel la fingroj de homo. Sur lia kapo estis du fortikaj kornoj.

Kiam ĉiuj *egwugwu* jam sidis, kaj silentiĝis la sonado de la multaj sonoriletoj kaj klakiletoj sur iliaj korpoj, Malica Arbaro alparolis la du grupojn de homoj, kiuj frontis ilin.

«Korpo de Uzoŭulu, mi salutas vin», li diris. Spiritoj ĉiam nomis homojn «korpoj». Uzoŭulu kliniĝis kaj tuŝis la teron per sia dekstra mano, kiel signon de submetiĝo.

«Nia patro, mia mano estas tuŝinta la teron», li diris.

«Korpo de Uzoŭulu, ĉu vi konas min?» la spirito demandis.

«Kiel eblas, ke mi konu vin, patro? Vi estas super nia kono.»

Malica Arbaro tiam turnis sin al la alia grupo kaj alparolis la plej aĝan de la tri fratoj.

«Korpo de Odukŭe, mi salutas vin», li diris, kaj Odukŭe kliniĝis kaj tuŝis la teron. La proceso tiam komenciĝis.

Uzoŭulu paŝis antaŭen kaj prezentis sian argumenton.

«Tiu virino, kiu staras tie, estas mia edzino, Mgbafo. Mi edzinigis ŝin per mia mono kaj miaj ignamoj. Mi ŝuldas neniom al miaj bofratoj. Mi ŝuldas al ili neniujn ignamojn. Mi ŝuldas al ili neniujn tarojn. Iun matenon tri el ili venis al mia domo, bategis min, kaj forportis miajn edzinon kaj infanojn. Tio okazis dum la pluvsezono. Vane mi atendis la revenon de mia edzino. Finfine mi iris al miaj bofratoj kaj diris al ili: ‹Vi reprenis vian fratinon. Mi ne forsendis ŝin. Vi mem prenis ŝin. Laŭ la leĝo de la klano, vi devas redoni la edzinoprezon.› Sed la frato de mia edzino diris, ke ili havas nenion por diri al mi. Tial mi portas la aferon al la patroj de la klano. Jen mia kazo. Mi salutas vin.»

«Viaj vortoj estas bonaj», diris la ĉefa *egwugwu*. «Ni aŭdu, kion diros Odukŭe. Povus esti, ke ankaŭ liaj vortoj estos bonaj.»

Odukŭe estis malalta kaj fortika. Li paŝis antaŭen, salutis la spiritojn, kaj komencis sian rakonton.

«Mia bofrato diris al vi, ke ni iris al lia domo, batis lin, kaj forportis nian fratinon kaj ŝiajn infanojn. Ĉio ĉi estas vera. Li diris al vi, ke li venis por repreni ŝian edzinoprezon, kaj ke ni rifuzis doni ĝin al li. Ankaŭ tio estas vera. Mia bofrato, Uzoŭulu, estas besto. Mia fratino vivis kun li dum naŭ jaroj. Dum tiuj jaroj pasis neniu tago en la ĉielo, kiam li ne batis tiun inon. Ni provis solvi iliajn kverelojn jam en sennombraj okazoj, kaj ĉiufoje kulpis Uzoŭulu...»

«Tio estas mensogo!» Uzoŭulu kriis.

«Antaŭ du jaroj,» Odukŭe daŭrigis, «kiam ŝi estis graveda, li bategis ŝin ĝis ŝi abortis.»

«Tio estas mensogo. Ŝi abortis post kiam ŝi iris dormi kun sia amanto.»

«Korpo de Uzoŭulu, mi salutas vin», diris Malica Arbaro, tiel ke li devis silenti. «Kia amanto seksumas kun graveda virino?» La homamaso laŭte murmuris sian aprobon. Odukŭe daŭrigis:

«La pasintan jaron, kiam mia fratino estis resaniĝanta post malsano, li batis ŝin denove. Se la najbaroj ne estus intervenintaj por savi ŝin, ŝi estus mortigita. Ni aŭdis pri tio kaj faris tion, pri kio vi jam aŭdis. Laŭ la leĝo de Umuofia, se virino fuĝas de sia edzo, necesas redoni ŝian edzinoprezon. Sed en ĉi tiu okazo ŝi forfuĝis por savi sian vivon. Ŝiaj du infanoj apartenas al Uzoŭulu. Ni ne kontraŭstaras tion, sed ili estas tro junaj por forlasi sian patrinon. Se, aliflanke, Uzoŭulu forlasos sian frenezecon kaj venos laŭ la konvena maniero por peti sian edzinon reveni, ŝi faros tion. Li komprenu tamen, ke se iam ajn li batos ŝin denove, ni fortranĉos al li la generilojn.»

La homamaso ridegis. Malica Arbaro ekstaris, kaj tuj la homoj silentis. Konstanta nubo el fumo leviĝis el lia kapo. Li denove sidiĝis, kaj vokis du atestantojn. Ambaŭ estis najbaroj de Uzoŭulu, kaj ili konsentis pri la batado. Malica Arbaro tiam ekstaris, eltiris sian bastonon, kaj denove ŝovis ĝin en la teron. Li kuris kelkajn paŝojn direkte al la virinoj; ili ĉiuj fuĝis terurite, sed poste revenis preskaŭ tuj al siaj lokoj. La naŭ *egwugwu* foriris por interkonsultiĝi en sia domo. Silento regis tre longe. Poste sonoris la metala gongo kaj oni blovis la fluton. La *egwugwu* denove eliris el sia subtera hejmo. Ili salutis unu la alian antaŭ ol reaperi sur la *ilo*.

«*Umuofia kwenu!*» muĝis Malica Arbaro, frontante la pliaĝulojn kaj eminentulojn de la klano.

«*Yaa!*» respondis tondre la homamaso, tiam silento venis malsupren el la ĉielo kaj englutis la bruon.

Malica Arbaro ekparolis, kaj dum li parolis ĉiuj silentis. La ok aliaj *egwugwu* restis senmovaj kiel statuoj.

«Ni aŭdis ambaŭ flankojn de la disputo», diris Malica Arbaro. «Nia devo ne estas kulpigi unu homon aŭ laŭdi alian, sed solvi la konflikton.» Li turnis sin al la grupo de Uzoŭulu, kaj permesis al si mallongan paŭzon.

«Korpo de Uzoŭulu, ĉu vi konas min?»

«Kiel mi povas koni vin, patro? Vi estas super nia kono», Uzoŭulu respondis.

«Mi estas Malica Arbaro. Mi mortigas homon en tiu tago, kiam lia vivo estas al li plej dolĉa.»

«Tio estas vera», Uzoŭulu respondis.

«Iru al viaj bofratoj kun poto da vino, kaj petegu al via edzino, ke ŝi revenu al vi. Tio ne estas kuraĝo, kiam viro batalas kontraŭ virino.» Li turnis sin al Odukŭe, kaj permesis mallongan paŭzon.

«Korpo de Odukŭe, mi salutas vin», li diris.

«Mia mano tuŝas la grundon», Odukŭe respondis.

«Ĉu vi konas min?»

«Neniu homo povas koni vin», Odukŭe respondis.

«Mi estas Malica Arbaro, mi estas Seka-viando-kiu-plenigas-la-buŝon, mi estas Fajro-kiu-brulas-sen-ligno. Se via bofrato portos al vi vinon, lasu vian fratinon iri kun li. Mi salutas vin.» Li eltiris sian bastonon el la malmola tero kaj reenpuŝis ĝin.

«*Umuofia kwenu!*» li muĝis, kaj la homamaso respondis.

«Mi ne komprenas, kial tiel bagatela afero venu antaŭ la *egwugwu*», unu pliaĝulo diris al alia.

«Ĉu vi ne scias, kia homo estas Uzoŭulu? Li rifuzas aŭskulti ian ajn alian decidon», la alia respondis.

Dum ili parolis, du pliaj grupoj anstataŭis la unuajn antaŭ la *egwugwu*, kaj komenciĝis granda proceso pri terproprajo.

Ĉapitro 11

La nokto estis nepenetreble malluma. La luno aperis ĉiunokte pli kaj pli malfrue, ĝis nun ĝi estis videbla nur je la sunleviĝo. Kaj kiam ajn la luno forlasis la vesperon kaj leviĝis je la kokokrio, la noktoj estis nigraj kiel karbo.

Ezinma kaj ŝia patrino sidis sur mato sur la planko post vespermanĝo el fufuo kaj supo de maldolĉaj folioj. Palmolea lampo dissendis flavecan lumon. Sen tio estus neeble manĝi; en la nigrego de tiu nokto, oni ne sukcesus eĉ trovi sian buŝon. En ĉiu el la kvar kabanoj en la korto de Okonkŭo estis olelampo, kaj ĉiu kabano vidata de la aliaj aspektis kiel milda okulo de flava duonlumo, muntita en la solida maso de la nokto.

La mondo estis silenta krom la akuta kriado de insektoj. Tiu sono apartenis al la nokto, same kiel la sono de Nŭajieke, kiu batadis sian fufuon per lignaj pistilo kaj pistujo. Nŭajieke loĝis trans kvar domaroj, kaj ŝi estis fifama pro sia malfrua kuirado. Ĉiu virino en la ĉirkaŭaĵo konis la sonon de ŝiaj pistilo kaj pistujo. Ankaŭ tio apartenis al la nokto.

Okonkŭo jam manĝis el la pladoj de siaj edzinoj, kaj nun li kuŝis kun sia dorso ĉe la muro. Li serĉis en sia sako kaj elprenis sian boteleton de flartabako. Li renversis ĝin sur sian maldekstran manplaton, sed nenio eliris. Li frapis la botelon kontraŭ sian genuon por skui la tabakon. Tio ĉiam estis la problemo pri la flartabako de Okeke. Ĝi tre rapide humidiĝis, kaj ĝi enhavis tro da salpetro. Pasis longa tempo, de kiam Okonkŭo laste aĉetis de li flartabakon. Idigo estis la homo, kiu sciis, kiel mueli bonan flartabakon. Sed lastatempe li malsaniĝis.

Mallaŭtaj voĉoj, interrompataj jen kaj jen de kantado, atingis Okonkŭon el la kabanoj de liaj edzinoj, dum ĉiu virino kaj ŝiaj infanoj rakontis popolajn fabelojn. Ekŭefi kaj ŝia filino Ezinma sidis sur mato sur la planko. Nun estis la vico de Ekŭefi rakonti fabelon.

«Okazis iam,» ŝi ekrakontis, «ke ĉiuj birdoj estis invititaj al festeno en la ĉielo. Ili estis tre kontentaj, kaj komencis pretigi sin por tiu granda tago. Ili pripentris siajn korpojn per ruĝa bafio kaj faris sur ili belegajn desegnaĵojn per *uli*.

«Testudo vidis tiujn preparojn, kaj baldaŭ malkovris ilian signifon. Neniu okazaĵo en la mondo de la bestoj evitis lian okulon; li estis ruzega. Tuj kiam li aŭdis pri la granda festeno en la ĉielo, lia gorĝo komencis juki pro la nura penso. Tiutempe regis malsatego, kaj Testudo ne ĝuis bonan manĝon jam de du lunoj. Lia korpo skuiĝis kiel seka bastono interne de lia malplena karapaco. Tial li komencis plani, kiel li atingu la ĉielon.»

«Sed li ne havis flugilojn», Ezinma diris.

«Atendu pacience», ŝia patrino respondis. «Tio estas la temo de la rakonto. Testudo ne havis flugilojn, sed li iris al la birdoj kaj petis, ke ili permesu al li kuniri.

« ‹Ni konas vin tro bone›, la birdoj respondis al lia peto. ‹Vi estas plena je ruzaĵoj, kaj vi estas maldankema. Se ni permesos al vi akompani nin, vi tuj komencos viajn artifikojn.›

« ‹Vi ne konas min›, Testudo diris. ‹Mi reformiĝis. Mi lernis, ke homo, kiu misfaras al aliaj, misfaras ankaŭ al si mem.›

«Testudo havis dolĉan langon, kaj post nelonga tempo ĉiuj birdoj konsentis, ke li reformiĝis. Ĉiu el ili donis al li unu plumon, kaj li uzis la plumojn por fari du flugilojn.

«Finfine alvenis la granda tago, kaj Testudo estis la unua, kiu alvenis ĉe la loko de la renkontiĝo. Kiam ĉiuj birdoj jam kolektiĝis, ili ekiris amase. Testudo estis tre feliĉa kaj babilema, dum li flugis inter la birdoj, kaj oni baldaŭ elektis lin kiel reprezentanton de la tuta grupo, ĉar li estis granda oratoro.

« ‹Estas unu grava afero, kiun ni nepre ne forgesu›, li diris, dum ili flugis kune. ‹Kiam la homoj ricevas inviton al granda festeno kiel ĉi tiu, ili alprenas novajn nomojn por la okazo. Niaj gastigantoj en la ĉielo atendos, ke ni respektu tiun antikvan kutimon.›

«Neniu el la birdoj iam ajn aŭdis pri tia kutimo, sed ili sciis ke Testudo, malgraŭ siaj multaj mankoj, tamen multe vojaĝis kaj konas la kutimojn de la diversaj popoloj. Kaj tial ili ĉiuj elektis novan nomon. Kiam ĉiu elektis sian nomon, ankaŭ Testudo elektis. Li prenis la nomon *Ĉiuj vi*.

«Finfine la grupo alvenis en la ĉielo, kaj iliaj gastigantoj estis tre kontentaj vidi ilin. Testudo ekstaris en sia multekolora plumaro kaj dankis ilin pro ilia invito. Lia parolado estis tiel elokventa, ke ĉiuj birdoj estis kontentaj, ke ili kunprenis lin, kaj kapjesis aprobe al ĉio, kion li diris. Iliaj gastigantoj supozis, ke li estas la reĝo de la birdoj, des pli ĉar li aspektis iom malsame de la aliaj.

«Post la prezentado kaj manĝado de kolanuksoj, la ĉiela popolo metis antaŭ siajn gastojn la plej bongustegajn pladojn, kiujn Testudo iam ajn vidis aŭ eĉ imagis. Oni proponis la supon varmega de la fajro, en la sama poto, en kiu ĝi estis kuirita. Ĝi estis plena je viando kaj fiŝaĵoj. Testudo komencis laŭte flari. Estis pistitaj ignamoj kaj ankaŭ ignama kaĉo kuirita kun palmoleo kaj freŝaj fiŝaĵoj. Estis ankaŭ potoj da palmovino.

«Kiam ĉio estis metita antaŭ la gastojn, ano de la ĉiela popolo antaŭenpaŝis kaj iomete gustumis el ĉiu poto. Tiam li invitis la birdojn manĝi. Sed Testudo eksaltis surpieden kaj demandis: ‹Por kiu vi pretigis ĉi tiun festenon?›

« ‹Por ĉiuj vi›, la homo respondis.

«Testudo turnis sin al la birdoj kaj diris: ‹Vi memoras, ke mia nomo estas *Ĉiuj vi*. La kutimo ĉi tie estas servi unue la reprezentanton de la grupo, kaj poste la aliajn. Oni servos vin, kiam mi jam manĝis.›

«Li komencis manĝi, kaj la birdoj grumblis kolere. La ĉiela popolo supozis, ke ili havas la kutimon lasi ĉiujn manĝaĵojn por sia reĝo. Kaj tial Testudo manĝis la plej grandan parton de la manĝaĵoj, kaj poste trinkis du potojn da palmovino. Li estis plena je manĝaĵoj kaj trinkaĵoj, kaj lia korpo dikiĝis ĝis ĝi plenigis lian karapacon.

«La birdoj kunpremiĝis por manĝi la restaĵojn, kaj por beki la ostojn ĵetitajn de li surplanken. Kelkaj estis tro koleraj por manĝi. Ili preferis flugi hejmen kun malplena stomako. Sed antaŭ ol forflugi, ĉiu reprenis la plumon, kiun li pruntis al Testudo. Kaj jen li en sia malmola karapaco plena je manĝaĵoj kaj vino, sed sen flugiloj por reiri hejmen. Li petis la birdojn porti mesaĝon al lia edzino, sed ili ĉiuj rifuzis. Finfine Papago, kiu estis pli kolera ol la aliaj, subite ŝanĝis sian ideon kaj konsentis porti la mesaĝon.

« ‹Diru al mia edzino,› Testudo diris, ‹ke ŝi elprenu el mia domo ĉiujn molajn aĵojn kaj kovru per ili la korton, por ke mi povu salti malsupren de la ĉielo sen tro granda danĝero.›

«Papago promesis liveri la mesaĝon, kaj tiam forflugis. Sed atinginte la domon de Testudo li diris al lia edzino, ke ŝi elprenu el la domo ĉiujn malmolajn aĵojn. Tial ŝi portis eksteren la hojojn de sia edzo, kaj ankaŭ liajn maĉetojn, lancojn, pafilojn, kaj eĉ kanonon[7].

---

7 **Kanono.** Kanonoj unue atingis Afrikon de la araba mondo. Inter la igboj, kanonoj estis uzataj (kaj ankoraŭ nun estas uzataj) ĉefe dum ceremonioj. Ili konsistas el

Testudo rigardis malsupren el la ĉielo kaj vidis, ke lia edzino portas aĵojn eksteren, sed li estis tro malproksima por vidi klare, kiajn aferojn ŝi metas tien. Kiam ĉio ŝajnis preta, li lasis sin ekfali. Li falis kaj falis kaj falis, ĝis li komencis timi, ke li neniam ĉesos fali. Kaj tiam, kun bruo kiel eksplodo el lia kanono, li frakasiĝis sur la korto.»

«Ĉu li mortis?» Ezinma demandis.

«Ne», Ekŭefi respondis. «Lia karapaco rompiĝis en pecojn. Sed estis fama sorĉisto en la ĉirkaŭaĵo. La edzino de Testudo alvokis lin, kaj li kolektis ĉiujn pecojn de la karapaco kaj kungluis ilin. Tial la karapaco de Testudo ne estas glata.»

«La rakonto ne enhavas kanton», Ezinma atentigis.

«Ne», Ekŭefi diris. «Mi elpensos alian kun kanto. Sed nun estas via vico.»

«Okazis iam,» Ezinma ekrakontis, «ke Testudo kaj Kato iris lukti kontraŭ Ignamoj – ne, tio ne estas la komenco. Okazis iam, ke estis granda malsatego en la lando de la bestoj. Ĉiuj estis maldikaj krom Kato, kiu estis grasa. Lia korpo brilis, kvazaŭ oni frotis ĝin per oleo...»

Ŝi interrompis sin, ĉar ĝuste en tiu momento voĉo laŭta kaj akuta ŝiris la silenton de la nokto. Temis pri Ĉielo, la pastrino de Agbala, kiu deklamis profetaĵon. Tio ne estis novaĵo. De tempo al tempo Ĉielon posedis la spirito de ŝia dio, kaj ŝi komencis elbuŝigi profetaĵojn. Sed ĉi-nokte ŝi adresis siajn profetaĵon kaj salutojn al Okonkŭo, kaj tial ĉiu en lia familio aŭskultis. Oni ĉesis rakonti fabelojn.

«*Agbala do-o-o-o! Agbala ekeneo-o-o-o-o*», la voĉo tratranĉis la nokton kiel akra klingo. «*Okonkwo! Agbala ekene gio-o-o-o! Agbala cholu ifu ada ya Ezinmao-o-o-o!*»

---

relative malgrandaj metalaj tuboj fiksitaj al la grundo kaj plenigitaj de sablo kaj pulvo. Kiam oni ekfajrigas ilin, ili eksplodas kun laŭta pafo.

Aŭdante la nomon de Ezinma, Ekŭefi movis sian kapon abrupte, kiel besto flaranta morton en la aero. Ŝia koro saltis dolore en ŝia brusto.

La pastrino nun estis atinginta la domaron de Okonkŭo, kaj parolis kun li ekster lia kabano. Ŝi ripetis denove kaj denove, ke Agbala deziras vidi lian filinon, Ezinman. Okonkŭo petegis ŝin reveni en la mateno, ĉar Ezinma nun dormas. Sed Ĉielo ignoris lian provon paroli kun ŝi, kaj plu kriis, ke Agbala volas vidi lian filinon. Ŝia voĉo estis klara kiel metalo, kaj la inoj kaj infanoj de Okonkŭo aŭdis en siaj kabanoj ĉion, kion ŝi diris. Okonkŭo ankoraŭ petegis, dirante ke la knabino lastatempe malsanis kaj ke ŝi dormas. Ekŭefi tuj portis Ezinman en ilian dormoĉambron, kaj kuŝigis ŝin sur ilian altan liton el bambuo.

La pastrino subite kriegis. «Atentu, Okonkŭo!» ŝi avertis. «Atentu kontraŭ disputado kun Agbala. Ĉu homo parolu, kiam parolas dio? Atentu!»

Ŝi marŝis tra la kabano de Okonkŭo en la rondan korton kaj iris rekte al la kabano de Ekŭefi. Okonkŭo venis post ŝi.

«Ekŭefi», ŝi vokis. «Agbala salutas vin. Kie estas mia filino, Ezinma? Agbala volas vidi ŝin.»

Ekŭefi venis el sia kabano, portante sian olelampon en la maldekstra mano. Blovis malforta venteto, do ŝi tenis sian manon ĉirkaŭ la flamo por ŝirmi ĝin. La patrino de Nŭoje, ankaŭ ŝi kun olelampo en la mano, eliris el sia kabano. Ŝiaj infanoj staris en la mallumo ekster sia kabano por rigardi tiun strangan okazaĵon. Ankaŭ la plej juna edzino de Okonkŭo venis eksteren, kaj staris kun la aliaj.

«Kie Agbala volas vidi ŝin?» Ekŭefi demandis.

«En kiu alia loko, se ne la propra domo en la montetoj kaj la kavernoj?» la pastrino respondis.

«Ankaŭ mi venos kun vi», Ekŭefi diris firme.

«*Tufia-a!*» la pastrino sakris per voĉo, kiu krakis kiel la kolera bojo de tondro dum la seksezono. «Kiel vi aŭdacas, ino, aperi proprainiciate antaŭ la potenca Agbala? Atentu, ino, por ke li ne trafu vin pro kolero. Alportu al mi mian filinon.»

Ekŭefi eniris sian kabanon, kaj revenis kun Ezinma.

«Venu, mia filino», la pastrino diris. «Mi portos vin sur mia dorso. Bebo sur la dorso de sia patrino ne scias, ke la vojo estas longa.»

Ezinma ekploris. Ŝi ja kutimis, ke Ĉielo nomas ŝin «mia filino». Sed per la flava duonlumo ŝi nun vidis nekonatan Ĉielon.

«Ne ploru, mia filino,» diris la pastrino, «por ke Agbala ne koleru kontraŭ vi.»

«Ne ploru», Ekŭefi diris. «Ŝi reportos vin tre baldaŭ. Mi donos al vi fiŝaĵon por manĝi.» Ŝi reeniris la kabanon kaj tiris malsupren la fume nigrigitan korbon, en kiu ŝi tenis siajn sekigitajn fiŝaĵojn kaj aliajn ingrediencojn uzatajn por kuiri supon. Ŝi rompis fiŝaĵon en du pecojn kaj donis duonon al Ezinma, kiu alkroĉiĝis al ŝi.

«Ne timu», Ekŭefi diris, karesante ŝian kapon, kiu estis parte razita por ke la haroj formu desegnon. Ili reiris eksteren. La pastrino kliniĝis sur unu genuon, kaj Ezinma supreniris sur ŝian dorson, kun fiŝaĵo en sia maldekstra manplato kaj larmoj brilantaj en la okuloj.

«*Agbala-do-o-o-o! Agbala ekeneo-o-o-o!*...» Ĉielo denove komencis kantparoli salutojn al sia dio. Ŝi turniĝis abrupte kaj marŝis tra la kabano de Okonkŭo, kliniĝante tre profunde sub la rando de la tegmento. Ezinma jam ploris tre laŭte kaj vokis al sia patrino. La du voĉoj malaperis en la densan mallumon.

Stranga kaj subita malforteco trafis Ekŭefi, dum ŝi staris rigardante al la direkto de la voĉoj, kiel kokino, kies sola kokido estis forportita de milvo. La voĉo de Ezinma baldaŭ ne plu estis aŭdebla, kaj restis nur tiu de Ĉielo, kiu formoviĝis pli kaj pli malproksimen.

«Kial vi staras tie, kvazaŭ oni forrabis ŝin?» Okonkŭo demandis, reirante al sia kabano.

«Ŝi baldaŭ reportos ŝin», diris la patrino de Nŭoje.

Sed Ekŭefi ne aŭdis tiujn konsolojn. Ŝi restis senmova dum iom da tempo, tiam, subite, ŝi decidiĝis. Ŝi rapidis tra la kabano de Okonkŭo kaj iris eksteren.

«Kien vi iras?» li demandis.

«Mi sekvas Ĉielon», ŝi respondis, kaj malaperis en la mallumo. Okonkŭo tusetis en sia gorĝo, kaj prenis sian boteleton da flartabako el la kaprofela sako ĉe sia flanko.

La voĉo de la pastrino jam mallaŭtiĝis en la distanco. Ekŭefi rapidis al la ĉefa vojo kaj turnis sin maldekstren en la direkton de la voĉo. Ŝia okuloj estis senutilaj en la mallumo. Sed ŝi facile trovis, kien meti la piedojn sur la sabla vojo, kiu estis ĉirkaŭata ambaŭflanke de branĉoj kaj malsekaj folioj. Ŝi komencis kuri, tenante siajn mamojn per la manoj, por ke ili ne frapiĝu aŭdeble kontraŭ ŝia korpo. Ŝi batis sian maldekstran piedon kontraŭ elstaranta radiko, kaj estis kaptita de teruro. Tio aŭguris malbone. Ŝi kuris pli rapide. Sed la voĉo de Ĉielo estis ankoraŭ malproksima. Ĉu ankaŭ ŝi kuras? Kiel ŝi povas paŝi tiel rapide kun Ezinma sur sia dorso?

Kvankam la nokto estis malvarmeta, Ekŭefi komencis senti tro da varmo pro la kurado. Ŝi ofte kaptiĝis en la abundaj fiherboj kaj lianoj, kiuj formis murojn laŭ la du flankoj de la vojo. Unu fojon ŝi stumblis kaj falis. Nur tiam ŝi konstatis kun ŝoko, ke la kantoparolado de Ĉielo silentiĝis. Ŝia koro batis fortege kaj ŝi ekhaltis. Tiam aŭdiĝis nova ekkrio nur kelkajn paŝojn antaŭe. Sed Ekŭefi ne povis vidi ŝin. Ŝi fermis siajn okulojn dum momento kaj remalfermis ilin, esperante tiel vidi pli bone. Sed estis senutile. Ŝi ne povis vidi pli malproksimen ol sia nazo.

Ne estis steloj en la ĉielo, ĉar estis pluvonubo. Lampiroj flugis ĉirkaŭe kun siaj etaj verdaj lampoj, sed tio nur profundigis la mallumon. Inter la ekkrioj de Ĉielo, la nokton plenigis la akuta bruado de arbaraj insektoj, kiu apartenis al la teksaĵo de la mallumo.

«*Agbala do-o-o-o! ... Agbala ekeneo-o-o-o!*...» Ekŭefi marŝadis lace malantaŭ la pastrino, zorgante nek tro proksimiĝi, nek tro postresti. Ŝi pensis, ke verŝajne ili iras en la direkton de la sankta kaverno. Marŝante nun pli malrapide, ŝi havis tempon por pensi. Kion ŝi faros, kiam ili atingos la kavernon? Ŝi ne aŭdacos eniri. Ŝi devos atendi ĉe la enirejo, tute sola en tiu timiga loko. Ŝi pensis pri ĉiuj teruraĵoj de la nokto. Ŝi memoris tiun nokton, antaŭ multaj jaroj, kiam ŝi vidis *Ogbu-agali-odu*. Tio estis unu el la malicaj substancoj liberigitaj en la mondon pro la potencaj sorĉoj, kiujn la tribo siatempe faris kontraŭ siaj malamikoj, sed kiujn ĝi intertempe ne plu kapablis regi. Tio okazis, kiam Ekŭefi revenis de la rivereto kun sia patrino dum malluma nokto kiel ĉi tiu. Ili vidis ĝian glimon, kiam ĝi flugis en ilian direkton. Ili forĵetis siajn akvopotojn kaj kuŝis apud la vojo, atendante ke la minaca lumo venos malsupren sur ilin kaj mortigos ilin. Tio estis la sola fojo, kiam Ekŭefi vidis *Ogbu-agali-odu*. Kvankam tio okazis antaŭ tiom da jaroj, ŝia sango ankoraŭ glaciiĝis, kiam ajn ŝi memoris tiun nokton.

La voĉo de la pastrino nun aŭdiĝis post pli longaj intervaloj, sed ĝia viglo neniel malpliiĝis. La aero estis malvarmeta kaj humida pro roso. Ezinma ternis. Ekŭefi murmuris subvoĉe: «Vivon al vi, mia filino». Sammomente ankaŭ la pastrino diris: «Vivon al vi, mia filino». La voĉon de Ezinma en la mallumo varmigis la koron de ŝia patrino. Ŝi lace plumarŝis post ili.

Kaj tiam la pastrino kriaĉis. «Iu marŝas malantaŭ mi!» ŝi diris. «Ĉu spirito aŭ homo, Agbala razu vian kapon per malakra razilo! Li tordu vian kolon, ĝis vi vidos viajn kalkanojn!»

Ekŭefi haltis kvazaŭ ŝtoniĝinte. Parto de ŝia menso diris al ŝi: «Ino, iru hejmen antaŭ ol Agbala misfaros al vi.» Sed ŝi ne povis. Ŝi atendis, ĝis la distanco inter ŝi kaj Ĉielo pligrandiĝis, kaj komencis denove sekvi. Ŝi jam marŝis tiel longe, ke ŝiaj kruroj kaj kapo komencis perdi sian sentokapablon. Tiam trafis ŝin la penso, ke ili ne celas la kavernon. Certe ili jam delonge preteriris ĝin; nun ili iras en la direkton al Umuaĉi, la plej malproksima vilaĝo de la klano. La voĉo de Ĉielo nun aŭdiĝis nur post longaj intervaloj.

Ŝajnis al Ekŭefi, ke la nokto iom plilumiĝis. La nubo malaperis, kaj kelkaj steloj videblis. Verŝajne baldaŭ leviĝos la luno, ne plu tiel malkomplezema kiel antaŭe. Dum periodoj, kiam la luno leviĝis malfrue en la nokto, la homoj ĉiam diris, ke ĝi rifuzas akcepti manĝojn, same kiel malkomplezema edzo rifuzas la manĝojn de sia edzino post kverelo.

«*Agbala do-o-o-o! Umuachi! Agbala ekene unuo-o-o!*» Ekŭefi efektive pravis. La pastrino nun faris saluton al la vilaĝo Umuaĉi. Estis apenaŭ kredeble, ke ili marŝis tiel grandegan distancon. Kiam ili eliris el la mallarĝa arbara vojeto, la mallumo mildiĝis, kaj estis eble distingi la malklaran formon de arboj. Ekŭefi kunpremis siajn okulojn, strebante vidi sian filinon kaj la pastrinon, sed kiam ajn ŝi kredis distingi ilian formon, tio tuj solviĝis kiel fandiĝanta bulo da mallumo. Ŝi plumarŝis sensente.

La voĉo de Ĉielo nun konstante leviĝis, same kiel okazis, kiam ŝi unue ekiris. Ekŭefi sentis sin ĉirkaŭata de vasta spaco, kaj ŝi divenis, ke ili nun troviĝas sur la *ilo* aŭ ludejo de la vilaĝo. Kaj ŝi ankaŭ konstatis, kun ioma ŝoko, ke Ĉielo ne plu moviĝas antaŭen. Fakte, ŝi revenas. Ekŭefi rapide moviĝis ekster ŝia vojo. Ĉielo pasis ŝin, kaj ili komencis reiri laŭ la vojo, kiun ili jam faris.

Tio estis longa kaj laciga marŝado, kaj Ekŭefi sentis sin kiel dormovaganto dum granda parto de la vojo. La luno sendube estis leviĝanta, kaj kvankam ĝi ankoraŭ ne aperis en la ĉielo, ĝia brilo jam iugrade forfandis la mallumon. Ekŭefi nun povis distingi la figuron de la pastrino kun ŝia ŝarĝo. Ŝi malrapidigis siajn paŝojn por pliigi la distancon inter ili. Ŝi timis, kio povus okazi, se Ĉielo subite turniĝos kaj vidos ŝin.

Antaŭe ŝi preĝis, ke la luno leviĝu. Sed nun ŝi trovis la duonlumon de la aperonta luno pli terura ol la mallumo. Plenigis la mondon malklaraj, fantaziaj figuroj, kiuj solviĝis dum ŝi rigardis ilin, kaj poste rekuniĝis en novaj formoj. En unu momento Ekŭefi tiom timegis, ke ŝi preskaŭ vokis al Ĉielo por ricevi iom da homa kunestado. Tio, kion ŝi vidis, estis la figuro de viro grimpanta sur palmarbo, kun la kapo malsupre kaj la kruroj supre. Sed ĝuste tiam la voĉo de la posedata virino denove leviĝis kantparole, kaj Ekŭefi retiriĝis pro hororo, ĉar en tiu voĉo mankis ĉia homeco. Tiu ne estis la sama Ĉielo, kiu sidis apud ŝi en la bazaro kaj foje alportis fazeolokukojn por Ezinma, kiun ŝi nomis sia filino. Tiu estas malsama virino: la pastrino de Agbala, la Orakolo de la Montetoj kaj Kavernoj. Ekŭefi plu marŝadis inter du timoj. La sono de ŝiaj sensentaj paŝoj ŝajnis veni de iu alia homo marŝanta malantaŭ ŝi. Ŝiaj brakoj estis falditaj antaŭ ŝiaj nudaj mamoj. La roso falis peze, kaj la aero estis malvarma. Ŝi ne plu povis pensi, eĉ ne pri la teruraĵoj de la nokto. Ŝi kuretis en duondormo, plene vekiĝante nur kiam Ĉielo kantis.

Finfine ili turniĝis flanken, kaj komencis iri en la direkton de la kavernoj. De tiu momento Ĉielo ne ĉesigis sian kantoparoladon. Ŝi salutis sian dion per amaso da nomoj: la posedanto de la estonto, la mesaĝisto de la tero, la dio kiu faligas homon en tiu momento, kiam lia vivo estis al li plej dolĉa. Ankaŭ Ekŭefi revekiĝis, kaj ŝiaj obtuziĝintaj timoj denove akriĝis.

La luno nun estis plene leviĝinta, kaj ŝi povis klare vidi Ĉielon kaj Ezinman. Nur per miraklo virino povus porti tian grandan infanon tiel facile kaj longedaŭre. Sed Ekŭefi ne pensis pri tio. Ĉielo tiunokte ne estis virino.

«Agbala do-o-o-o! Agbala ekeneo-o-o! Chi negbu madu ubosi ndu ya nato ya uto daluo-o-o!...»

Ekŭefi jam povis vidi la minacan silueton de la montetoj sub la lunlumo. Ili formis ringon rompitan en unu loko, kie la vojeto kondukis internen al la centro de la cirklo.

Tuj kiam la pastrino paŝis en tiun ringon de montetoj, ŝia voĉo ne nur duoble plifortiĝis, sed ankaŭ reeĥis de ĉiuj flankoj. Tio efektive estis la sanktejo de granda dio. Ekŭefi paŝetis zorge kaj senbrue. Ŝi jam komencis dubi, ĉu ŝi saĝe agis. Nenio okazos al Ezinma, ŝi pensis. Kaj se io ja okazos al ŝi, ĉu ŝi mem povos malhelpi tion? Ŝi ne aŭdacos eniri la subterajn kavernojn. Ŝia ĉeesto estas tute senutila, laŭ ŝia penso.

Dum tiuj aferoj trafluis ŝian menson, ŝi ne konstatis, kiom ili proksimas al la buŝo de la kaverno. Kaj tial, kiam la pastrino kun Ezinma surdorse malaperis tra trueto apenaŭ sufiĉe granda por tralasi kokinon, Ekŭefi ekkuris kvazaŭ por haltigi ilin. Dum ŝi staris rigardante la cirklon de mallumo, kiu englutis ilin, larmoj ŝprucis el ŝiaj okuloj. Ŝi ĵuris al si mem, ke se ŝi aŭdos Ezinman plori, ŝi impetos en la kavernon por defendi ŝin kontraŭ ĉiuj dioj de la mondo. Ŝi mortos kun ŝi.

Ĵurinte tiel, ŝi sidis sur plata ŝtonego por atendi. Ŝia timo forvaporiĝis. Ŝi aŭdis la voĉon de la pastrino, kies metaleco estis tute elsuĉita de la vasta malpleno de la kaverno. Ŝi kaŝis sian vizaĝon en sia sino kaj atendis.

Ŝi ne sciis, kiel longe ŝi atendis. Verŝajne tio daŭris tre longan tempon. Ŝia dorso estis turnita kontraŭ la vojeto, kiu kondukis el la montetoj. Ŝi aŭdis brueton malantaŭ si, kaj turniĝis abrupte. Tie staris viro kun maĉeto en la mano. Ekŭefi eligis krion kaj saltis surpieden.

«Ne kondutu tiel malsaĝe», diris la voĉo de Okonkŭo. «Mi kredis, ke vi eniros en la sanktejon kun Ĉielo», li mokis ŝin.

Ekŭefi ne respondis. Dankemaj larmoj plenigis ŝiajn okulojn. Ŝi sciis, ke ŝia filino estas sekura.

«Iru hejmen kaj dormu», Okonkŭo diris. «Mi atendos ĉi tie.»

«Ankaŭ mi atendos. Baldaŭ tagiĝos. Jam aŭdiĝis la unua kokeriko.»

Dum ili staris tie kune, la menso de Ekŭefi reiris al la tagoj, kiam ili estis junaj. Ŝi edziniĝis kun Anene, ĉar Okonkŭo tiam estis tro malriĉa por edziĝi. Du jarojn post sia edziniĝo kun Anene, ŝi ne plu eltenis kaj forfuĝis al Okonkŭo. Tio okazis frue en la mateno. La luno brilis. Ŝi iris al la rivereto por ĉerpi akvon. La domo de Okonkŭo troviĝis laŭvoje al la rivereto. Ŝi eniris kaj frapis lian pordon, kaj li venis eksteren. Eĉ tiutempe li estis homo de malmultaj vortoj. Li nur portis ŝin en sian liton, kaj en la mallumo komencis palpi ĉirkaŭ ŝia talio serĉante la neligitan finon de ŝia tuko.

Ĉapitro 12

La postan matenon tra la tuta ĉirkaŭaĵo sentiĝis ĝoja etoso, ĉar la amiko de Okonkŭo, Obierika, festis la *uri* de sia filino. Tio estis la tago, kiam ŝia aspiranto, kiu jam pagis la plej grandan parton de ŝia edzinoprezo, alportos palmovinon ne nur al ŝiaj gepatroj kaj proksimaj familianoj, sed ankaŭ al la vasta, multenombra grupo de parencoj nomata *umunna*. Ĉiuj estis invititaj – viroj, virinoj kaj infanoj. Sed fakte tio estis ceremonio por virinoj, kaj la ĉefaj figuroj estis la novedzino kaj ŝia patrino.

Tuj kiam tagiĝis, oni rapide matenmanĝis, kaj virinoj kaj infanoj komencis amasiĝi en la korto de Obierika por helpi la patrinon de la novedzino pri la malfacila sed feliĉa tasko kuiri por tuta vilaĝo.

La familio de Okonkŭo jam aktivis, kiel ĉiu alia familio en la ĉirkaŭaĵo. La patrino de Nŭoje kaj la plej juna edzino de Okonkŭo estis pretaj ekiri al la domaro de Obierika kun ĉiuj siaj infanoj. La patrino de Nŭoje portis korbon da taroj, bulo da salo, kaj fumaĵitaj fiŝaĵoj, kiujn ŝi prezentos al la edzino de Obierika. Ankaŭ la plej juna edzino de Okonkŭo, Oĝiugo, havis korbon da kuirbananoj kaj taroj, kaj malgrandan poton da palmoleo. Iliaj infanoj portis potojn da akvo.

Ekŭefi estis laca kaj dormema pro la elĉerpaj spertoj de la antaŭa nokto. Ili ĵus revenis antaŭ ne tre longe. La pastrino, kun Ezinma dormanta sur ŝia dorso, rampis el la sanktejo sur sia ventro kiel serpento. Ŝi eĉ ne rigardis Okonkŭon kaj Ekŭefi, nek montris iun ajn surprizon trovi ilin ĉe la enirejo de la kaverno. Ŝi rigardis rekte antaŭen kaj marŝis reen al la vilaĝo. Okonkŭo kaj lia edzino sekvis je respektoplena distanco. Ili supozis, ke la pastrino eble reiros al sia propra domo, sed ŝi marŝis al la domaro de Okonkŭo, pasis tra lia *obi* kaj eniris la kabanon de Ekŭefi. Tie ŝi paŝis en la dormoĉambron, zorge metis Ezinman sur la liton, kaj foriris dirinte neniun vorton al iu ajn.

Ezinma ankoraŭ dormis dum ĉiuj aliaj aktivis, kaj Ekŭefi petis Oĝiugon kaj la patrinon de Nŭoje klarigi al la edzino de Obierika, ke ŝi malfruos. Ŝi jam pretigis sian korbon da taroj kaj fiŝaĵoj, sed ŝi devos atendi ĝis Ezinma vekiĝos.

«Ankaŭ vi mem bezonas dormi», diris la patrino de Nŭoje. «Vi aspektas tre lace.»

Dum ili parolis, Ezinma venis el la kabano, frotante siajn okulojn kaj streĉante sian sengrasan korpon. Vidante la aliajn infanojn kun la akvopotoj, ŝi memoris, ke ili devas alporti akvon por la edzino de Obierika. Ŝi reiris en la kabanon por preni sian poton.

«Ĉu vi dormis sufiĉe?» ŝia patrino demandis.

«Jes», ŝi respondis. «Ni ekiru.»

«Ne antaŭ ol vi matenmanĝos», Ekŭefi diris. Kaj ŝi eniris sian kabanon por varmigi la legomsupon, kiun ŝi kuiris la antaŭan vesperon.

«Ni ekiros», diris la patrino de Nŭoje. «Mi diros al la edzino de Obierika, ke vi alvenos poste.» Kaj do ili ĉiuj foriris por helpi la edzinon de Obierika: la patrino de Nŭoje kun siaj kvar infanoj, kaj Oĝiugo kun siaj du.

Dum la tuta grupo marŝis tra la *obi* de Okonkŭo li demandis: «Kiu pretigos mian manĝon ĉi-posttagmeze?»

«Mi revenos por fari tion», Oĝiugo diris.

Ankaŭ Okonkŭo sentis sin laca kaj dormema, ĉar kvankam neniu sciis tion, li tute ne dormis la antaŭan nokton. Tiam li estis tre maltrankvila, sed kaŝis tion. Kiam Ekŭefi sekvis la pastrinon, li atendis ĝis pasis intervalo laŭ li sufiĉe racia kaj vireca, antaŭ ol preni sian maĉeton por iri al la sanktejo, supozante ke ili estas tie. Nur alveninte li ekpensis, ke eble la pastrino decidis viziti la aliajn vilaĝojn unue. Okonkŭo reiris hejmen kaj sidis atendante. Kiam li taksis, ke li sufiĉe longe atendis, li denove iris al la sanktejo. Sed la Montetoj kaj Kavernoj estis silentaj kiel la morto. Nur je sia kvara vizito li trovis Ekŭefi, kaj intertempe li fariĝis serioze zorgoplena.

En la korto de Obierika la homoj svarmis kvazaŭ en formikejo. Provizoraj tripiedaj kuirstangoj estis starigitaj sur ĉiu disponebla spaco, per kunmetado de tri blokoj da sunsekigita tero kun fajro en la mezo. Kuirpotoj pendis de la tripiedoj, kaj oni pistis fufuon en dekoj da lignaj pistujoj. Iuj virinoj kuiris la ignamojn kaj maniokojn, aliaj pretigis legomsupon. Junuloj pistis la fufuon aŭ fendis ŝtipojn. La infano iris tien-reen al la rivereto.

Tri junaj viroj helpis Obierikan buĉi la du kaprojn, el kiuj oni faros la supon. Ili estis tre dikaj, sed la plej dika kapro el ĉiuj estis ligita al fosto apud la muro de la korto. Ĝi estis same granda kiel eta bovino. Obierika estis sendinta unu el siaj parencoj la tutan vojon ĝis Umuike por aĉeti tiun kapron. Ĝi estis tiu, kiun li prezentos viva al siaj boparencoj.

«La bazaro de Umuike estas miranda loko», diris la juna viro, kiun Obierika estis sendinta por aĉeti la gigantan kapron. «Estas en ĝi tiom da homoj, ke se oni ĵetus supren sableron, ĝi ne trovus la vojon por refali al la tero.»

«Tio rezultas de granda sorĉo», Obierika diris. «La umuikanoj volis, ke ilia bazaro kresku kaj englutu la bazarojn de iliaj najbaroj. Tial ili faris potencan sorĉon. En ĉiu bazartago, antaŭ la unua kokeriko, tiu sorĉo staras sur la bazarplaco en la formo de maljunulino kun ventumilo. Per tiu magia ventumilo ŝi vokas al la bazaro ĉiujn najbarajn klanojn. Ŝi gestas antaŭ si kaj malantaŭ si, dekstre kaj maldekstre.»

«Kaj tial venas ĉiuj,» diris alia viro, «honestaj homoj kaj ŝtelistoj. Oni kapablas ŝteli la tukon de via talio en tiu bazaro.»

«Jes,» Obierika diris, «mi avertis al Nŭankŭo teni akran okulon kaj akran orelon. Iam estis viro, kiu iris vendi kapron. Li kondukis ĝin per dika ŝnuro, kiun li ligis ĉirkaŭ sia talio. Sed dum li marŝis tra la bazaro li konstatis, ke la homoj fingromontras al li kvazaŭ li estus frenezulo. Li ne komprenis tion, ĝis li rigardis malantaŭen kaj vidis, ke ĉe la fino de la rimeno li kondukas ne kapron sed pezan lignoŝtipon.»

«Ĉu vi kredas, ke ŝtelisto povas fari tian aferon tute sola?» Nŭankŭo demandis.

«Ne», Obierika diris. «Li uzas sorĉon.»

Tranĉinte la gorĝojn de la kaproj kaj kolektinte la sangon en bovlo, oni tenis ilin super flamo por forbruligi la harojn, kaj la odoro de brulantaj haroj miksiĝis kun la odoroj de la kuirado. Poste ili lavis la kaprojn kaj distranĉis ilin por la virinoj, kiuj pretigis la supon.

La agado en la formikejo progresis glate, kiam okazis subita interrompo. Temis pri krio malproksima: *Oji odu achu iiiji-o-o! (Tiu, kiu uzas sian voston por forpeli muŝojn!)* Ĉiu virino tuj forlasis sian taskon por kuri en la direkton de la krio.

«Ni ne devas ĉiuj elkuri tiel, lasante niajn kuiraĵojn por ekbruli en la fajro», kriis Ĉielo, la pastrino. «Tri aŭ kvar el ni restu ĉi tie.»

«Tio estas ĝusta», diris alia virino. «Ni permesu al tri aŭ kvar virinoj resti ĉi tie.»

Kvin virinoj restis por prizorgi la kuirpotojn, dum ĉiuj aliaj kuris eksteren por trovi la bovinon, kiu vagis libere. Kiam ili vidis ĝin, ili pelis ĝin reen al ĝia posedanto, kiu tuj transdonis la pezan punpagon postulatan en la vilaĝo de iu ajn, kies bovino libere vagis en la kampoj de la najbaroj. Postulinte la punpagon, la virinoj kontrolis inter si por vidi, ĉu iu ajn virino ne alvenis, kiam aŭdiĝis la krio.

«Kie estas Mgbogo?» unu el ili demandis.

«Ŝi kuŝas malsana en la lito», diris la najbarino de Mgbogo. «Ŝi havas *iba*.»

«La sola alia homo estas Udenkŭo,» diris alia virino, «kaj ŝia infano ankoraŭ ne atingis dudek ok tagojn.»

Tiuj virinoj, kiuj ne estis petitaj de la edzino de Obierika helpi pri la kuirado, reiris al siaj hejmoj, kaj la ceteraj revenis, ĉiuj kune, al la domaro de Obierika.

«Pri kies bovino temis?» demandis tiuj virinoj, kiujn oni permesis resti en la korto.

«Ĝi estas de mia edzo», diris Ezelagbo. «Unu el la malgrandaj infanoj malfermis la barilon de la bovinejo.»

Frue en la posttagmezo alvenis la unuaj du potoj da palmovino senditaj de la boparencoj de Obierika. Laŭ la kutimo ili estis prezentitaj al la virinoj, kiuj ĉiuj trinkis unu-du tasojn por helpi pri la kuirado. Parto ankaŭ iris al la novedzino kaj ŝiaj akompanantinoj, kiuj tiumomente aldonis la lastajn delikatajn detalojn per razilo-klingo al ŝia hararo, kaj aplikis bafian lignon al ŝia glata haŭto.

Kiam la ardego de la suno komencis mildiĝi, la filo de Obierika, Maduka, prenis longan balailon, kaj balais la grundon antaŭ la *obi* de sia patro. Kaj kvazaŭ ili atendis nur tion, la parencoj kaj geamikoj de Obierika komencis alveni. Ĉiu viro havis kaprofelan sakon pendanta de unu ŝultro, kaj volvitan kaprofelan maton sub-brake. Kelkajn el ili akompanis la filoj, portante taburetojn el ĉizita ligno. Inter tiuj estis Okonkŭo. Ili sidis en duona cirklo kaj ekparolis pri multaj aferoj, atendante la alvenon de la aspiranto kaj lia familio.

Okonkŭo elprenis sian boteleton da flartabako, kaj proponis ĝin al Ogbuefi Ezenŭa, kiu sidis apud li. Ezenŭa prenis ĝin, frapetis ĝin kontraŭ sia genuo, kaj frotis sian maldekstran manplaton kontraŭ sia korpo por sekigi ĝin antaŭ ol ŝuti en ĝin iomete da flartabako. Farante tion per atentaj movoj li parolis.

«Mi esperas, ke niaj boparencoj alportos multajn potojn da vino. Kvankam ili devenas el vilaĝo, kiu estas fame avara, ili devas scii, ke Akueke estas edzino taŭga por reĝo.»

«Ili ne aŭdacos alporti malpli ol tridek potojn», Okonkŭo diris.

«Mi sciigos al ili mian opinion, se ili faros tion.»

En tiu momento la filo de Obierika, Maduka, kondukis el la interna korto la gigantan kapron, por ke la parencoj de lia patro vidu ĝin. Ĉiuj admiris ĝin kaj komentis, ke ĝuste tiel aferoj estas farendaj. Tiam oni rekondukis la kapron en la internan korton.

Post tio, tre baldaŭ komencis alveni la familianoj de la aspiranto. Junuloj kaj knaboj venis unue, unu post alia. Ĉiu kunportis poton da vino. La parencoj de Obierika nombris la potojn, dum ili alvenis. Dudek, dudek kvin. Estis longa paŭzo, kaj la gastigantoj rigardis unu la alian kvazaŭ por diri: «Ĝuste kiel mi antaŭvidis!» Tiam alvenis pli da potoj. Tridek, tridek kvin, kvardek, kvardek kvin. La gastigantoj kapjesis aprobe, kaj ŝajnis diri: «Nun ili kondutas virece.» Estis entute kvindek potoj da vino.

Post la portantoj de la potoj venis Ibe, la aspiranto, kaj la pli-aĝuloj de lia familio. Ili sidis en duoncirklo, tiel kompletigante rondon kun siaj gastigantoj. La potoj da vino staris meze. Tiam la novedzino, ŝia patrino, kaj kvin-ses aliaj virinoj kaj knabinoj aperis el la interna korto, kaj paŝis ĉirkaŭ la cirklo, premante la manojn de ĉiuj. La patrino de la novedzino gvidis, sekvate de ŝia filino kaj aliaj virinoj. La edziniĝintaj virinoj portis siajn plej belajn tukojn, kaj la knabinoj portis ruĝajn kaj nigrajn bidojn ĉirkaŭ la talio kaj latunajn ringojn ĉirkaŭ la maleoloj.

Post la retiriĝo de la virinoj, Obierika prezentis kolanuksojn al siaj boparencoj. Lia plej aĝa frato rompis la unuan. «Longan vivon al ni ĉiuj», li diris, rompante ĝin. «Kaj estu amikeco inter via familio kaj nia.»

La homamaso respondis: «*Ee-e-e!*»

«Ni donas al vi nian filinon hodiaŭ. Ŝi estos al vi bona edzino. Ŝi naskos por vi naŭ filojn, same kiel la patrino de nia urbo.»

«*Ee-e-e!*»

La plej aĝa viro en la grupo de vizitantoj respondis: «Tio estos bona por vi kaj bona ankaŭ por ni.»

«*Ee-e-e!*»

«Ne la unuan fojon mia popolo hodiaŭ venas por edziĝi kun via filino. Mia patrino estis unu el vi.»

«*Ee-e-e!*»

«Kaj hodiaŭ ne estos la lasta okazo, ĉar vi komprenas nin kaj ni komprenas vin. Vi estas elstara familio.»

«*Ee-e-e!*»

«Prosperaj viroj kaj grandaj militistoj.» Li rigardis en la direkton de Okonkŭo. «Via filino naskos por ni filojn kiel vi.»

«*Ee-e-e!*»

Oni manĝis la kolaon, kaj poste oni ektrinkis la palmovinon. Viroj sidis kvarope aŭ kvinope, kun poto meze de ĉiu grupo. Dum la vespero pasis, oni prezentis manĝaĵojn al la gastoj. Estis gigantaj bovloj da fufuo, kaj vaporo leviĝis el potoj da supo. Estis ankaŭ potoj da ignama kaĉo. Temis pri grandioza festeno.

Kiam noktiĝis, oni starigis brulantajn torĉojn sur lignaj tripiedoj, kaj la junuloj ekkantis. La pliaĝuloj sidis en cirklo, kaj la kantistoj paŝis de unu al la alia, kantante laŭdojn pri ĉiu viro, kiam ili staris antaŭ li. Ili trovis ion por diri pri ĉiu viro. Iuj estas grandaj kultivistoj, iuj estas oratoroj, kiuj parolis por la klano; Okonkŭo estas la plej granda vivanta luktisto kaj militisto. Kompletiginte la tutan cirklon, ili ripozis en la centro, kaj junulinoj venis el la interna korto por danci. Komence la novedzino ne estis inter ili. Sed kiam finfine ŝi aperis, tenante virkokon en la dekstra mano, leviĝis laŭta aplaŭdo de la homamaso. Ĉiuj aliaj dancistinoj lasis liberan vojon por ŝi. Ŝi prezentis la kokon al la muzikistoj kaj ekdancis. Ŝiaj latunaj maleoloringoj sonoris dum ŝi dancis, kaj ŝia korpo brilis pro bafia ligno en la milda flava lumo. La muzikistoj, kun siaj instrumentoj el ligno, argilo kaj metalo, kantis unu kanton post alia. Kaj ĉiuj estis gajaj. Ili kantis la plej lastatempan kanton de la vilaĝo:

> «Se mi tenas ŝian manon
> Ŝi diras: ‹Ne tuŝu!›
> Se mi tenas ŝian piedon
> Ŝi diras: ‹Ne tuŝu!›
> Sed kiam mi tenas ŝiajn taliobidojn
> Ŝi ŝajnigas ne rimarki.»

Estis jam plena nokto, kiam la gastoj leviĝis por foriri, kunportante al sia hejmo la novedzinon. Ŝi pasigos sep bazarsemajnojn ĉe la familio de sia aspiranto. Forirante ili kantadis, kaj laŭvoje ili faris mallongajn ĝentilajn vizitojn al eminentaj homoj kiel Okonkŭo, antaŭ ol ili finfine foriris en la direkton de sia vilaĝo. De Okonkŭo ili ricevis donace du virkokojn.

Ĉapitro 13

Go-di-di-go-go-di-go. Di-go-go-di-go. Tiel la *ekwe* parolis al la klano. Unu el la aferoj, kiujn ĉiuj homoj lernis, estis la lingvo de tiu kava instrumento. Duum! Duum! Duum! la kanono tondris jen kaj jen.

Ankoraŭ ne aŭdiĝis la unua kokeriko, kaj Umuofia estis ankoraŭ volvita en dormo kaj silento, kiam la *ekwe* ekparolis, kaj la kanono frakasis la silenton. Homoj moviĝetis sur siaj bambuaj litoj kaj aŭskultis maltrankvile. Iu mortis. La kanono ŝajnis ŝiri la ĉielon. Di-go-go-di-go-di-di-go-go flosis en la nokta aero, ŝarĝita de mesaĝoj. La mallaŭta kaj malproksima vekriado de virinoj falis sur la teron kiel melankolia surfundaĵo. De tempo al tempo plenbrusta lamentado leviĝis super la vekriado, kiam ajn viro eniris la mortejon. Li levis sian voĉon unu-du fojojn por esprimi virecan malĝojon, kaj poste eksidis kun la aliaj viroj por aŭskulti la senfinan funebradon de la virinoj kaj la esoteran lingvon de la *ekwe*.

De tempo al tempo la kanono tondris. La funebrado de la virinoj estis neaŭdebla ekster la vilaĝo, sed la *ekwe* portis la novaĵon al ĉiuj naŭ vilaĝoj kaj eĉ pli malproksimen. Unue ĝi nomis la klanon: *Umuofia obodo dike* «la lando de kuraĝuloj». *Umuofia obodo dike!*

Umuofia obodo dike! Ĝi ripetis tion denove kaj denove, kaj dum ĝi insistadis pri tio, angoro kreskis en ĉiu koro, kiu tiunokte batis sur bambua lito. Poste ĝi fariĝis pli specifa, kaj nomis la vilaĝon: *Iguedo de la flava muelŝtono!* Tio estis la vilaĝo de Okonkŭo. Denove kaj denove oni vokis Iguedo, kaj la homoj atendis senspire en ĉiu el la naŭ vilaĝoj. Finfine oni nomis la homon, kaj ĉiuj elspiris. «E-u-u, Ezeudu estas morta.» Frostotremo fluis laŭ la dorso de Okonkŭo, kiam li memoris la lastan fojon, kiam tiu maljunulo vizitis lin. «Tiu knabo nomas vin patro», li diris. «Ne partoprenu en lia morto.»

Ezeudu estis eminenta homo, kaj tial la tuta klano ĉeestis lian funebran ceremonion. La antikvaj mortotamburoj batadis, eksplodis pafiloj kaj kanonoj, kaj viroj kuris tien-reen kiel frenezuloj, dehakante ĉiun renkontitan arbon aŭ beston, saltante super murojn kaj dancante sur tegmentoj. Tio estis la funebra ceremonio de militisto, kaj de mateno ĝis la nokto militistoj alvenis kaj foriris kun la aliaj membroj de sia aĝgrupo. Ili ĉiuj portis jupojn el fumgriza rafio, kaj iliaj korpoj estis pripentritaj per kreto kaj karbo. Jen kaj jen aperis spirito de la antaŭuloj, *egwugwu*, el la submondo, parolanta per tremanta, nehoma voĉo, kaj tute kovrita de rafio. Kelkaj el tiuj estis tre perfortemaj, kaj pli frue en la tago la homoj devis freneze forkuri por serĉi sekuran ŝirmejon, kiam unu ekaperis kun akra maĉeto. Li preskaŭ faris seriozan damaĝon, sed malhelpis tion du viroj, kiuj retenis lin per fortika ŝnuro ligita ĉirkaŭ lia talio. Foje li turniĝis por persekuti tiujn du virojn, kiuj devis kuregi por savi sin. Sed ili ĉiam revenis al la longa ŝnuro, kiu treniĝis post li. Li kantis per terura voĉo, ke Ekŭenzu, la Malica Spirito, eniris lian okulon.

Sed tiu, kiun oni plej multe timis, ankoraŭ ne vidiĝis. Li venis ĉiam sola, kaj havis la formon de ĉerko. Naŭza odoro pendis en la aero, kie li marŝis, kaj akompanis lin muŝoj. Eĉ la plej eminenta sorĉisto serĉis kaŝejon, kiam li alproksimiĝis. Antaŭ multaj jaroj alia *egwugwu* aŭdacis alfronti lin, kaj tiu restis fiksita al la sama loko dum du tagoj. Ĉi tiu havis nur unu manon, per kiu li portis korbon da akvo.

Sed kelkaj el la *egwugwu* estis tute sendanĝeraj. Unu el ili estis tiel maljuna kaj kaduka, ke li devis apogi sin sur bastono. Li marŝis per ŝanceliĝemaj paŝoj al la loko, kie kuŝis la kadavro, fiksrigardis ĝin dum iom da tempo, kaj foriris... al la submondo.

La lando de la vivantoj lokiĝis ne tro malproksime de la regno de la antaŭuloj. Eblis pasi de unu al la alia, precipe dum festivaloj, sed ankaŭ kiam maljunulo mortis, ĉar maljunulo estas tre proksima al la antaŭuloj. La vivo de homo, de la naskiĝo ĝis la morto, konsistis el serio de transiraj ritoj, kiuj portis lin pli kaj pli proksimen al siaj antaŭuloj.

Ezeudu estis la plej maljuna viro en la vilaĝo, kaj kiam li mortis, estis nur tri pli aĝaj viroj en la tuta klano, kaj kvar-kvin aliaj en lia propra aĝgrupo. Kiam ajn unu el tiuj maljunegaj viroj aperis en la homamaso por danci ŝanceliĝante la funebran dancon de la tribo, la pli junaj viroj paŝis flanken kaj la konfuzo malpliiĝis.

Temis pri grandioza funebra ceremonio, kiel konvenis al nobla militisto. Dum alproksimiĝis la vespero, pliiĝis la kriado kaj pafado, la batado de tamburoj kaj la svingado kaj tintado de maĉetoj.

Ezeudu estis preninta tri titolojn en sia vivo. Tio estis malofta atingo. Ekzistis nur kvar titoloj en la klano, kaj nur unu-du viroj en iu ajn generacio atingis la kvaran kaj plej altan. Kiam ili sukcesis pri tio, ili fariĝis la estroj de la lando. Ĉar li prenis titolojn, Ezeudun oni enterigos post la sunsubiro, kun nur ardanta torĉo por lumigi la sanktan ceremonion.

Sed antaŭ tiu kvieta lasta rito, la tumulto dekobliĝis. Tamburoj fortege batis, kaj viroj saltis freneze supren-malsupren. Ĉe ĉiuj flankoj oni pafis per pafiloj, kaj elflugis fajreroj kiam maĉetoj frapegis unu la alian kiel militista saluto. La aero estis plena je polvo kaj la odoro de pulvo. Ĝuste tiam venis la unu-mana spirito, portante korbon da akvo. Ĉiuflanke la homoj retiriĝis for de lia vojo, kaj la bruo malpliiĝis. Eĉ la odoro de pulvo estis englutita de la naŭza odoro, kiu nun ŝvebis en la aero. Li dancis kelkajn paŝojn laŭ la batado de la funebraj tamburoj, antaŭ ol li iris por vidi la kadavron.

«Ezeudu!» li vokis per sia gorĝa voĉo. «Se vi estus malriĉa dum via lasta vivo, mi petus vin reveni kiel riĉulo. Sed vi ja estis riĉa. Se vi estus malkuraĝulo, mi petus vin alporti kuraĝon. Sed vi estis sentima militisto. Se vi mortus juna, mi petus vin ricevi vivon. Sed vi ja vivis longe. Do mi petos vin reveni laŭ la sama maniero, kiel vi venis antaŭe. Se via morto estis natura morto, foriru trankvile. Sed se kaŭzis ĝin homo, ne permesu al li eĉ momenton da ripozo.» Li dancis ankoraŭ kelkajn paŝojn, kaj foriris.

La tamburoj kaj la dancado rekomenciĝis, kaj atingis febran nivelon. Estis preskaŭ la horo de la mallumiĝo, kaj la enterigo proksimiĝis. Pafiloj aŭdigis la lastan saluton, kaj la kanono ŝiris la ĉielon. Kaj tiam el la centro de tiu delira furiozo aŭdiĝis agonia voko kaj krioj de hororo. Estis kvazaŭ oni ĵetis sorĉon. Ĉio silentiĝis. Centre de la homamaso, knabo kuŝis morta en lago da sango. Tiu estis la deksesjara filo de la mortinto, kiu kun siaj fratoj kaj duonfratoj dancis la tradician adiaŭon al sia patro. La pafilo de Okonkŭo estis eksplodinta, kaj peco da fero trapikis la koron de la junulo.

La konfuzo, kiu sekvis, estis unika en la tradicioj de Umuofia. Perfortaj mortoj estis oftaj, sed neniam antaŭe okazis tia afero.

La sola ago permesebla al Okonkŭo estis fuĝi de la klano. Mortigi klananon estis krimo kontraŭ la terdiino, kaj la homo, kiu faris tion, devis fuĝi el la lando. La krimo povis havi du formojn, viran aŭ inan. Okonkŭo estis farinta la inan specon, ĉar tio estis neintenca. Li rajtos reveni al la klano post sep jaroj.

Tiuvespere li enpakis siajn plej valorajn posedaĵojn en volvaĵojn porteblajn surkape. Liaj edzinoj faligis maldolĉajn larmojn, kaj iliaj infanoj ploris kun ili, ne sciante kial. Obierika kaj kvin-ses aliaj amikoj venis por helpi kaj por konsoli lin. Ĉiu el ili iris-revenis dekon da fojoj, portante la ignamojn de Okonkŭo al la stokejo de Obierika. Kaj antaŭ ol sonis la unua kokeriko, Okonkŭo kaj lia familio jam estis fuĝantaj al la devenloko de lia patrino. Tio estis malgranda vilaĝo kun la nomo Mbanta, iom ekster la limoj de Mbaino.

Tuj kiam tagiĝis, granda amaso da viroj el la kvartalo de Eze-udu alsturmis la domaron de Okonkŭo, vestitaj por milito. Ili fajrigis liajn domojn, faligis liajn ruĝajn murojn, mortigis liajn bestojn, kaj detruis lian ignamejon. Tio estis la justeco de la terdiino, kaj ili estis nur ŝiaj mesaĝistoj. Enkore ili sentis nenian malamon kontraŭ Okonkŭo. Lia plej granda amiko, Obierika, estis inter ili. Ili tutsimple purigis la teron, kiun Okonkŭo poluis per la sango de klanano.

Obierika estis homo pensema. Plenuminte la volon de la diino, li eksidis en sia *obi*, kaj funebris la katastrofon de sia amiko. Kial homo devas suferi tiel draste pro misago, kiun li faris neintence? Sed kvankam li longe pensis pri tio, li trovis neniun respondon. Tio simple kondukis lin en pli grandajn komplikaĵojn. Li memoris la ĝemelojn de sia edzino, kiujn li forĵetis. Kio estis ilia krimo? La Tero dekretis, ke ili estas ofendo kontraŭ la lando, kaj ke ili estas detruendaj. Kaj se la klano mem ne realigos punon pro ofendo kontraŭ la granda diino, ŝia kolerego trafos la tutan landon kaj ne nur la ofendinton. Kiel diris la pliaĝuloj: se unu fingro tuŝas oleon, ĝi makulas la aliajn.

Parto dua

Ĉapitro 14

Okonkŭon afable akceptis la parencoj de lia patrino en Mbanta. La maljunulo, kiu akceptis lin, estis la pli juna frato de lia patrino, nun la plej aĝa vivanta membro de tiu familio. Lia nomo estis Uĉendu, kaj li estis la homo, kiu akceptis la patrinon de Okonkŭo antaŭ dudek kaj dek jaroj, kiam oni resendis ŝin hejmen el Umuofia, por ke ŝi estu enterigita ĉe sia propra popolo. Okonkŭo tiam estis nura knabo, kaj Uĉendu ankoraŭ memoris, kiel li kriis la tradician adiaŭon: «Patrino, patrino, patrino foriras.»

Tio okazis antaŭ multaj jaroj. Hodiaŭ Okonkŭo ne portis hejmen sian patrinon, por ke oni enterigu ŝin ĉe ŝia popolo. Li venis kun sia familio de tri edzinoj kaj dek unu infanoj por serĉi rifuĝejon ĉe sia patrina hejmlando. Tuj kiam Uĉendu vidis lin kun lia malfeliĉa kaj laca kunularo, li divenis kio okazis, kaj ne starigis demandojn. Nur la postan tagon Okonkŭo rakontis al li la tutan okazintaĵon. La maljunulo aŭskultis silente ĝis la fino, antaŭ ol li diris kun videbla senŝarĝiĝo: «Tio estis ina *ochu*.» Kaj li aranĝis la konvenajn ritojn kaj oferojn.

Okonkŭo ricevis terenon, kie li povos konstrui sian domaron, kaj du-tri terpecojn por kultivado dum la venonta sezono de plantado. Per la helpo de la patrinaj parencoj, li konstruis *obi* por si mem, kaj tri kabanojn por siaj edzinoj. Poste li instalis sian personan dion, kaj la simbolojn de siaj forpasintaj antaŭuloj. Ĉiu el la kvin filoj de Uĉendu kontribuis tricent ignamojn por semado, por ebligi al sia kuzo priplanti la propran kultivejon. Tuj kiam venos la unua pluvo, komenciĝos la laboro.

Finfine venis la pluvo. Ĝi estis subita kaj fortega. Dum la daŭro de du aŭ tri lunoj, la suno akiris pli kaj pli da forto, ĝis ĝi ŝajnis elspiri fajran spiron sur la teron. La herbo delonge sekiĝis kaj bruniĝis, kaj la sablo bruligis kiel ardantaj karboj sub la piedoj. La arboj portis polvan mantelon brunkoloran. La birdoj silentis en la arbaroj, kaj la mondo kuŝis, anhelante, sub la vivanta vibranta varmego. Tiam aŭdiĝis la eksplodo de tondro. Ĝi estis kolera, metaleca kaj soifa eksplodo, tute sen simileco al la profunda kaj likva grumblado de la pluvsezono. Leviĝis fortega vento, kiu plenigis la aeron per polvo. Palmoj balanciĝis, dum la vento kombis iliajn foliojn en flugantajn krestojn, kvazaŭ strangajn kaj fantaziajn frizaĵojn.

Kiam finfine alvenis la pluvo, ĝi havis la formon de grandaj, solidaj gutoj de frostigita akvo, kiujn la homoj nomis «nuksoj de la ĉiela akvo». Ili estas malmolaj, kaj falante ili povis dolorigi la korpon. Tamen la gejunuloj diskuris kontente, prenante la glaciajn nuksojn kaj ĵetante ilin enbuŝen por ke ili degelu.

La tero rapide ekvivis, kaj la birdoj en la arbaroj flirtis ĉirkaŭe, gaje ĉirpante. Nedifinebla odoro de vivo kaj verda vegetaĵo disvastiĝis tra la aero. Kiam la pluvo komencis fali pli trankvile kaj per likvaj gutoj malpli grandaj, infano serĉis ŝirmejon, kaj ĉiuj estis feliĉaj, refreŝigitaj kaj dankemaj.

Okonkŭo kaj lia familio laboris tre pene por priplanti novan kultivejon. Sed tio estis kvazaŭ rekomenci la vivon denove sen la viglo kaj entuziasmo de juneco, kvazaŭ necesus lerni ekuzi la maldekstran manon kiam oni jam estas maljuna. Laboro ne plu donis al li la plezuron, kiun ĝi donis al li en la pasinteco. Kiam mankis laboro por fari, li sidis en silenta duondormo.

Lia vivo antaŭe estis regata de granda pasio: fariĝi unu el la estroj de la klano. Tio estis la risorto de lia ekzisto. Kaj li estis preskaŭ atinginta ĝin. Poste, ĉio estis rompita. Li estis ĵetita ekster sian klanon kiel fiŝon sur sekan, sablan strandon, anhelante. Evidente lia persona dio aŭ *chi* ne estis farita por grandaj aferoj. Homo ne povas leviĝi preter la destinon de sia *chi*. La diraĵo de la pliaĝuloj ne estis vera: ke se homo diras «jes», ankaŭ lia *chi* jesas. Jen viro, kies *chi* diris «ne» malgraŭ lia propra jesado.

La maljunulo, Uĉendu, vidis klare, ke Okonkŭo cedis al senespero, kaj li estis zorgoplena. Li decidis alparoli lin post la ceremonio de *isa-ifi*.

La plej juna el la kvin filoj de Uĉendu, Amikŭu, estis edziĝonta kun nova edzino. La edzinoprezo jam estis pagita, kaj ĉio estis plenumita krom la lasta ceremonio. Amikŭu kaj liaj familianoj jam portis palmovinon al la parencoj de la novedzino proksimume du lunojn antaŭ la alveno de Okonkŭo en Mbanta. Kaj nun estis tempo por la lasta ceremonio de konfesado.

Ĉiuj filinoj de la familio ĉeestis. Kelkaj el ili venis longan distancon de siaj hejmoj en malproksimaj vilaĝoj. La plej aĝa filino de Uĉendu venis de Obodo, post vojaĝo de preskaŭ duona tago. Ĉeestis ankaŭ la filinoj de la fratoj de Uĉendu. Temis pri plena kuniĝo de *umuada*, same kiel ĉiuj renkontiĝus, se okazus morto en la familio. Ili estis dudek du homoj.

Ili sidis en granda cirklo sur la grundo, kaj la novedzino sidis en la centro kun kokino en sia dekstra mano. Uĉendu sidis apud ŝi, tenanta la bastonon de la familiaj antaŭuloj. Ĉiuj aliaj viroj staris ekster la cirklo por spekti. Spektis ankaŭ iliaj edzinoj. Estis vespero, kaj la suno estis subiranta.

La plej aĝa filino de Uĉendu, Nĝide, starigis la demandojn.

«Memoru, ke se vi ne respondos laŭ la vero, vi suferos aŭ eĉ mortos dum la nasko», ŝi diris. «Kiom da viroj kuŝis kun vi, de kiam mia frato unue esprimis la deziron edziĝi kun vi?»

«Neniom», ŝi respondis simple.

«Respondu per la vero», la aliaj virinoj admonis ŝin.

«Ĉu neniom?» Nĝide demandis.

«Neniom», ŝi respondis.

«Ĵuru tion per la bastono de miaj antaŭuloj», Uĉendu diris.

«Mi ĵuras», la novedzino diris.

Uĉendu prenis de ŝi la kokinon, tranĉis ĝian gorĝon per akra tranĉilo, kaj lasis iom da sango fali sur lian bastonon.

Ekde tiu tago, Amikŭu prenis la junan virinon en sian kabanon, kaj ŝi fariĝis lia edzino. La filinoj de la familio ne tuj reiris al siaj hejmoj, sed pasigis du-tri tagojn kun siaj parencoj.

En la dua tago Uĉendu kunvokis siajn filojn kaj filinojn, kaj sian nevon, Okonkŭon. La viroj kunportis siajn kaprofelajn matojn, sur kiuj ili sidis sur la grundo, kaj la virinoj sidis sur sisala mato etendita sur benko el tero. Uĉendu tiretis sian grizan barbon kaj grincis per siaj dentoj. Tiam li ekparolis, mallaŭte kaj emfaze, zorge elektante siajn vortojn.

«Mi deziras paroli ĉefe kun Okonkŭo», li ekdiris. «Sed mi volas, ke vi ĉiuj notu tion, kion mi diros. Mi estas maljunulo, kaj vi ĉiuj estas infanoj. Mi scias pli pri la mondo ol iu ajn el vi. Se iu el vi kredas, ke li scias pli ol mi, tiu homo ekparolu.» Li paŭzis, sed neniu parolis.

«Kial Okonkŭo estas kun ni hodiaŭ? Ĉi tiu ne estas lia klano. Ni estas nur la parencoj de lia patrino. Li ne apartenas ĉi tie. Li estas ekzilito, kondamnita dum sep jaroj loĝi en fremda lando. Tial li kurbiĝas sub tiu malĝojo. Sed mi volas starigi al li nur unu demandon. Ĉu vi povas diri al mi, Okonkŭo, kial unu el la plej oftaj nomoj, kiujn ni donas al niaj infanoj, estas Nneka, aŭ ‹Patrino estas super ĉio›? Ni ĉiuj scias, ke viro estas la estro de la familio, kaj ke liaj edzinoj obeas lin. Infano apartenas al sia patro kaj al lia familio, ne al sia patrino kaj ŝia familio. Viro apartenas al sia patra hejmlando kaj ne al sia patrina hejmlando. Kaj tamen ni diras Nneka – ‹Patrino estas super ĉio›. Kial ni diras tion?»

Estis silento. «Mi volas, ke Okonkŭo respondu al mi», Uĉendu diris.

«Mi ne scias la respondon», Okonkŭo diris.

«Ĉu vi ne scias la respondon? Tiel vi vidas, ke vi estas infano. Vi havas multajn edzinojn kaj multajn infanojn – pli da infanoj ol mi havas. Vi estas granda homo en via klano. Kaj tamen vi estas infano, *mia* infano. Aŭskultu min, kaj mi klarigos al vi. Sed estas ankoraŭ unu demando, kiun mi starigos. Kial okazas, ke kiam virino mortas, oni portas ŝin hejmen por enterigi ŝin apud la propraj parencoj? Oni ne enterigos ŝin apud la parencoj de ŝia edzo. Kial oni faras tion? Vian patrinon oni portis hejmen al mi, por ke ŝi estu enterigita kun mia popolo. Kial oni faris tion?»

Okonkŭo kapneis.

«Li ne scias ankaŭ tion,» Uĉendu diris, «kaj tamen li estas terure malĝoja, ĉar li estas devigata loĝi en sia patrina hejmlando dum kelkaj jaroj.» Li ridis senhumure, kaj turnis sin al siaj filoj kaj filinoj. «Kio pri vi? Ĉu vi povas respondi al mia demando?»

Ili ĉiuj kapneis.

«Do, aŭskultu min», li diris, kaj tusetis en sia gorĝo. «Estas vere, ke infano apartenas al sia patro. Sed kiam patro batas sian infanon, ĝi serĉas konsolon en la kabano de sia patrino. Viro apartenas al sia patrolando, kiam aferoj estas bonaj kaj la vivo estas dolĉa. Sed kiam estas malĝojo kaj maldolĉeco, li serĉas rifuĝon ĉe sia patrinlando. Via patrino ekzistas por protekti vin. Ŝi estas enterigita tie. Kaj tial ni diras, ke la patrino estas super ĉio. Ĉu vi, Okonkŭo, agas bone, kiam vi portas al via patrino malkontentan vizaĝon kaj rifuzas ĉian konsolon? Atentu, ĉar vi riskas malplaĉi al la mortintoj. Estas via devo konsoli viajn edzinojn kaj infanojn, kaj rekonduki ilin al via patrolando post sep jaroj. Sed se vi permesos al malĝojo superpezi kaj mortigi vin, ili ĉiuj mortos en ekzilo.»

Uĉendu longe paŭzis. «Jen nun via familio.» Per mansvingo li montris al siaj gefiloj. «Vi kredas, ke neniu en la mondo suferas pli ol vi. Ĉu vi scias, ke kelkfoje homoj estas forpelitaj por la tuta vivo? Ĉu vi scias, ke viroj foje perdas ĉiujn ignamojn kaj eĉ siajn infanojn? Iam mi havis ses edzinojn. Nun mi havas neniom, krom tiu junulino, kiu apenaŭ scias la diferencon inter dekstro kaj maldekstro. Ĉu vi scias, kiom da infanoj mi enterigis: infanoj, kiujn mi generis, kiam mi estis juna kaj forta? Dudek du. Mi ne pendumis min, kaj mi ankoraŭ vivas. Se vi kredas, ke neniu en la mondo suferas pli ol vi, demandu al mia filino, Akeuni, kiom da ĝemeloj ŝi naskis kaj forĵetis. Ĉu vi ne aŭdis la kanton, kiun oni kantas, kiam virino mortas?

Por kiu estas bone, por kiu estas bone?
Ekzistas neniu, por kiu estas bone.

«Nenion alian mi diros al vi.»

Ĉapitro 15

Okazis en la dua jaro de la ekzilo de Okonkŭo, ke lia amiko, Obierika, venis viziti lin. Akompanis lin du junaj viroj, kiuj ambaŭ portis pezan sakon surkape. Okonkŭo helpis ilin demeti siajn ŝarĝojn. Estis klare, ke la sakoj estas plenaj je monkonkoj.

Okonkŭo estis tre feliĉa akcepti sian amikon. Ankaŭ liaj edzinoj kaj infanoj estis tre feliĉaj, kaj ankaŭ liaj kuzoj kaj ties edzinoj, kiam li alvokis ilin kaj klarigis al ili, kiu estas lia vizitanto.

«Vi devas konduki lin por saluti nian patron», diris unu el la kuzoj.

«Jes», Okonkŭo diris. «Ni iros tuj.» Sed antaŭ ol fari tion, li flustris ion al sia unua edzino. Ŝi kapjesis, kaj baldaŭ la infanoj postĉasis unu el la kokoj.

Uĉendu jam aŭdis de unu el siaj genepoj, ke tri nekonatoj alvenis al la domo de Okonkŭo. Tial li atendis por akcepti ilin. Li etendis al ili siajn manojn, kiam ili eniris lian obi, kaj preminte iliajn manojn li demandis al Okonkŭo, kiuj ili estas.

«Ĉi tiu estas Obierika, mia granda amiko. Mi jam rakontis al vi pri li.»

«Jes», diris la maljunulo, turnante sin al Obierika. «Mia filo rakontis al mi pri vi, kaj mi estas kontenta, ke vi venas viziti nin. Mi konis vian patron, Iŭeka. Li estis granda homo. Li havis ĉi tie multajn amikojn, kaj li sufiĉe ofte venis viziti ilin. Tiuj estis bonaj tagoj, kiam homo havis amikojn en malproksimaj klanoj. Via generacio ne scias tion. Vi restas hejme, timante vian najbaron, kiu loĝas apude. Nuntempa viro apenaŭ konas eĉ la propran patrinon.» Li rigardis al Okonkŭo. «Mi estas maljuna nun, kaj mi ŝatas babili. Nur tion mi plu kapablas fari.» Li leviĝis pene, iris en internan ĉambron, kaj revenis kun kolanukso.

«Kiuj estas la junuloj kun vi?» li demandis, dum li denove sidiĝis sur sian kaprofelon. Okonkŭo klarigis al li.

«Ha», li diris. «Bonvenon, miaj filoj.» Li prezentis al ili la kolanukson, kaj post kiam ili vidis ĝin kaj dankis lin, li rompis ĝin, kaj ili manĝis.

«Iru en tiun ĉambron», li diris al Okonkŭo, montrante per la fingro. «Tie vi trovos poton da vino.»

Okonkŭo alportis la vinon, kaj ili komencis drinki. La vino aĝis unu tagon kaj estis tre forta.

«Jes», Uĉendu diris post longa silento. «En tiu tempo la homoj vojaĝis pli ol nun. Ne estas iu ajn klano en ĉi tiu regiono, kiun mi ne konas bone. Aninta, Umuazu, Ikeoĉa, Elumelu, Abame – mi konas ilin ĉiujn.»

«Ĉu vi aŭdis,» Obierika demandis, «ke Abame ne plu ekzistas?»

«Kiel tio eblas?» Uĉendu kaj Okonkŭo demandis samtempe.

«Abame estas forviŝita», Obierika diris. «Tio estas stranga kaj terura rakonto. Se mi ne estus vidinta la malmultajn travivintojn propraokule, kaj aŭdinta ilian historion propraorele, mi ne kredus tion. Tio okazis en Eke-tago, ĉu ne, kiam ili fuĝis en Umuofian?» li demandis al siaj du kunuloj, kaj ili kapjesis.

«Antaŭ tri lunoj», Obierika diris, «en bazartago Eke, venis malgranda bando da fuĝintoj en nian urbon. La plejmulto estis filoj de nia lando, kies patrinoj estas enterigitaj ĉe ni. Sed estis ankaŭ kelkaj, kiuj venis, ĉar ili havis amikojn en nia urbo, kaj aliaj, kiuj ne sciis, al kiu alia loko eblos eskapi. Kaj tial ili fuĝis en Umuofian kun malĝoja historio.» Li trinkis sian palmovinon, kaj Okonkŭo replenigis lian trinkokornon. Li daŭrigis:

«Dum la lasta sezono de plantado aperis blankulo en ilia klano.»

«Albino», Okonkŭo diris.

«Li ne estis albino. Li estis tute malsama.» Li prenis iomete da vino. «Kaj li rajdis sur fera ĉevalo[8]. La unuaj homoj, kiuj vidis lin, forkuris, sed li staris kaj gestis per la fingro, ke ili venu al li. Finfine la sentimuloj alproksimiĝis kaj eĉ tuŝis lin. La pliaĝuloj konsultis sian Orakolon, kiu diris al ili, ke tiu strangulo rompos ilian klanon, portante inter ilin detruon.» Obierika denove trinkis iomete de sia vino. «Tial ili mortigis la blankan viron kaj ligis lian feran ĉevalon al sia sankta arbo, ĉar ŝajnis kvazaŭ ĝi forkuros por alvoki liajn amikojn. Mi forgesis rakonti al vi alian aferon diritan de la Orakolo. Ĝi diris, ke aliaj blankuloj estas venantaj. Ili estas lokustoj, laŭ ĝi, kaj la unua homo venis antaŭe por espri la terenon. Tial ili mortigis lin.»

«Kion la blanka viro diris, antaŭ ol ili mortigis lin?» Uĉendu demandis.

«Li diris nenion», respondis unu el la kunuloj de Obierika.

«Li diris ion, sed ili ne komprenis lin», Obierika diris. «Li ŝajnis paroli tra la nazo.»

«Unu el la viroj diris al mi,» diris la alia kunulo de Obierika, «ke li plurfoje ripetis vorton, kiu similis al Mbaino. Eble li estis iranta al Mbaino kaj perdis la vojon.»

---

8 **Fera ĉevalo.** Temas pri biciklo.

«Ĉiuokaze,» Obierika daŭrigis, «ili mortigis lin kaj ligis lian feran ĉevalon. Tio okazis antaŭ la komenco de la plantadsezono. Dum longa tempo nenio okazis. La pluvoj venis kaj oni semis la ignamojn. La fera ĉevalo restis ligita al la sankta kapok-arbo. Kaj tiam, iun matenon venis al la klano tri blankaj viroj kondukataj de bando de ordinaraj homoj kiel ni. Ili vidis la feran ĉevalon kaj foriris. La plejmulto el la viroj kaj virinoj de Abame jam estis ĉe siaj kultivejoj. Nur malmultaj vidis tiujn blankulojn kaj iliajn sekvantojn.

«Dum multaj bazarsemajnoj nenio plu okazis. Estas granda bazaro en Abame en ĉiu dua *Afo*-tago, kaj kiel vi scias, la tuta klano kolektiĝas tie. La afero okazis en tiu tago. La tri blankuloj kaj tre granda nombro da aliaj homoj ĉirkaŭis la bazaron. Certe ili uzis tre potencan sorĉon por igi sin nevideblaj ĝis la bazaro estos plena. Kaj ili komencis pafi. Ĉiuj estis mortigitaj, krom la maljunuloj kaj malsanuloj, kiuj restis hejme, kaj manpleno da viroj kaj virinoj, kies *chi* tenis la okulojn malfermitaj kaj kondukis ilin el tiu bazaro.» Li paŭzis.

«Ilia klano nun estas tute malplena. Eĉ la sanktaj fiŝoj en ilia mistera lago fuĝis, kaj la lago ekhavis la koloron de sango. Terura malbono trafis ilian landon, ĝuste kiel antaŭavertis la Orakolo.»

Estis longa silento. Uĉendu aŭdeble grincis per la dentoj. Poste vortoj eksplodis el li:

«Neniam mortigu homon, kiu diras nenion. Tiuj homoj en Abame estis malsaĝuloj. Kion ili sciis pri tiu viro?» Denove li grincigis siajn dentojn, kaj ilustris sian argumenton per jena rakonto: «Patrino Milvo iam sendis sian filinon por alporti manĝ-aĵojn. Ŝi foriris, kaj revenis kun anasido. ‹Vi faris tre bone,› Patrino Milvo diris al sia filino, ‹sed rakontu al mi, kion diris la patrino de ĉi tiu anasido, kiam vi subite flugis malsupren kaj forportis ŝian idon?› ‹Ĝi diris nenion,› respondis la juna milvo. ‹Ĝi tutsimple paŝis for.› ‹Vi devas redoni la anasidon›, diris la Patrino Milvo. ‹Estas iu misaŭguro en tiu silento.› Kaj tial Filino Milvo reportis la anasidon kaj anstataŭe prenis kokidon. ‹Kion faris la patrino de ĉi tiu kokido?› demandis la maljuna milvo. ‹Ĝi kriis kaj furiozis kaj malbenis min›, diris la juna milvo. ‹Do, ni povas manĝi la kokidon›, ŝia patrino diris. ‹Ne necesas timi iun, kiu krias.› Tiuj homoj de Abame estis stultuloj.»

«Ili estis stultuloj», Okonkŭo diris post paŭzo. «Ili ricevis averton, ke ia danĝero atendas. Ili estus devintaj armi sin per siaj pafiloj kaj maĉetoj, eĉ kiam ili iris al la bazaro.»

«Ili pagis la prezon de sia stulteco», Obierika diris. «Sed mi tre timas. Ni aŭdis historiojn pri blankuloj, kiuj faris la potencajn pafilojn kaj la fortajn trinkaĵojn, kaj forportis sklavojn trans la marojn, sed neniu kredis, ke tiuj historioj estas veraj.»

«Ne ekzistas historio, kiu ne estas vera», Uĉendu diris. «La mondo estas senfina, kaj tio, kio bonas ĉe unu popolo, estas abomenaĵo ĉe alia. Ankaŭ inter ni estas albinoj. Ĉu vi ne opinias, ke ili venis erare al nia klano, ke ili forvagis de sia vojo, celante landon, kie ĉiuj similas al ili?»

La unua edzino de Okonkŭo baldaŭ finis sian kuiradon, kaj proponis al iliaj gastoj grandan manĝon el pistitaj ignamoj kaj supo de maldolĉaj folioj. La filo de Okonkŭo, Nŭoje, enportis poton da dolĉa vino eltirita el la rafia palmo.

«Vi fariĝis alta viro nun», Obierika diris al Nŭoje. «Via amiko Anene petis min saluti vin.»

«Ĉu li fartas bone?» Nŭoje demandis.

«Ni ĉiuj fartas bone», Obierika diris.

Ezinma portis al ili bovlon da akvo por ke ili lavu siajn manojn.

Poste ili komencis manĝi kaj trinki la vinon.

«Kiam vi ekiris de via hejmo?» Okonkŭo demandis.

«Ni intencis ekiri de mia domo antaŭ la unua kokeriko», Obierika diris. «Sed Nŭeke ne aperis, ĝis plene tagiĝis. Neniam aranĝu frumatenan rendevuon kun viro, kiu ĵus prenis novan edzinon.» Ili ĉiuj ridis.

«Ĉu Nŭeke edziĝis?» Okonkŭo demandis.

«Li edziĝis kun la dua filino de Okadigbo», Obierika diris.

«Tio estas tre bona», Okonkŭo diris. «Mi ne miras, ke li ne aŭdis la kokerikon.»

Kiam ili finmanĝis, Obierika montris al la du pezaj sakoj.

«Tio estas la mono pro viaj ignamoj», li diris. «Mi vendis tiujn grandajn tuj post via foriro. Poste mi vendis parton de la ignamoj destinitaj al semado, kaj disdonis aliajn al pruntokultivistoj. Mi faros tion ĉiujare ĝis via reveno. Sed mi pensis, ke vi bezonos la monon nun, kaj tial mi kunportis ĝin. Kiu scias, kio okazos morgaŭ? Eble verdaj homoj venos al nia klano kaj mortpafos nin.»

«Dio ne permesos tion», Okonkŭo diris. «Mi ne scias, kiel danki vin.»

«Mi povas diri tion al vi», Oberika diris. «Mortigu por mi unu el viaj filoj.»

«Tio ne sufiĉos», Okonkŭo diris.

«Do, mortigu vin mem», Obierika diris.

«Pardonu min», Okonkŭo diris kun rideto. «Mi ne plu mencios dankadon al vi.»

Ĉapitro 16

Kiam post preskaŭ du jaroj Obierika denove vizitis sian amikon en ekzilo, la cirkonstancoj estis malpli feliĉaj. La misiistoj intertempe alvenis en Umuofia. Ili konstruis tie sian preĝejon, gajnis manplenon da konvertitoj, kaj jam sendadis evangeliistojn al la ĉirkaŭaj urboj kaj vilaĝoj. Tio estis fonto de granda malĝojo al la gvidantoj de la klano; sed multaj el ili opiniis, ke la stranga kredo kaj la dio de la blankuloj ne daŭros. Neniu el iliaj konvertitoj estis homo, kies parolon oni atentus en la asembleo de la klano. Neniu el ili estis homo kun titolo. Ili estis plejparte tiaj homoj, kiujn oni nomis *efulefu*: senvaloraj, malplenaj homoj. La figuro de *efulefu*, laŭ la lingvaĵo de la klano, estis viro, kiu vendis sian maĉeton kaj portas la ingon al batalo. Laŭ Ĉielo, la pastrino de Agbala, la konvertitoj estas la fekaĵo de la klano, kaj la nova kredo estas freneza hundo, kiu venis formanĝi ĝin.

Tio, kio instigis Obierikan viziti Okonkŭon, estis la subita apero de ties filo, Nŭoje, inter la misiistoj en Umuofia.

«Kion vi faras tie ĉi?» Obierika demandis, kiam post multaj malfacilaĵoj la misiistoj permesis al li paroli kun la knabo.

«Mi estas unu el ili», Nŭoje respondis.

«Kiel fartas via patro?» Obierika demandis, ne sciante kion alian diri.

«Mi ne scias. Li ne estas mia patro», Nŭoje diris malĝoje.

Kaj tial Obierika iris al Mbanta por vidi sian amikon. Kaj li trovis, ke Okonkŭo ne deziras paroli pri Nŭoje. Nur de la patrino de Nŭoje li aŭdis fragmentojn de la okazintaĵo.

La alveno de la misiistoj estis kaŭzinta konsiderindan eksciton en la vilaĝo Mbanta. Ili venis sesope, kaj unu estis blankulo. Ĉiuj viroj kaj virinoj venis por vidi la blankan homon. Rakontoj pri tiuj strangaj homoj plimultiĝis, de kiam unu el ili estis mortigita en Abame, kaj lia fera ĉevalo estis ligita al la sankta kapok-arbo. Kaj tial ĉiuj venis por vidi la blankan viron. Estis la periodo de la jaro, kiam ĉiuj estis hejme. La rikoltado jam finiĝis.

Kiam ĉiuj estis kuniĝintaj, la blankulo komencis paroli al ili. Li parolis pere de interpretisto, kiu estis igbo, kvankam lia dialekto estis malsama kaj agaca al la mbantaj oreloj. Multaj homoj amuziĝis pro lia dialekto, kaj pro lia stranga maniero uzi vortojn. Anstataŭ diri «mi mem», li ĉiam diris «mia pugo». Sed li estis homo kun impona estomaniero, kaj la klananoj aŭskultis lin. Li diris, ke li estas unu el ili, kaj tion ili povas mem vidi per lia koloro kaj lia lingvo. Ankaŭ la aliaj kvar nigruloj estas iliaj fratoj, kvankam unu el ili ne parolas la igban. Ankaŭ la blankulo estas ilia frato, ĉar ili ĉiuj estas filoj de Dio. Kaj li rakontis al ili pri tiu nova Dio, la Kreinto de la tuta mondo kaj de ĉiuj viroj kaj virinoj. Li diris al ili, ke ili adoras falsajn diojn: diojn el ligno kaj ŝtono. Profunda murmuro pasis tra la homamaso, kiam li diris tion.

Li rakontis al ili, ke la vera Dio vivas supre, kaj ke ĉiuj homoj, kiam ili mortas, iras antaŭ lin por ke li prijuĝu ilin. Malbonuloj, kaj ĉiuj paganoj, kiuj en sia blindeco kliniĝas antaŭ figuroj el ligno kaj ŝtono, estos ĵetitaj en fajron, kiu brulos kiel palmoleo. Sed bonuloj, kiuj adoras la veran Dion, vivos eterne en Lia feliĉa regno. «Tiu granda Dio sendis nin, por peti vin forlasi viajn malbonan konduton kaj falsajn diojn, kaj turni vin al Li, por ke vi estu savitaj, kiam vi mortos», li diris.

«Via pugo komprenas nian lingvon», iu diris ŝerce, kaj la homamaso ridis.

«Kion li diris?» la blankulo demandis al sia interpretisto. Sed antaŭ ol li povis respondi, alia viro starigis demandon: «Kie estas la ĉevalo de la blankulo?» La igbaj evangeliistoj interkonsultiĝis kaj konkludis, ke la homo verŝajne parolas pri biciklo. Ili klarigis tion al la blanka homo, kaj li ridetis bonvoleme.

«Diru al ili,» li diris, «ke mi kunportos multajn ferajn ĉevalojn, kiam ni ekloĝos inter ili. Kelkaj el ili eĉ povos rajdi mem sur la fera ĉevalo.» Tion oni interpretis al ili, sed malmultaj homoj aŭdis tion. Ili parolis kun ekscito inter si, ĉar la blankulo diris, ke li venos loĝi inter ili. Pri tio ĝis nun neniu pensis.

En tiu momento, maljunulo diris, ke li havas demandon. «Kiu estas tiu via dio,» li demandis, «ĉu la diino de la tero, la dio de la ĉielo, Amadiora de la fulmotondro, aŭ kiu?»

La interpretisto parolis al la blankulo, kaj li tuj donis sian respondon. «Ĉiuj dioj, kiujn vi nomis, tute ne estas dioj. Ili estas trompaj dioj, kiuj ordonas al vi mortigi viajn kunulojn kaj detrui senkulpajn infanojn. Estas nur unu vera Dio, kaj Li faris la teron, la ĉielon, vin kaj min kaj nin ĉiujn.»

«Se ni forlasos niajn diojn kaj sekvos vian dion,» alia viro demandis, «kiu protektos nin kontraŭ la kolero de niaj neglektataj dioj kaj antaŭuloj?»

«Viaj dioj ne vivas kaj ne povas misfari al vi», respondis la blankulo. «Ili estas aĵoj el ligno kaj ŝtono.»

Kiam oni interpretis tion al la homoj de Mbanta, ili ekridegis malestime. Tiuj homoj estas frenezaj, ili diris inter si. Nur tial ili povas aserti, ke Ani kaj Amadiora estas sendanĝeraj. Kaj ankaŭ Idemili kaj Ogŭugŭu. Kaj kelkaj el ili komencis foriri.

Tiam la misiistoj ekkantis. Temis pri unu el tiuj gajaj kaj viglaj evangeliismaj melodioj, kiuj havis la kapablon vibrigi silentajn, polvajn kordojn en la koro de iu ajn igbo. La interpretisto klarigis ĉiun strofon al la ĉeestantoj, el kiuj kelkaj nun staris sorĉitaj. Tio estis rakonto pri fratoj, kiuj vivis en mallumo kaj timo, sensciaj pri la amo de Dio. Ĝi estis rakonto pri unu ŝafo sur la montetoj, malproksime de la dia pordego kaj de la ama prizorgado de la ŝafisto.

Post la kantado la interpretisto parolis pri la Filo de Dio, kies nomo estas Jesu Kristi. Okonkŭo, kiu restis nur pro la espero, ke oni decidos forpeli la homojn el la vilaĝo aŭ vipi ilin, nun diris:

«Vi diris al ni per via propra buŝo, ke estas nur unu dio. Nun vi parolas pri lia filo. Do, li devas havi edzinon.» La homamaso konsentis.

«Mi ne diris, ke Li havas edzinon», la interpretisto diris, iom nekonvinke.

«Via pugo diris, ke li havas filon», diris la ŝercisto. «Do li devas havi edzinon, kaj ĉiu el ili devas havi pugon.»

La misiisto ignoris lin, kaj pluparolis pri la Sankta Triunuo. Kiam li finparolis, Okonkŭo estis plene konvinkita, ke la homo estas freneza. Li ŝultrumis indiferente, kaj foriris por eltiri sian posttagmezan palmovinon.

Sed estis junulo tie, kiu estis sorĉita. Lia nomo estis Nŭoje, la unua filo de Okonkŭo. Trafis lin ne la freneza logiko de la Triunuo. Tion li ne komprenis. Temis pri la poezio de la nova religio, io sentata ĝis la medolo. La himno pri la fratoj, kiuj sidis en mallumo kaj en timo, ŝajnis respondi malklaran kaj persistan demandon, kiu obsedis lian junan animon: la demandon pri la ĝemeloj plorantaj en la arbaro kaj la demandon pri Ikemefuna, kiu estis mortigita. Li sentis internan senpeziĝon, dum la himno verŝiĝis en lian soifantan animon. La vortoj de la himno estis kiel la gutoj de frostiĝinta pluvo, kiuj degelis sur la seka supraĵo de la suferanta tero. La naiva menso de Nŭoje estis tute konfuzita.

Ĉapitro 17

La misiistoj pasigis siajn unuajn kvar-kvin noktojn en la bazar-placo, kaj iris matene en la vilaĝon por prediki la Evangelion. Ili demandis, kiu estas la reĝo de la vilaĝo, sed la vilaĝanoj klarigis al ili, ke ne estas reĝo. «Ni havas virojn kun altaj titoloj kaj la ĉefajn pastrojn kaj la pliaĝulojn», ili diris.

Post la ekscito de la unua tago, ne estis facile denove kunvoki ĉiujn titolitajn virojn kaj pliaĝulojn. Sed la misiistoj persistis, kaj finfine akceptis ilin la regantoj de Mbanta. Ili petis terpecon por konstrui sian preĝejon.

Ĉiu klano kaj vilaĝo havis sian «malican arbaron». Tie estis enterigitaj ĉiuj, kiuj mortis pro la vere malbonaj malsanoj, kiel lepro kaj variolo. Ĝi estis ankaŭ la forĵetejo de la potencaj fetiĉoj de grandaj sorĉistoj, kiam ili mortis. Tial en «malica arbaro» svarmis minacaj fortoj kaj mallumaj potencoj. Tian arbaron donis la regantoj de Mbanta al la misiistoj. Ili vere ne deziris ilin en sia klano, kaj tial ili faris al ili tian oferton, kian neniu sanmensa homo akceptus.

«Ili volas terpecon por konstrui sian sanktejon», Uĉendu diris al siaj samranguloj, kiam ili interkonsultiĝis. «Ni donu al ili terpecon.» Li paŭzis, kaj aŭdiĝis murmuro de surprizo kaj malkonsento. «Ni donu al ili porcion de la Malica Arbaro. Ili fanfaronas pri sia venko super la morto. Ni donu al ili veran batalkampon, kie ili povos montri sian venkon.» Ili ridis kaj konsentis, kaj revokis la misiistojn, kiujn ili antaŭe petis forlasi ilin por momento, por ke ili povu «flustri inter si». Ili ofertis al ili tiom el la Malica Arbaro, kiom ili deziras preni. Kaj je ilia mirego, la misiistoj dankis ilin kaj ekkantis.

«Ili ne komprenas», diris iuj el la pliaĝuloj. «Sed ili komprenos, kiam ili iros al sia terpeco morgaŭ matene.» Kaj ili disiĝis.

La postan matenon la frenezuloj efektive komencis forpurigi parton de la arbaro kaj konstrui sian domon. La anoj de Mbanta atendis, ke ene de kvar tagoj ili estos ĉiuj mortaj. Pasis la unua tago, kaj la dua kaj tria kaj kvara, kaj neniu el ili mortis. Ĉiuj estis konfuzitaj. Tiel oni eksciis, ke la fetiĉo de la blankulo havas nekredeblan potencon. Oni diris, ke li portas vitrojn sur siaj okuloj, por ke li povu vidi malicajn spiritojn kaj paroli kun ili. Ne longe poste, li gajnis siajn unuajn tri konvertitojn.

Kvankam Nŭoje estis logata de la nova kredo ekde la tutunua tago, li tenis tion sekreta. Timante sian patron, li ne kuraĝis tro proksimiĝi al la misiistoj. Sed kiam ajn ili venis por prediki en la bazarplaco aŭ en la ludejo de la vilaĝo, Nŭoje ĉeestis. Kaj li jam komencis koni kelkajn el iliaj simplaj rakontoj.

«Nia preĝejo nun estas konstruita», diris s-ro Kiaga, la interpretisto, kiu nun respondecis pri la embria eklezio. La blankulo jam reiris al Umuofia, kie li konstruis sian sidejon, kaj de kie li regule vizitadis la eklezion de s-ro Kiaga en Mbanta.

«Nia preĝejo nun estas konstruita,» diris s-ro Kiaga, «kaj ni volas, ke vi ĉiuj eniru en ĉiu sepa tago por adori la veran Dion.»

La postan dimanĉon, Nŭoje preteriris kaj repreteriris la malgrandan konstruaĵon el ruĝa argilo kun pajla tegmento, sed mankis al li sufiĉa kuraĝo por eniri. Li aŭdis kantantajn voĉojn, kaj kvankam tio venis de nur manpleno da viroj, ĝi estis laŭta kaj memfida. Ilia preĝejo staris sur ronda senarbejo, kiu aspektis kiel la malfermita buŝo de la Malica Arbaro. Ĉu ĝi atendas por subite kapti ilin per siaj dentoj? Preteririnte kaj repreteririnte la preĝejon, Nŭoje revenis hejmen.

Estis bone konata fakto inter la homoj de Mbanta, ke iliaj dioj kaj antaŭuloj kelkfoje atendas pacience, kaj intence permesas al homo plu defii ilin. Sed eĉ en tiaj kazoj, ili starigis sian limon je sep bazarsemajnoj aŭ dudek ok tagoj. Preter tiun limon estas permesate al neniu homo pluiri. Kaj do ekscito kreskis en la vilaĝo kiam alproksimiĝis la sepa semajno de kiam la impertinentaj misiistoj konstruis sian preĝejon en la Malica Arbaro. La vilaĝanoj estis tiel certegaj pri la sorto trafonta tiujn homojn, ke unu-du konvertitoj trovis tion prudenta provizore rezigni pri sia aparteno al la nova kredo.

Finfine alvenis la tago, kiam ĉiuj misiistoj devus esti jam mortintaj. Sed ili ankoraŭ vivis, konstruante novan domon el ruĝa argilo kaj pajlo por sia instruisto, s-ro Kiaga. Tiun semajnon ili gajnis ankoraŭ manplenon da konvertitoj. Kaj la unuan fojon, ili havis virinon. Ŝia nomo estis Nneka, la edzino de Amadi, kiu estis prospera terkultivisto. Ŝi estis pezega pro estonta nasko.

Nneka jam gravediĝis kaj naskis kvar fojojn. Sed ĉiufoje ŝi naskis ĝemelojn, kiujn oni tuj forĵetis. Ŝia edzo kaj lia familio komencis fariĝi forte kritikemaj pri tia virino, kaj ili ne estis aparte ĝenataj, kiam ili malkovris, ke ŝi fuĝis por aniĝi al la kristanoj. Ili estis kontentaj liberiĝi de ŝi.

Iun matenon la kuzo de Okonkŭo, Amikŭu, pasis apud la preĝejo, revenante de la apuda vilaĝo. Li miris vidi Nŭoje inter la kristanoj, kaj kiam li revenis hejmen, li tuj iris al la kabano de Okonkŭo por sciigi al li, kion li vidis. La virinoj komencis interparoli ekscitite, sed Okonkŭo plu sidis senemocie.

Estis malfrue en la posttagmezo, kiam Nŭoje revenis. Li iris en la *obi* por saluti sian patron, kiu ne respondis. Nŭoje turniĝis por paŝi en la internan korton, kiam lia patro, ne povante plu reteni sian furiozon, subite saltis surpieden kaj kaptis lin ĉe la kolo.

«Kie vi estis?» li balbutis.

Nŭoje luktis por liberigi sin de la sufoka mano.

«Respondu al mi,» Okonkŭo muĝis, «aŭ mi mortigos vin!» Li kaptis pezan bastonon, kiu kuŝis sur la malalta muro, kaj frapegis lin per du-tri sovaĝaj batoj.

«Respondu al mi!» li muĝis denove. Nŭoje staris rigardante lin, kaj diris neniun vorton. La virinoj kriegis ekstere, timante eniri.

«Tuj liberigu tiun knabon!» diris voĉo en la ekstera korto. Parolis Uĉendu, la onklo de Okonkŭo. «Ĉu vi estas freneza?»

Okonkŭo ne respondis. Sed li liberigis Nŭoje, kiu formarŝis kaj neniam revenis.

Li reiris al la preĝejo kaj diris al s-ro Kiaga, ke li decidis iri al Umuofia, kie la blanka misiisto jam starigis lernejon por instrui al junaj kristanoj legi kaj skribi.

S-ro Kiago estis ĝojplena. «Benata estas tiu, kiu forlasas sian patron kaj sian patrinon pro mia nomo», li deklamis. «Tiuj, kiuj aŭdas miajn vortojn, estas mia patro kaj mia patrino.»

Nŭoje ne plene komprenis. Sed li estis kontenta forlasi sian patron. Li intencis reveni poste al sia patrino kaj siaj gefratoj por konverti ilin al la nova kredo.

Dum Okonkŭo sidis tiunokte en sia kabano, fiksrigardante en la ŝtipojn de la fajro, li meditis pri la afero. Subita furiozo leviĝis interne de li, kaj li sentis fortan deziron ekpreni sian maĉeton, iri al la preĝejo, kaj forviŝi la tutan kriman fibandon. Sed pensante plue li diris al si mem, ke Nŭoje ne indas je tia batalo. Kial, li kriis en sia koro, el ĉiuj homoj ĝuste li, Okonkŭo, estu malbenata per tia filo? Li klare vidis en la aferon la fingron de sia persona dio, de sia *chi*. Ĉar kiel alie eblus klarigi lian grandan misfortunon kaj ekzilon, kaj nun la konduton de lia malestiminda filaĉo? Ju pli li pensis pri la aferon, des pli elstaris la krimo de lia filo en ties ekstermezura fieco. Forlasi la diojn de sia patro, kaj pasigi sian tempon inter amaso da inecaj viroj kluketantaj kiel maljunaj kokinoj: jen la plej profunda abomenaĵo. Kaj kio okazos, se post lia morto ĉiuj el liaj filoj decidos sekvi laŭ la spuroj de Nŭoje kaj forlasi siajn antaŭulojn? Okonkŭo sentis malvarman frostotremon traflui lin je tiel terura perspektivo, kiel la perspektivo de neniigo. Li vidis sin mem kaj sian patron premiĝi ĉirkaŭ sia familia sanktejo, vane atendante adoradon kaj oferadon, sed trovante nenion krom la cindroj de la pasintaj tempoj, dum liaj gefiloj intertempe preĝos al la dio de la blankuloj. Se tia afero iam ajn okazos, li, Okonkŭo, forviŝos ilin de la surfaco de la tero.

La kromnomo de Okonkŭo estis «La muĝanta flamo». Dum li rigardis en la fajron li memoris tiun nomon. Li estas flamanta fajro. Kiel eblas, ke li generis tian filon kiel Nŭoje, degeneran kaj inecan. Eble tiu ne estas lia filo. Ne! tio certe ne eblas. Lia edzino trompis lin. Li venĝos sin kontraŭ ŝi! Sed Nŭoje similas al sia avo, Unoka, kiu estis la patro de Okonkŭo. Li forpuŝis tiun penson el sia menso. Lin, Okonkŭon, oni nomas flamanta fajro. Kiel okazis, ke li generis virinon kiel filon? Je la aĝo de Nŭoje, Okonkŭo jam famiĝis tra la tuta Umuofia pro sia luktado kaj sia sentimeco.

Li elspiris peze, kaj kvazaŭ pro kunsento ankaŭ la bruletanta ŝtipo elspiris. Kaj tuj la okuloj de Okonkŭo malfermiĝis, kaj li klare vidis la tutan situacion. Vivanta fajro generas malvarman, malfekundan cindron. Li denove elspiris, profunde.

Ĉapitro 18

La juna eklezio en Mbanta spertis kelkajn krizojn frue en sia vivo. Komence la klano supozis, ke ĝi ne travivos. Sed ĝi plu vivadis, kaj iom post iom plifortiĝis. La klano estis maltrankvila, sed ne troe. Se bando da *efulefu* decidis ekloĝi en la Malica Arbaro, tio estas ilia propra afero. Kaj cetere, la Malica Arbaro estas taŭga hejmo por tiaj nedezirinduloj. Estas vere, ke ili savas ĝemelojn el la arbaro, sed ili neniam portas ilin en la vilaĝon. Laŭ la vidpunkto de la vilaĝanoj, la ĝemeloj restas ankoraŭ en la loko, kien oni forĵetis ilin. Certe la diino de la tero ne kulpigos la senkulpajn vilaĝanojn pro la pekoj de la misiistoj, ĉu ne?

Sed en unu okazo, la misiistoj provis paŝi preter la limojn. Tri konvertitoj venis en la vilaĝon kaj malkaŝe fanfaronis, ke ĉiuj dioj estas mortaj kaj senpotencaj, kaj ke ili mem intencas defii ilin per bruligado de iliaj sanktejoj.

«Iru bruligi la vulvon de via patrino», diris unu el la pastroj. La viroj estis kaptitaj kaj batitaj, ĝis sango fluis laŭ iliaj korpoj. Post tio nenio okazis dum longa tempo inter la eklezio kaj la klano.

Sed rakontoj jam disvastiĝadis, ke la blankuloj kunportis ne nur religion sed ankaŭ registaron. Oni diris, ke ili konstruis juĝejon en Umuofia por protekti la sekvantojn de sia religio. Oni eĉ diris, ke ili pendumis iun homon, kiu mortigis misiiston.

Kvankam tiaj rakontoj nun fariĝis oftaj, en Mbanta ili aspektis kiel fabeloj, kiuj ankoraŭ ne influis la rilaton inter la nova eklezio kaj la klano. Ĉi tie ne estis demando pri mortigo de misiisto, ĉar s-ro Kiaga, malgraŭ sia frenezeco, estis tute sendanĝera. Rilate al liaj konvertitoj, neniu povis mortigi ilin sen fuĝi el la klano, ĉar kvankam ili estis senvaloraj, ili ankoraŭ apartenis al la klano. Tial neniu dediĉis seriozan pensadon al la onidiroj pri la registaro de la blankuloj, aŭ pri la sekvoj, se oni mortigus la kristanojn. Se ili fariĝos pli ĝenaj ol nun, oni simple forpelos ilin el la klano.

Kaj la malgranda eklezio tiumomente estis tro profunde ensorbita en siaj propraj problemoj por ĝeni la klanon. Ĉio komenciĝis per la demando pri akceptado de elpelitoj.

Tiuj elpelitoj, aŭ *osu*, vidante ke la nova religio bonvenigas ĝemelojn kaj similajn abomenaĵojn, pensis, ke eble ankaŭ ili povos esti akceptitaj. Kaj tial iun dimanĉon du el ili eniris la preĝejon. Estis tuja agitiĝo; sed tiel granda estis la laboro, kiun la nova religio faris inter la konvertitoj, ke tiuj ne tuj eliris el la preĝejo, kiam la elpelitoj eniris. Tiuj, kiuj troviĝis plej proksime al ili, simple moviĝis al alia sidloko. Tio estis miraklo. Sed ĝi daŭris nur ĝis la fino de la diservo. La tuta preĝantaro aŭdigis siajn protestojn, kaj volis peli tiujn homoj eksteren, sed s-ro Kiaga haltigis ilin kaj komencis klarigi.

«Antaŭ Dio,» li diris, «ne ekzistas sklavoj aŭ liberuloj. Ni estas ĉiuj idoj de Dio kaj ni devas akcepti tiujn, niajn fratojn.»

«Vi ne komprenas», unu el la konvertitoj diris. «Kion la paganoj diros pri ni, kiam ili aŭdos, ke ni akceptas *osu* inter ni? Ili ridos pri ni.»

«Ili ridu», s-ro Kiaga diris. «Dio ridos pri ili en la tago de juĝo. Kial tumultas popoloj, kaj gentoj pripensas vanaĵon? La loĝanto en la ĉielo ridos, la Sinjoro mokos ilin.[9]»

«Vi ne komprenas», la konvertiĝinto insistis. «Vi estas nia instruisto, kaj vi povas instrui al ni la aferojn de la nova kredo. Sed ĉi tiu estas afero, pri kiu ni scias.» Kaj li klarigis, kio estas *osu*.

Tiu estas homo dediĉita al iu dio, ulo apartigita – tabua por ĉiam, kaj ankaŭ ties infanoj. Tia homo ne rajtas edziĝi kun tiuj, kiuj naskiĝis liberaj. Li estas fakte elpelito, loĝanta en speciala kvartalo de la vilaĝo, proksima al la Granda Sanktejo. Kien ajn li iras, li kunportas la signon de sia malpermesata kasto: hararon longan, implikiĝintan kaj malpuran. Razilo estas tabua por li. *Osu* ne rajtas ĉeesti la asembleon de la liberuloj, kaj ili, siaflanke, ne rajtas eniri en lian kabanon. Li ne rajtas preni iun ajn el la kvar titoloj de la klano, kaj kiam li mortos, liaj samspeculoj enterigos lin en la Malica Arbaro. Kiel tia homo povos esti sekvanto de Kristo?

«Li bezonas Kriston pli ol vi kaj mi», s-ro Kiaga diris.

«Tiuokaze, mi reiros al la klano», diris la konvertiĝinto. Kaj efektive li reiris. S-ro Kiaga restis firma, kaj ĝuste lia firmeco savis la junan eklezion. La hezitantaj konvertoj tiris inspiron kaj certecon de lia neŝancelebla fido. Li ordonis al la elpelitoj forrazi siajn longajn implikitajn harojn. Komence ili timis, ke tio povus mortigi ilin.

«Nur se vi forrazos la markon de via pagana kredo, mi enlasos vin en la eklezion», s-ro Kiaga diris. «Vi timas, ke vi mortos. Kial tio okazus? Kiel vi malsamas de aliaj homoj, kiuj razas siajn hararon? La sama Dio kreis vin kaj ilin. Sed ili elĵetis vin kvazaŭ leprulojn. Tio estas kontraŭ la volo de Dio, kiu promesis eternan vivon al ĉiuj, kiuj kredas je Lia sankta nomo. La paganoj diras, ke vi mortos, se vi faros tion aŭ tion alian, kaj vi timas. Ili ankaŭ diris, ke mi mortos,

---

9 **Kial tumultas popoloj...** La misiistoj ofte citas la Biblion. Tiuj frazoj estas citaĵo el la Malnova Testamento (Psalmaro 2:1 kaj 2:4).

se mi konstruos mian preĝejon sur ĉi tiu tereno. Ĉu mi mortis? Ili diris, ke mi mortos, se mi prizorgos ĝemelojn. Mi ankoraŭ vivas. La paganoj diras nenion krom falsaĵoj. Nur la vorto de Dio estas vera.»

La du elpelitoj forrazis siajn harojn, kaj baldaŭ ili estis inter la plej fortaj disĉiploj de la nova kredo. Kaj krome, preskaŭ ĉiuj *osu* en Mbanta sekvis ilian ekzemplon. Fakte estis unu el ili, kiu en sia fervoro kondukis la eklezion en seriozan konflikton kun la klano la postan jaron, kiam li mortigis la sanktan pitonon, la enkorpiĝon de la dio de la akvo.

La reĝa pitono estis la plej alte respektata besto en Mbanta kaj en ĉiuj ĉirkaŭaj klanoj. Oni alparolis ĝin per la nomo «Nia patro», kaj oni permesis al ĝi iri ĉien ajn laŭ la propra elekto, eĉ en la litojn de la homoj. Ĝi manĝis ratojn en la domoj kaj foje englutis ovojn de kokinoj. Se klanano akcidente mortigus reĝan pitonon, li devus kompensi tion per oferoj kaj aranĝi multekostan enterigo-ceremonion, same kiel oni farus por grava homo. Neniu puno estis preskribita por homo, kiu mortigus la pitonon intence. Neniu imagis, ke tia afero iam ajn povus okazi.

Eble ĝi efektive ne okazis. Tio estis la unua supozo de la klananoj. Fakte, neniu vidis la homon fari tion. La onidiro ekestis inter la kristanoj mem.

Sed tamen la regantoj kaj pliaĝuloj de Mbanta kunvenis por decidi pri sia reago. Multaj el ili parolis tre longe kaj tre kolere. La spirito de milito jam trafis ilin. Okonkŭo, kiu jam komencis ludi rolon en la aferoj de sia patrinlando, diris, ke ĝis oni elĉasos tiun abomenindan bandon el la vilaĝo per vipoj, ne estos paco.

Sed estis multaj aliaj, kiuj vidis la situacion laŭ malsama vid-punkto, kaj finfine ilia konsilo estis tiu, kiu venkis.

«Ne estas nia kutimo batali por niaj dioj», diris unu el ili. «Ni ne uzurpu la rajton fari tion nun. Se homo mortigas la sanktan pitonon sekrete en sia kabano, tiu afero estas inter li kaj la dio. Ni ne vidis ĝin. Se ni metos nin inter la dion kaj lian viktimon, eble ni mem ricevos batojn celitajn al la misfarinto. Kiam homo blasfemas, kion ni faras? Ĉu ni ŝtopas lian buŝon? Ne. Ni metas niajn fingrojn en niajn orelojn, por ke ni ne aŭdu. Tio estas saĝa ago.»

«Ni ne rezonaĉu kiel malkuraĝuloj», Okonkŭo diris. «Se homo venas en mian kabanon kaj fekas sur la plankon, kion mi faras? Ĉu mi fermas miajn okulojn? Ne! Mi prenas bastonon kaj rompas lian kapon. Tion faras viro. Ĉi tiuj homoj ĉiutage verŝas sur nin malpuraĵojn, kaj laŭ Okeke ni ŝajnigu ne rimarki tion.» Okonkŭo eligis sonon naŭzoplenan. Ĉi tiu estas ineca klano, li pensis. Tia afero neniam povus okazi en lia patrolando, Umuofia.

«Okonkŭo parolas prave», diris alia viro. «Ni devas fari ion. Ni malpermesu al tiuj homoj partopreni en la vivo de la klano. Tiel oni ne trovos nin respondecaj pri iliaj abomenaĵoj.»

Ĉiuj en la asembleo parolis, kaj finfine oni decidis forigi la kristanojn el la vivo de la klano. Okonkŭo grincigis siajn dentojn pro naŭzo.

Tiunokte anoncisto sonorigis tra la longo kaj la larĝo de Mbanta por proklami, ke la anoj de la nova kredo estonte estos forigitaj el la vivo kaj privilegioj de la klano.

La kristanoj estis nun pli multenombraj, kaj ili fariĝis malgranda komunumo de viroj, virinoj kaj infanoj, ĉiuj certaj kaj memfidaj. S-ro Brown[10], la blanka misiisto vizitadis ilin regule. «Kiam mi pensas, ke pasis nur dek ok monatoj de kiam oni unue semis la Semon inter vi,» li diris, «mi miras pro tio, kion la Sinjoro plenumis.»

---

10 **Brown.** Ofta angla familia nomo, prononco: braŭn.

Estis merkredo de la Sankta Semajno[11], kaj s-ro Kiaga petis la virinojn alporti ruĝan argilon kaj blankan kreton kaj akvon por frotpurigi la preĝejon por Pasko. Tiucele la virinoj dividis sin en tri grupojn. Tiumatene ili ekiris frue, kelkaj kun siaj akvokruĉoj al la rivereto, alia grupo kun hojoj kaj korboj al la vilaĝa fosejo de ruĝa tero, kaj la aliaj al la kretofosejo.

S-ro Kiaga estis preĝanta en la preĝejo, kiam li aŭdis la virinojn ekscitite interparoli. Li finis sian preĝon kaj iris por vidi, pri kio temas. La virinoj estis revenintaj al la preĝejo kun malplenaj akvokruĉoj. Ili diris, ke iuj junuloj ĉasis ilin for de la rivereto per vipoj. Ne longe poste tiuj virinoj, kiuj iris por preni la ruĝan argilon, revenis kun malplenaj korboj. Kelkaj el ili estis peze vipitaj. La virinoj de la kreto revenis kun simila rakonto.

«Kion signifas ĉio ĉi?» demandis s-ro Kiaga, kiu ne komprenis la situacion.

«La vilaĝo elpelis nin», diris unu el la virinoj. «La proklamisto anoncis tion hieraŭ vespere. Sed ne estas nia kutimo bari al iu ajn la riveron aŭ la kretofosejon.»

Alia virino diris: «Ili volas detrui nin. Ili ne permesos al ni eniri la bazarojn. Ili diris tion.»

S-ro Kiaga estis alvokonta el la vilaĝo siajn virajn konvertitojn, kiam li vidis ilin alveni proprainiciate. Kompreneble ili ĉiuj aŭdis la anonciston, sed neniam en sia vivo ili aŭdis pri virinoj, kiujn oni forbaris de la rivereto.

«Venu kun ni», ili diris al la virinoj. «Ni akompanos vin por renkonti tiujn malkuraĝulojn.» Kelkaj el ili havis grandajn bastonojn kaj eĉ maĉetojn.

---

11 **La Sankta Semajno.** La semajno antaŭ Pasko.

Sed s-ro Kiaga retenis ilin. Unue li volis ekscii, kial oni elpelis ilin.

«Oni diras, ke Okoli mortigis la sanktan pitonon», unu homo diris.

«Tio estas malveraĵo», alia diris. «Okoli mem diris al mi, ke tio ne estas vera.»

Okoli ne ĉeestis por respondi. La antaŭan nokton li malsaniĝis. Antaŭ ol tiu tago finiĝis, li estis morta. Lia morto montris, ke la dioj ankoraŭ kapablas defendi sin mem. Tial la klano ne plu vidis kialon por mistrakti la kristanojn.

Ĉapitro 19

Faladis la lastaj grandaj pluvoj de la jaro. Estis la periodo por treti ruĝan teron por konstruado de muroj. Oni ne faris tion pli frue, ĉar la pezaj pluvoj povus forlavi la montetojn de tretita tero; kaj oni ne povis fari ĝin pli malfrue, ĉar baldaŭ komenciĝos la rikoltado, kaj post tio la seksezono.

Tio estos la lasta rikolto de Okonkŭo en Mbanta. La sep malŝparitaj kaj lacigaj jaroj pene treniĝis al fino. Kvankam li estis prosperinta en sia patrinlando, Okonkŭo sciis, ke li estus prosperinta eĉ plie en Umuofia, en sia patrolando, kie viroj estas bravaj kaj militemaj. Dum tiuj sep jaroj li estus povinta grimpi ĝis la plej alta pinto. Kaj tial li bedaŭris ĉiun tagon de sia ekzilo. La parencoj de lia patrino ja traktis lin tre afable, kaj li estis danka al ili. Sed tio ne ŝanĝis la faktojn. Li nomis la unuan infanon naskitan al li en ekzilo Nneka – «Patrino estas super ĉio» – pro ĝentileco al la parencoj de sia patrino. Sed kiam du jarojn poste naskiĝis filo, li nomis lin Nŭofia – «Naskita en la ekzilejo».

Tuj kiam komenciĝis lia lasta jaro en ekzilo, Okonkŭo sendis monon al Obierika por konstrui por li du kabanojn en lia malnova domaro, kie li kaj lia familio povos loĝi, ĝis li konstruos pli da kabanoj kaj la eksteran muron de sia korto. Tiujn aĵojn viro konstruas por si mem, aŭ heredas de sia patro.

Kiam la lastaj pezaj pluvoj de la jaro ekfalis, Obierika sendis informon, ke la du kabanoj estas konstruitaj, kaj Okonkŭo komencis pretigi aferojn por sia reiro post la pluvoj. Li estus preferinta reiri pli frue por rekonstrui sian domaron tiujare antaŭ la fino de la pluvoj, sed farante tion li subtrahus mallongan tempon de la plena sepjara puno. Kaj tio estis nefarenda. Tial li atendis senpacience la alvenon de la seksezono.

Ĝi alvenis malrapide. La pluvo fariĝis pli kaj pli malpeza, ĝis ĝi falis malrekte en la formo de maldensa pluveto. Foje la suno brilis tra la pluvo kaj bloviĝis malforta venteto. Tio estis gaja kaj aerplena pluvo. Komencis aperi ĉielarkoj, kaj foje du ĉielarkoj, kiel patrino kaj filino, unu juna kaj bela, la alia maljuna kaj malforta ombro. Oni nomis la ĉielarkon la pitono de la ĉielo.

Okonkŭo alvokis siajn tri edzinojn, kaj diris al ili, ke ili pretigu aferojn por granda festeno. «Mi devas danki la parencojn de mia patrino, antaŭ ol mi foriros», li diris.

Al Ekŭefi ankoraŭ restis iom da manioko en ŝia kultivejo de post la antaŭa jaro. La aliaj du edzinoj ne plu havis – ne ĉar ili estis maldiligentaj, sed ĉar ili havis multajn infanojn, kiujn necesis manĝigi. Tial oni konsentis, ke Ekŭefi kontribuos maniokon por la festeno. La patrino de Nŭoje kaj Oĝiugo havigos la aliajn manĝaĵojn: fumaĵitajn fiŝaĵojn, palmoleon, kaj pipron por la supo. Okonkŭo prizorgos la viandon kaj ignamojn.

Ekŭefi leviĝis frue la postan matenon, kaj iris al sia kultivejo kun sia filino, Ezinma, kaj kun la filino de Oĝiugo, Obiageli, por rikolti manioktuberojn. Ĉiu el ili portis longan korbon el kanoj, maĉeton por tratranĉi la molajn tigojn de la maniokoj, kaj hojeton por elfosi la tuberojn. Bonŝance falis malpeza pluvo dum la pasinta nokto, do la tero ne estos tre malmola.

157

«Ni ne bezonos longan tempon por rikolti tiom, kiom ni deziras», Ekŭefi diris.

«Sed la folioj estos malsekaj», Ezinma diris. Ŝi tenis sian korbon en ekvilibro sur sia kapo, kaj ŝiaj brakoj estis krucitaj antaŭ ŝiaj mamoj. Ŝi sentis malvarmon. «Mi ne ŝatas tion, kiam malvarma akvo falas sur mian dorson. Ni prefere estus atendintaj, ĝis la suno leviĝos kaj sekigos la foliojn.»

Obiageli nomis ŝin «Salo», ĉar ŝi diris, ke ŝi ne ŝatas akvon. «Ĉu vi timas, ke vi dissolviĝos?»

La rikoltado estis facila, ĝuste kiel Ekŭefi antaŭvidis. Ezinma fortege skuis ĉiun arbuston per longa bastono, antaŭ ol kliniĝi por tranĉi la tigon kaj elfosi la tuberon. Foje eĉ ne necesis fosi. Ili simple tiris la stumpon, kaj la tero leviĝis, radikoj rompiĝis sube, kaj la tubero estis eltirita.

Ili rikoltis sufiĉe grandan amason, kaj poste necesis iri du fojojn por porti la tutan kvanton al la rivereto. Tie ĉiu virino havis malprofundan puton por fermentigi sian maniokon.

«Ĝi verŝajne estos preta post kvar tagoj, aŭ eĉ tri», Obiageli diris. «Temas pri junaj tuberoj.»

«Ili fakte ne estas tiel junaj», Ekŭefi diris. «Mi priplantis tiun kultivejon antaŭ du jaroj. La tero estas malriĉa, kaj tial la tuberoj estas tiel malgrandaj.»

Okonkŭo ne estis homo, kiu faris aferojn ŝpareme. Kiam lia edzino Ekŭefi protestis, ke du kaproj sufiĉos por la festeno, li respondis, ke tio ne estas ŝia afero.

«Mi aranĝas festenon, ĉar mi havas la rimedojn. Loĝante ĉe la bordo de rivero, mi ne lavu miajn manojn per salivo. La parencoj de mia patrino traktis min bone, kaj mi devas montri mian dankemon.»

Tial oni buĉis tri kaprojn kaj multajn kortobirdojn. Tio similis al geedziĝa festo. Estis fufuo kaj ignama kaĉo, supo de *egusi* kaj supo de maldolĉaj folioj, kaj abundaj potoj da palmovino.

Ĉiuj *umunna* estis invititaj al la festeno, ĉiuj posteuloj de Okolo, kiu vivis ĉirkaŭ ducent jarojn pli frue. La plej aĝa membro de tiu vasta familio estis la onklo de Okonkŭo, Uĉendu. Oni donis al li la kolanukson por ke li rompu ĝin, kaj li preĝis al la antaŭuloj. Li petis de ili sanon kaj gefilojn. «Ni ne petas riĉaĵojn, ĉar tiu, kiu havas sanon kaj gefilojn, havos ankaŭ riĉaĵojn. Ni ne preĝas por havi pli da mono, sed por havi pli da parencoj. Ni estas pli bonaj ol bestoj, ĉar ni havas parencojn. Besto frotas sian doloran flankon kontraŭ arbo, dum homo petas siajn parencojn grati lin.» Li aparte preĝis por Okonkŭo kaj lia familio. Poste li rompis la kolanukson kaj ĵetis unu el ĝiaj loboj sur la grundon por la antaŭuloj.

Dum oni disdonis la rompitajn kolanuksojn, la edzinoj kaj gefiloj de Okonkŭo kaj tiuj, kiuj helpis ilin pri la kuirado, komencis elporti la manĝaĵojn. Liaj filoj portis eksteren la potojn da palmovino. Estis tiom da manĝaĵoj kaj trinkaĵoj, ke multaj parencoj ekfajfis pro miro. Kiam ĉio estis dismetita, Okonkŭo leviĝis por paroli.

«Mi petas vin akcepti ĉi tiun malgrandan kolaon», li diris. «Tio ne celas repagi vin pro ĉio, kion vi faris por mi dum la lastaj sep jaroj. Infano ne povas repagi la lakton de sia patrino. Mi nur kunvokis vin, ĉar estas bone, ke parencoj kuniĝu.»

Oni proponis unue la ignaman kaĉon, ĉar tio estis malpli peza ol fufuo, kaj ĉar ignamo ĉiam venas unue. Poste oni proponis la fufuon. Iuj parencoj manĝis ĝin kun supo de *egusi* kaj aliaj kun supo de maldolĉaj folioj. Oni disdonis la viandon, tiel ke ĉiu membro de la *umunna* ricevu porcion. Ĉiu viro leviĝis laŭvice laŭ la aĝo por ricevi sian parton. Laŭ ties loko en la vico, oni rezervis porciojn eĉ por tiuj malmultaj parencoj, kiuj ne povis ĉeesti.

Dum oni trinkis la palmovinon, unu el la plej aĝaj membroj de la *umunna* leviĝis por danki Okonkŭon:

«Se mi dirus, ke ni ne atendis tiel grandan festenon, tio sugestus, ke ni ne scias pri la malavareco de nia filo, Okonkŭo. Ni ĉiuj konas lin, kaj ni ja atendis grandan festenon. Sed ĝi montriĝis eĉ pli granda ol ni atendis. Dankon al vi. Revenu al vi dekoble ĉio, kion vi donis. En ĉi tiuj tagoj, kiam la anoj de la pli juna generacio konsideras sin pli saĝaj ol siaj gepatroj, estas bone vidi homon, kiu faras aferojn laŭ la grandioza malnova maniero. Homo, kiu alvokas siajn parencojn al festeno, ne faras tion por ke ili ne malsatu. Ĉiu el ili havas manĝaĵojn en sia propra hejmo. Kiam ni kuniĝas sub la lunlumo en la vilaĝa placo, ni ne faras tion pro la luno. Ĉiu homo povas vidi ĝin en sia propra korto. Ni kuniĝas, ĉar estas bone, ke parencoj faru tion. Eble vi demandas, kial mi diras ĉion ĉi. Mi diras tion, ĉar mi timas por la juna generacio, por vi homoj.» Li svingis sian brakon al la direkto, kie sidis la plejmulto de la junuloj. «Se temas pri mi, restas al mi nur mallonga tempo por vivi, kaj same al Uĉendu kaj Unaĉukŭu kaj Emefo. Sed mi timas por vi junuloj, ĉar vi ne komprenas, kiel forta estas la ligo de parenceco. Vi ne scias, kion tio signifas, paroli per unu voĉo. Kaj kio estas la rezulto? Abomeninda religio nun instaliĝis inter vi. Nun homo povas forlasi sian patron kaj siajn fratojn. Li povas malbeni la diojn de siaj prapatroj kaj antaŭuloj, kiel la hundo de ĉasisto, kiu subite freneziĝas kaj atakas sian mastron. Mi timas por vi; mi timas por la klano.» Li turnis sin denove al Okonkŭo kaj diris: «Dankon, ke vi kunvokis nin.»

Parto tria

Ĉapitro 20

Sep jaroj estas longa tempo por resti for de sia klano. Se iu homo forlasas sian lokon, ĝi ne restas ĉiam tie, atendante lin. Tuj kiam li foriras, alia homo leviĝas kaj prenas ĝin. La klano estas kiel lacerto; se ĝi perdas sian voston, ĝi baldaŭ kreskigas alian.

Okonkŭo sciis tion. Li sciis, ke li perdis sian lokon inter la naŭ maskitaj spiritoj, kiuj zorgis pri justeco en la klano. Li perdis la ŝancon gvidi sian militeman klanon kontraŭ la nova religio, kiu laŭdire gajnis pli da tereno. Li perdis la jarojn, kiam li estus povinta preni la plej altajn titolojn de la klano. Sed kelkaj el tiuj perdoj ne estis neripareblaj. Li estis firme decidiĝinta, ke lia reveno estu rimarkata de la popolo. Lia reveno estos okulfrapa, kaj poste li regajnos la sep malŝparitajn jarojn.

Eĉ dum la unua jaro de sia ekzilo, li komencis plani sian revenon. La unua afero farenda estos rekonstrui sian domaron laŭ pli grandioza stilo. Li konstruos pli grandan ignamejon ol li havis antaŭe, kaj li konstruos kabanojn por du novaj edzinoj. Post tio li montros sian riĉecon, inicante siajn filojn en la societon *ozo*. Nur la vere grandaj viroj en la klano povis permesi al si fari tion. Okonkŭo klare vidis la grandan estimon per kiu oni rigardos lin, kaj li vidis sin mem preni la plej altan titolon en la lando.

Dum la jaroj de ekzilo pasis unu post alia, ŝajnis al li, ke lia *chi* eble nun kompensas lin pro la okazinta katastrofo. Liaj ignamoj kreskis abunde, ne nur en lia patrinlando, sed ankaŭ en Umuofia, kie lia amiko disdonis ilin ĉiujare al pruntokultivistoj.

Tiam okazis la tragedio de lia unua filo. Komence ŝajnis, ke tiu bato povus esti tro drasta por lia spirito. Sed lia spirito estis ĉiam preta resalti, kaj finfine Okonkŭo superis sian malĝojon. Li havis ankoraŭ kvin filojn, kaj li intencis eduki ilin laŭ la moroj de la klano.

Li alvokis tiujn kvin filojn, kaj ili venis sidi en lia *obi*. La plej juna havis kvar jarojn.

«Vi ĉiuj vidis la grandan abomenaĵon de via frato. Nun li ne plu estas mia filo, nek via frato. Mi akceptos nur filon, kiu estas viro, kiu tenas alte sian kapon inter mia popolo. Se iu el vi preferas esti virino, tiu sekvu Nŭoje nun, dum mi vivas, por ke mi malbenu vin. Se vi turnos vin kontraŭ min post mia morto, mi vizitos vin kaj rompos vian kolon.»

Okonkŭo estas tre bonŝanca pri siaj filinoj. Li neniam ĉesis bedaŭri, ke Ezinma estas knabino. El ĉiuj liaj infanoj, nur ŝi komprenis ĉiun el liaj humoroj. Kunligis ilin ĉiam pli forta sento de simpatio, dum la jaroj pasis.

Ezinma kreskis dum la ekzilo de sia patro, kaj fariĝis unu el la plej belaj knabinoj en Mbanta. Oni nomis ŝin Kristalo de Beleco, same kiel oni nomis ŝian patrinon, kiam ŝi estis juna. La malsaniĝema infano, kiu tiom dolorigis la koron de sia patrino, transformiĝis, preskaŭ en unusola nokto, en sanan, vivoplenan junulinon. Verdire ŝi havis momentojn de deprimiĝo, kiam ŝi koleriĝis kontraŭ ĉiuj kiel furioza hundo. Tiaj humoroj trafis ŝin subite, kaj sen evidenta kialo. Sed ili estis maloftaj kaj daŭris mallonge. Dum ili daŭris, ŝi eltenis neniun krom sia patro.

Multaj junaj viroj kaj prosperaj mezaĝaj viroj de Mbanta venis proponi al ŝi geedziĝon. Sed ŝi rifuzis ĉiujn, ĉar iun vesperon ŝia patro vokis ŝin kaj diris: «Estas multaj bonaj kaj prosperaj homoj ĉi tie, sed mi estos feliĉa, se vi edziniĝos en Umuofia post nia reveno hejmen.»

Nur tion li diris. Sed Ezinma klare vidis la tutan pensadon kaj kaŝitan signifon malantaŭ tiuj malmultaj vortoj. Kaj ŝi konsentis.

«Via duonfratino, Obiageli, ne komprenos min», Okonkŭo diris. «Sed vi povos klarigi al ŝi.»

Kvankam ili estis preskaŭ samaĝaj, Ezinma havis fortan influon sur sian duonfratinon. Ŝi klarigis al ŝi, kial ili ankoraŭ ne edziniĝu, kaj ankaŭ tiu konsentis. Kaj tial ili ambaŭ rifuzis ĉiun proponon pri geedziĝo en Mbanta.

«Mi bedaŭras, ke ŝi ne estas knabo», Okonkŭo pensis en si mem. Ŝi komprenas aferojn tiel perfekte. Kiu alia inter liaj gefiloj kapablus tiel bone legi lian penson? Kun du belegaj plenkreskaj filinoj, lia reveno al Umuofia logos konsiderindan atenton. Liaj estontaj bofiloj estos viroj kun aŭtoritato en la klano. La malriĉaj kaj nekonataj ne aŭdacos proponi sin.

Umuofia efektive ŝanĝiĝis dum la sep jaroj, kiam Okonkŭo estis en ekzilo. La eklezio intertempe alvenis kaj miskondukis multajn homojn. Ne nur la duaranguloj kaj elpelitoj, sed foje ankaŭ respektinda homo membriĝis. Tia homo estis Ogbuefi Ugona, kiu jam akiris du titolojn, sed kiu, kiel frenezulo, tratondis la maleoloringon de siaj titoloj kaj forĵetis ĝin por aliĝi al la kristanoj. La blanka misiisto ege fieris pri li, kaj li estis inter la unuaj homoj en Umuofia, kiuj ricevis la sakramenton de la Sankta Komunio, aŭ «sankta festo», kiel oni nomis ĝin en la igba. Ogbuefi Ugona supozis, ke tiu festo estos okazo por manĝi kaj trinki, tamen pli sankta ol la kutimaj festoj en la vilaĝo. Tial, kiam li iris por ricevi la Komunion, li metis en sian kaprofelan sakon sian trinkokornon por la okazo.

Sed krom la eklezio, la blankuloj alportis ankaŭ registaron. Ili konstruis tribunalon, kie la Distrikta Komisiito juĝis kazojn senkomprene. Li havis kortumajn mesaĝistojn, kiuj kondukis al li homojn por procesado. Multaj el tiuj mesaĝistoj venis el Umuru sur la bordo de la Granda Rivero, kien venis la blankuloj antaŭ multaj jaroj, kaj kie ili konstruis la centron de siaj religio kaj komerco kaj registaro. Tiuj kortumaj mesaĝistoj estis ege malamataj en Umuofia, ĉar ili estis fremduloj kaj ankaŭ arogantaj kaj krome misuzis sian aŭtoritaton. Oni nomis ilin *kotma*, kaj pro siaj pantalonetoj de cindra koloro ili ricevis la kromnomon Cindrogluteoj. Ili gardis la malliberejon, kiu estis plena je homoj, kiuj ofendis kontraŭ la leĝoj de la blankuloj. Kelkaj el tiuj malliberuloj estis forĵetintaj siajn ĝemelojn, kaj kelkaj estis agresintaj kontraŭ la kristanoj. En la malliberejo ili estis batataj de la *kotma*, kaj oni devigis ilin labori ĉiumatene ordigante la korton kaj alportante lignon por la blanka Komisiito kaj la kortumaj mesaĝistoj. Inter tiuj malliberuloj estis viroj kun titoloj, kiuj devus esti super tiel malalta okupo. Ili estis ĉagrenitaj pro tia humiligo, kaj zorgoplenaj pro siaj neglektataj kultivejoj. Dum ili trançis la herbon matene, la pli junaj viroj kantis laŭ la takto de siaj maĉetofrapoj:

> «Kotma *kun la cindraj gluteoj,*
> *Li meritas esti sklavo.*
> *La blankulo estas tute stulta,*
> *Li meritas esti sklavo.*»

Tio ne plaĉis al la kortumaj mesaĝistoj, ke oni nomas ilin Cindrogluteoj, kaj ili batis la homojn. Sed la kanto disvastiĝis en Umuofia.

Okonkŭo klinis sian kapon malĝoje, kiam Obierika rakontis al li tiajn aferojn.

«Eble mi restis for tro longe», Okonkŭo diris, preskaŭ al si mem. «Sed mi ne komprenas tiujn aferojn, kiujn vi rakontas al mi. Kio okazis al nia popolo? Kial ili perdis la kapablon batali?»

«Ĉu vi ne aŭdis, kiel la blankuloj forviŝis Abame?» Obierika demandis.

«Mi ja aŭdis tion», Okonkŭo diris. «Sed mi ankaŭ aŭdis, ke la homoj de Abame estis malfortaj kaj malsaĝaj. Kial ili ne kontraŭbatalis? Ĉu mankis al ili pafiloj kaj maĉetoj? Ni estus senkuraĝuloj, se ni komparus nin kun la viroj de Abame. Iliaj patroj neniam kuraĝis stari kontraŭ niaj antaŭuloj. Ni devas batali kontraŭ tiuj homoj, kaj forpeli ilin de la lando.»

«Estas jam tro malfrue», Obierika diris malĝoje. «Niaj propraj viroj kaj niaj filoj aliĝis al la vicoj de la fremduloj. Ili aliĝis al ties religio, kaj ili helpas subteni ties registaron. Se ni provus elpeli la blankulojn, kiuj troviĝas en Umuofia, tio estus facila. Temas nur pri du homoj. Sed kio pri niaj propraj popolanoj, kiuj sekvas ilian vivomanieron kaj ricevis potencon? Ili irus al Umuru por alvoki la soldatojn, kaj ni finiĝus kiel Abame.» Li silentis dum longa tempo, kaj tiam diris: «Mi diris al vi dum mia lasta vizito al Mbanta, kiel ili pendumis Aneton.»

«Kio okazis pri tiu terpeco, kiun oni pridisputis?» Okonkŭo demandis.

«La kortumo de la blankuloj decidis, ke ĝi apartenu al la familio de Nnama, kiu donis multe da mono al la mesaĝistoj kaj interpretistoj de la blankuloj.»

«Ĉu la blankuloj komprenas nian kutimon pri tero?»

«Kiel tio eblas, kiam ili eĉ ne parolas nian lingvon? Sed ili diras, ke niaj kutimoj estas malbonaj, kaj ankaŭ niaj propraj fratoj, kiuj aliĝis al ties religio, diras ke niaj kutimoj estas malbonaj. Kiel laŭ vi ni povos batali, kiam niaj propraj fratoj turnis sin kontraŭ nin? La blankuloj estas tre lertaj. Ili venis trankvile kaj pace kun sia religio. Ilia stulteco amuzis nin, kaj ni permesis al ili resti. Nun ili venkis niajn fratojn, kaj nia klano ne plu povas agi unuece. Ili tratranĉis la aferojn, kiuj kuntenis nin, kaj ni disfalis.»

«Kiel ili sukcesis kapti Aneton por pendumi lin?» Okonkŭo demandis.

«Kiam li mortigis Oduĉe en la lukto pri tiu terpeco, li fuĝis al Aninta por eviti la koleron de la Tero. Tio okazis ĉirkaŭ ok tagojn post la lukto, ĉar Oduĉe ne tuj mortis pro siaj vundoj. Li mortis en la sepa tago. Sed ĉiuj sciis, ke li mortos, kaj Aneto kunmetis siajn posedaĵojn, pretigante sin por fuĝi. Sed la kristanoj jam diris al la blankuloj pri la okazaĵo, kaj tiuj sendis siajn *kotma* por kapti Aneton. Li estis malliberigita kun ĉiuj plej gravaj membroj de sia familio. Finfine Oduĉe mortis, kaj oni portis Aneton al Umuru kaj pendumis lin. La aliaj homoj estis liberigitaj, sed eĉ nun ili ankoraŭ ne trovis la buŝon, per kiu rakonti pri sia suferado.»

La du viroj sidis poste en silento dum longa tempo.

Ĉapitro 21

Estis multaj viroj kaj virinoj en Umuofia, kiuj ne havis tiel fortan opinion kiel Okonkŭo pri la nova tendenco. La blankuloj ja kunportis frenezan religion, sed ili ankaŭ konstruis vendejon, tiel ke palmoleo kaj palmokernoj la unuan fojon fariĝis valoraj komercaĵoj, kaj multe da mono alfluis al Umuofia.

Kaj eĉ rilate al la religio estis kreskanta sento, ke eble la afero tamen enhavas ian sencon, kiun oni preskaŭ povus nomi racio, meze de la tuta frenezo.

Tiu kreskanta sento ŝuldiĝis al s-ro Brown, la blanka misiisto, kiu tre firme retenis sian gregon, por ke ĝi ne provoku la koleron de la klano. Precipe unu ano de la grego estis tre malfacile retenebla. Lia nomo estis Ĥanoĥo, kaj lia patro estis la pastro de la serpentokulto. Cirkulis rakonto, ke Ĥanoĥo mortigis kaj manĝis la sanktan pitonon, kaj ke lia patro malbenis lin.

S-ro Brown predikis kontraŭ tia troa fervoro. Ĉio estas ebla, li diris al sia energia grego, sed ne nepre oportuna. Kaj tial eĉ en la klano s-ro Brown akiris respekton, ĉar li evitis treti sur ĝian kredon. Li amikiĝis kun kelkaj el la granduloj de la klano, kaj dum unu el liaj oftaj vizitoj al la najbaraj vilaĝoj, oni donacis al li ĉizitan elefantodentegon, kiu estis signo de digno kaj alta rango. Unu el la granduloj en tiu vilaĝo nomiĝis Akuna, kaj li donis unu el siaj filoj por ricevi instruojn pri la scioj de la blankuloj en la lernejo de s-ro Brown.

Kiam ajn s-ro Brown iris al tiu vilaĝo, li pasigis longajn horojn kun Akuna en lia *obi*, parolante pere de interpretisto pri religio. Neniu el la du sukcesis konverti la alian, sed ili lernis pli pri siaj malsamaj kredoj.

«Laŭ vi, estas unu supera Dio, kiu faris la ĉielon kaj la teron», Akuna diris, dum unu el la vizitoj de s-ro Brown. «Ankaŭ ni kredas je Li, kaj nomas Lin Ĉukŭu. Li faris la tutan mondon kaj la aliajn diojn.»

«Ne ekzistas aliaj dioj», s-ro Brown diris. «Ĉukŭu estas la sola Dio, kaj ĉiuj aliaj estas falsaj. Vi ĉizas lignopecon – kiel tiu» (li montris al la traboj, de kie pendis la ĉizita *Ikenga* de Akuna), «kaj vi nomas ĝin dio. Sed ĝi restas lignopeco.»

«Jes», Akuna diris. «Efektive ĝi estas lignopeco. Ĝi venis el arbo, kiu estis farita de Ĉukŭu, same kiel ĉiuj duarangaj dioj. Sed Li faris ilin por ke ili estu Liaj mesaĝistoj, tiel ke ni povu alproksimiĝi al Li pere de ili. Tio estas kiel vi mem. Vi estas la estro de via eklezio.»

«Ne», s-ro Brown protestis. «La estro de mia eklezio estas Dio mem.»

«Mi scias,» Akuna diris, «sed en ĉi tiu mondo devas esti estro inter la homoj. Iu kiel vi mem devas esti la estro ĉi tie.»

«La estro de mia eklezio laŭ tiu senco estas en Anglujo.»

«Ĝuste tion mi diras. La estro de via eklezio estas en via lando. Li sendis vin ĉi tien kiel sian mesaĝiston. Kaj ankaŭ vi komisiis viajn proprajn mesaĝistojn kaj servistojn. Sed mi prenu alian ekzemplon: la Distriktan Komisiiton. Li estas sendita de via reĝo.»

«Ili havas reĝinon», la interpretisto diris proprainiciate.

«Via reĝino sendas sian mesaĝiston, la Distriktan Komisiiton. Li trovas, ke li ne povas sola fari la tutan laboron, kaj tial li komisias *kotma* por helpi lin. Same estas pri Dio, aŭ Ĉukŭu. Li komisias la malpli grandajn diojn por helpi Lin, ĉar Lia laboro estas tro multa por unu homo.»

«Vi ne devus pensi pri Li kiel homo», s-ro Brown diris. «Ĝuste ĉar vi faras tion, vi imagas, ke Li bezonas helpantojn. Kaj la plej malbona afero pri tio estas, ke vi dediĉas vian tutan adoradon al la falsaj dioj, kiujn vi kreis.»

«Tio ne estas vera. Ni faras oferojn al la malĉefaj dioj, sed kiam ili malsukcesas, kaj mankas iu alia al kiu ni povas turni nin, ni iras al Ĉukŭu. Tio estas la ĝusta aliro. Ni aliras grandulon pere de ties servistoj. Sed kiam la servistoj ne sukcesas helpi nin, tiam ni iras al la lasta fonto de espero. Ŝajnas kvazaŭ ni donas pli da atento al la etaj dioj, sed ne estas tiel. Ni ĝenas ilin pli, ĉar ni timas ĝeni ilian Mastron. Niaj prapatroj sciis, ke Ĉukŭu estas la ĉefa dio, kaj tial multaj el ili donis al siaj infanoj la nomon Ĉukŭuka: ‹Ĉukŭu estas super ĉio›.»

«Interesan aferon vi diris», diris s-ro Brown. «Vi timas Ĉukŭu. En mia religio, Ĉukŭu estas amanta Patro, kaj tiuj, kiuj plenumas Lian volon, ne havas kialon por timi Lin.»

«Sed ni ja devas timi Lin, kiam ni ne plenumas Lian volon», Akuna diris. «Kaj kiu povas scii Lian volon? Ĝi estas tro granda, por ke oni sciu ĝin.»

Tiumaniere s-ro Brown multon lernis pri la religio de la klano, kaj li konkludis, ke rekta atako kontraŭ ĝi ne sukcesos. Do li konstruis lernejon kaj malgrandan malsanulejon en Umuofia. Li iris de unu familio al alia por peti la homojn, ke ili sendu siajn infanojn al lia lernejo. Komence ili sendis nur siajn sklavojn aŭ foje siajn pli maldiligentajn infanojn. S-ro Brown petegis kaj argumentis kaj profetis. Li diris, ke la estontaj gvidantoj de la lando estos viroj kaj virinoj, kiuj lernis legi kaj skribi. Se Umuofia ne sendos siajn infanojn al la lernejo, fremduloj venos el aliaj lokoj por regi ilin. Ili jam vidas, ke tio estas okazanta ĉe la Indiĝena Tribunalo, kie la Distrikta Komisiito estas ĉirkaŭata de fremduloj, kiuj parolas lian lingvon. La plejmulto el tiuj fremduloj venas de la malproksima urbo Umuru sur la bordo de la Granda Rivero, kien la blankuloj iris unue.

Finfine la argumentoj de s-ro Brown komencis efiki. Pli da homoj venis por lerni en lia lernejo, kaj li kuraĝigis ilin per donacoj de subĉemizoj kaj mantukoj. Ne ĉiuj el tiuj homoj, kiuj venis por lerni, estis junuloj. Kelkaj el ili aĝis tridek jarojn aŭ pli. Ili laboris en siaj kultivejoj matene, kaj iris posttagmeze al la lernejo. Kaj ne daŭris longe antaŭ ol la homoj komencis diri, ke la sorĉoj de la blankuloj funkcias rapide. La lernejo de s-ro Brown produktis rapidajn rezultojn. Sufiĉis kelkaj monatoj ĉe ĝi por ke oni fariĝu kortuma mesaĝisto, aŭ eĉ kortuma komizo. Tiuj, kiuj restis pli longe, fariĝis instruistoj; kaj de Umuofia laboristoj eliris en la vinberejon de la Sinjoro[12]. Novaj eklezioj estis fonditaj en la ĉirkaŭaj vilaĝoj, kaj kun ili ankaŭ kelkaj lernejoj. Tuj ekde la komenco, religio kaj edukado iris man-en-mane.

La misio de s-ro Brown kreskis kaj ĉiam plifortiĝis, kaj pro sia ligo kun la nova administracio ĝi gajnis socian prestiĝon. Sed la sano de s-ro Brown mem detruiĝis. Komence li ignoris la avertajn signojn. Sed finfine li devis forlasi sian gregon, malĝoja kaj rompita.

---

12 **La vinberejo de la Sinjoro.** Tiu esprimo ofte aperas en la Biblio kiel simbolo de kampo de spirita laboro. Foje ĝi aludas al la antikva regno Izraelo aŭ al la regno de Dio surtere.

Dum la unua pluvsezono post la reveno de Okonkŭo al Umuofia, s-ro Brown foriris al sia hejmlando. Tuj kiam li eksciis pri la reveno de Okonkŭo kvin monatojn pli frue, la misiisto iris viziti lin. Li estis ĵus sendinta la filon de Okonkŭo, Nŭoje, kiu nun nomiĝis Isaako, al la nova kolegio por trejnado de instruistoj en Umuru. Kaj li esperis, ke Okonkŭo estos tre feliĉa aŭdi tion. Sed Okonkŭo forpelis lin kun la minaco, ke se li denove eniros lian domaron, la postan fojon li ne kapablos eliri el ĝi sur la propraj piedoj.

La reveno de Okonkŭo al sia patrolando ne estis tiel memorinda, kiel li deziris. Efektive okazis, ke liaj du belaj filinoj vekis grandan intereson inter aspirantoj, kaj baldaŭ ekestis negocoj pri geedziĝo, sed krom tio ŝajnis, ke Umuofia ne aparte rimarkas la revenon de la militisto. La klano tiel profunde ŝanĝiĝis dum lia ekzilo, ke ĝi estis apenaŭ plu rekonebla. La novaj religio kaj registaro kaj la vendejoj multe okupis la okulojn kaj mensojn de la homoj. Restis ankoraŭ multaj homoj, kiuj rigardis tiujn novajn instituciojn kiel fiaĵojn, sed eĉ ili apenaŭ parolis kaj pensis pri aliaj aferoj, kaj certe ne pri la reveno de Okonkŭo.

Kaj krome, estis la malĝusta jaro. Se Okonkŭo estus povinta tuj inici siajn du filojn en la societon *ozo*, kiel li planis, tio efektive kaptus la atenton de la homoj. Sed la inican riton oni celebris nur ĉiun trian jaron en Umuofia, kaj li devos atendi preskaŭ du jarojn por la venonta okazo.

Okonkŭo estis profunde ĉagrenita. Kaj temis ne nur pri persona ĉagreno. Li funebris pro la klano, kiun li vidis dividiĝi kaj disrompiĝi, kaj li funebris la militemajn virojn de Umuofia, kiuj tiel senklarige fariĝis molaj kiel virinoj.

Ĉapitro 22

Postsekvis s-ron Brown la pastro James Smith[13], kaj li estis tute alispeca homo. Li senhezite kritikis la politikon de s-ro Brown pri kompromiso kaj interkonsentado. Por li, aferoj estis aŭ nigraj aŭ blankaj. Kaj nigro estis malbona. Li vidis la mondon kiel batal-kampon, en kiu la idoj de la lumo estas kaptitaj en ĝismorta lukto kontraŭ la filoj de mallumo. Li parolis en siaj predikoj pri ŝafoj kaj kaproj, kaj pri tritiko kaj lolo[14]. Li kredis, ke necesas mortigi la profetojn de Baalo[15].

S-ro Smith estis tre ĉagrenita de la manko de scioj, kiun multaj el liaj kongregacianoj montris eĉ rilate al tiaj aferoj kiel la Triunuo kaj la sanktaj ritoj. Tio montris nur, ke ili estas semoj ĵetitaj sur ŝtonan grundon. S-ro Brown pensis nur pri la nombroj. Li estus devinta scii, ke la regno de Dio ne dependas de grandaj amasoj. Nia Sinjoro mem emfazis la gravecon de malgrandaj nombroj.

---

13 **James Smith.** Proksimuma prononco: ĝejmz smif.

14 **Ŝafoj kaj kaproj, tritiko kaj lolo.** Temas pri citaĵoj el la Nova Testamento (Evangelio de Mateo, 25:32 kaj 13:30), rilate al la neceso apartigi la bonon de la malbono. Lolo estas speco de trudherbo, kiu ofte kreskas en grenkampoj.

15 **La profetoj de Baalo.** Citaĵo el la Malnova Testamento (1 Reĝoj 18). Baalo estas konsiderata falsa dio, kies profetoj turnas la popolon for de la vera Dio.

Malvasta estas la vojo, kaj malmultaj ĝin trovas[16]. Plenigi la sanktan templon de la Sinjoro per idoladora homamaso estis malsaĝa ago kun daŭra sekvo. Nia Sinjoro uzis vipon nur unu fojon en Sia vivo: por peli la homamason for de Sia preĝejo.

Nur kelkajn semajnojn post sia alveno en Umuofia, s-ro Smith provizore forsendis el la kongregacio junan virinon, kiu verŝis novan vinon en malnovajn botelojn. Tiu virino permesis al sia pagana edzo mistranĉi la korpon de ŝia mortinta infano. La infanon oni deklaris *ogbanje*, ĉar ĝi turmentis sian patrinon per tio, ke ĝi mortis kaj reeniris ŝian uteron por renaskiĝi. Kvar fojojn la infano ripetis tiun malican ciklon. Kaj tial oni tranĉaĉis ĝin por malkuraĝigi ĝin reveni.

S-ro Smith furioziĝis, kiam li aŭdis pri tio. Li rifuzis kredi la rakonton, kiun eĉ kelkaj el la plej fidelaj konfirmis: la rakonton pri vere malicaj infanoj, kiuj ne estis timigataj de la mistranĉado, sed revenis kun la cikatroj. Li respondis, ke tiajn rakontojn disvastigas tra la mondo la Diablo, por erarigi la homojn. Tiuj, kiuj kredas je tiaj rakontoj, ne meritas manĝi ĉe la tablo de la Sinjoro.

Estis diraĵo en Umuofia, ke kiel homo dancas, tiel oni batas la tamburojn por li. S-ro Smith dancis laŭ furioza paŝo, kaj tial la tamburoj freneziĝis. La tro entuziasmaj konvertitoj, kiuj ĝemis sub la retenema mano de s-ro Brown, nun floris en plena favoro. Unu el tiuj estis Ĥanoĥo, la filo de la serpento-pastro, kiu laŭdire mortigis kaj manĝis la sanktan pitonon. La sindediĉo de Ĥanoĥo al la nova kredo ŝajnis tiom pli forta ol tiu de s-ro Brown, ke la vilaĝanoj nomis lin La Eksterulo, kiu ĉe funebra ceremonio ploris pli laŭte ol la parencoj.

---

16 **Malvasta estas la vojo.** Citaĵo el la Evangelio de Mateo (7:14).

Ĥanoĥo estis etstatura homo, kiu ŝajnis ĉiam en granda hasto. Liaj piedoj estis mallongaj kaj larĝaj, kaj kiam li staris aŭ paŝis, liaj kalkanoj renkontiĝis dum liaj piedoj direktiĝis eksteren, kvazaŭ ili kverelis kaj volas iri en malsamaj direktoj. Tiom estis la troa energio enboteligita en la malgranda korpo de Ĥanoĥo, ke ĝi konstante erupcíis en kverelojn kaj luktojn. Dimanĉe li ĉiam imagis, ke la celo de la prediko estas instrui al liaj malamikoj. Kaj se li hazarde sidis apud unu el ili, li de tempo al tempo turniĝis, kvazaŭ por diri: «Ĉu mi ne avertis vin?» Ĥanoĥo estis tiu, kiu ekflamigis en Umuofia la grandan konflikton inter la eklezio kaj la klano, kiu koviĝis de kiam foriris s-ro Brown.

Tio okazis dum la ĉiujara ceremonio, kiun oni observis honore al la Terdiino. En tiaj momentoj la antaŭuloj de la klano, kiuj estis konfiditaj al la Patrina Tero kiam ili mortis, reaperis kiel *egwugwu* tra tute etaj formikotruoj.

Unu el la plej grandaj krimoj, kiujn homo povus fari, estis publike senmaskigi *egwugwu*, aŭ diri aŭ fari ion ajn, kiu povus malpliigi ĝian senmortan prestiĝon en la okuloj de la neinicitoj. Kaj ĝuste tion faris Ĥanoĥo.

La ĉiujara adorado de la Terdiino okazis en dimanĉo, kaj la maskitaj spiritoj vagis. Tial irinte al la preĝejo, la kristaninoj ne povis reveni hejmen. Iuj el iliaj viroj eliris por peti al la *egwugwu* retiriĝi dum mallonga tempo, por permesi al la virinoj pasi. Ili konsentis, kaj jam komencis retiriĝi, kiam Ĥanoĥo laŭte fanfaronis, ke ili ne kuraĝos tuŝi kristanon. Tuj ili ĉiuj revenis, kaj unu el ili donis al Ĥanoĥo fortan frapon per la bastono, kiun ĝi ĉiam portis. Ĥanoĥo ĵetis sin kontraŭ lin kaj forŝiris lian maskon. La aliaj *egwugwu* tuj ĉirkaŭis sian malsanktigitan kunulon, por ŝirmi lin de la profanaj okuloj de virinoj kaj infanoj, kaj forkondukis lin. Ĥanoĥo per tiu ago mortigis antaŭulan spiriton, kaj Umuofia estis ĵetita en konfuzon.

Tiunokte la Patrino de la Spiritoj paŝis tra la klano, de unu ekstremo al la alia, priplorante sian murditan filon. Tiu estis terura nokto. Eĉ ne la plej maljuna homo en Umuofia iam ajn aŭdis tiel strangan kaj timigan sonon, neniam plu aŭdotan. Ŝajnis kvazaŭ la animo mem de la tribo ploras pro grandega malbono alvenonta: la propra morto.

La postan tagon ĉiuj maskitaj *egwugwu* de Umuofia kolektiĝis en la bazarplaco. Ili venis de ĉiuj kvartaloj de la klano, kaj eĉ de la najbaraj vilaĝoj. La timiga Otakagu venis de Imo, kaj Ekŭensu kun pendanta blanka virkoko alvenis de Uli. Tio estis terura kunveniĝo. La minacaj voĉoj de sennombraj spiritoj, la sonoriloj kiuj klakadis malantaŭ kelkaj el ili, kaj la kunfrapiĝo de maĉetoj dum ili kuris antaŭen-malantaŭen kaj salutis unu la alian, tremigis ĉies korojn. La unuan fojon en la memoro de vivantaj homoj, la sankta muĝilo aŭdiĝis eĉ dumtage.

De la bazarplaco la furioza bando celis la domaron de Ĥanoĥo. Kelkaj pliaĝuloj de la klano akompanis ilin, protektate de potencaj sorĉoj kaj amuletoj. Tiuj estis viroj kun fortaj manoj pri *ogwu* aŭ sorĉoj. Intertempe la ordinaraj viroj kaj virinoj aŭskultis en la sekureco de siaj kabanoj.

La gvidantoj de la kristanoj jam renkontiĝis la antaŭan vesperon ĉe la pastrejo de s-ro Smith. Dum ili diskutis, ili aŭdis la Patrinon de Spiritoj, kiu vekriis pro sia filo. La korfrostiga sono efikis sur s-ron Smith, kaj la unuan fojon li ŝajnis timi.

«Kion ili planas fari?» li demandis. Neniu sciis, ĉar tia afero neniam okazis antaŭe. S-ro Smith volis alvoki la Distriktan Komisiiton kaj liajn kortumajn mesaĝistojn, sed ili ĵus ekiris la antaŭan tagon al ofica rondveturado.

«Unu afero estas klara», s-ro Smith diris. «Ni ne povas fronti ilin per fizika rezistado. Nia forto troviĝas en la Sinjoro.» Ili genuiĝis kune kaj preĝis al Dio, ke Li savu ilin.

«Ho Sinjoro, savu Vian popolon», s-ro Smith kriis.

«Kaj benu Vian heredon», la viroj respondis.

Ili decidis, ke Ĥanoĥo kaŝiĝu en la pastrejo dum unu-du tagoj. Ĥanoĥo mem tre seniluziiĝis, kiam li aŭdis tion, ĉar li esperis, ke sankta milito tuj komenciĝos; kaj kelkaj el la aliaj kristanoj pensis same. Sed saĝeco venkis en la tendaro de la fideluloj, kaj tiel multaj vivoj saviĝis.

La bando de *egwugwu* moviĝis kiel fuzioza uragano al la domaro de Ĥanoĥo, kaj per maĉetoj kaj fajro reduktis ĝin al senviva rubamaso. Kaj de tie ili pluiris al la preĝejo, ebriigitaj de detruemo.

S-ro Smith estis en sia preĝejo, kiam li aŭdis la alproksimiĝon de la maskitaj spiritoj. Li paŝis kviete al la pordo, de kie eblis vidi la vojon kondukantan al la preĝeja korto, kaj staris tie. Sed kiam la unuaj tri-kvar *egwugwu* aperis en la korto, li preskaŭ fuĝis en paniko. Li superis tiun impulson, kaj anstataŭ forkuri li paŝis malsupren laŭ la du ŝtupoj antaŭ la preĝejo, kaj marŝis renkonte al la alvenantaj spiritoj.

Kiel granda ondo ili puŝiĝis antaŭen, faligante longan sekcion de la bambua barilo ĉirkaŭ la preĝeja korto. Misharmoniaj sonoriloj tintaĉis, maĉetoj frapiĝis, kaj la aeron plenigis polvo kaj barbaraj sonoj. S-ro Smith aŭdis paŝojn malantaŭ sia dorso. Li turniĝis kaj vidis Okeke, sian interpretiston. Okeke ne estis en la plej bona rilato kun sia mastro, de kiam li forte kondamnis la konduton de Ĥanoĥo dum la kunveno de la eklezievstroj la antaŭan nokton. Okeke eĉ permesis al si diri, ke oni ne kaŝu Ĥanoĥon en la pastrejo, ĉar tiel li altiros la koleron de la klano sur la pastron. S-ro Smith riproĉis lin per tre fortaj vortoj, kaj en la mateno ne petis lian konsilon. Sed nun, kiam Okeke alproksimiĝis kaj staris apud li por alfronti la kolerajn spiritojn, s-ro Smith alrigardis lin kaj ridetis.

Temis pri malfirma rideto, sed ĝi esprimis profundan dankon.

Momentete la alsturmo de la *egwugwu* ŝanceliĝis antaŭ la neatendita trankvilo de la du viroj. Sed tio estis nur momenta ŝanceliĝo, kiel la streĉa silento inter du tondrokrakoj. La dua alsturmo estis pli forta ol la unua. Ĝi englutis la du virojn. Tiam leviĝis rekonebla voĉo super la tumulto, kaj falis tuja silento. Oni faris spacon ĉirkaŭ la du viroj, kaj Aĝofia ekparolis.

Aĝofia estis la estranta *egwugwu* de Umuofia. Li estis la ĉefo kaj reprezentanto de la naŭ prauloj, kiuj adminstris justecon en la klano. Lia voĉo estis facile rekonebla, kaj tiel li povis tuj pacigi la perturbatajn spiritojn. Poste li alparolis s-ron Smith, kaj dum li parolis, nuboj de fumo leviĝis de lia kapo.

«Korpo de la blankulo, mi salutas vin», li diris, uzante la lingvaĵon per kiu la senmortuloj parolis al homoj.

«Korpo de la blankulo, ĉu vi konas min?» li demandis.

S-ro Smith turnis siajn okulojn al sia interpretisto, sed ankaŭ Okeke, kiu devenis de malproksima Umuru, estis konfuzita.

Aĝofia ridis per sia gorĝa voĉo. Tio sonis kiel la rido de rusta metalo. «Ili estas fremduloj,» li diris, «kaj ili estas sensciaj. Sed ni preterlasu tion.» Li ŝovis sian knarantan lancon en la teron, kaj ĝi skuiĝis per metaleca vivo. Poste li denove turnis sin al la misiisto kaj ties interpretisto.

«Diru al la blankulo, ke ni ne misfaros al li», li diris al la interpretisto. «Diru al li, ke li reiru al sia domo kaj ne ĝenu nin. Ni ŝatis lian fraton, kiu estis pli frue ĉe ni. Li estis stulteta, sed ni ŝatis lin, kaj respektante lin, ni ne vundos lian fraton. Sed ĉi tiu sanktejo konstruita de li devas esti detruita. Ni ne plu permesos al ĝi resti inter ni. Ĝi bredis nepriskribeblajn abomenaĵojn, kaj ni venas por fari al ĝi finon.» Li turnis sin al siaj kunuloj: «Patroj de Umuofia, mi salutas vin», kaj ĉiuj respondis per gorĝa voĉo. Li denove turnis sin al la misiisto. «Vi rajtas resti ĉe ni, se vi ŝatas nian vivon. Vi rajtas adori vian propran dion. Estas bone, ke homo adoru la diojn kaj la spiritojn de siaj prapatroj. Reiru al via domo, por ke vi ne vundiĝu. Nia kolero estas grandega, sed ni subpremas ĝin por povi paroli al vi.»

S-ro Smith diris al sia interpretisto: «Diru al ili, ke ili foriru de ĉi tie. Ĉi tiu estas la domo de Dio, kaj mi preferus morti ol vidi ĝin malsanktigita.»

Saĝe Okeke interpretis al la spiritoj kaj gvidantoj de Umuofia: «La blankulo diras, ke li estas kontenta, ke vi venis al li kun viaj plendoj, kiel amikoj. Li estos kontenta, se vi lasos la aferon en liaj manoj.»

«Ni ne povas lasi la aferon en liaj manoj, ĉar li ne komprenas niaj kutimojn, same kiel ni ne komprenas liajn. Ni opinias, ke li estas malsaĝa, ĉar li ne konas niajn morojn, kaj eble li opinias, ke ni estas malsaĝaj, ĉar ni ne konas liajn. Li foriru.»

S-ro Smith ne cedis. Sed li ne povis savi sian preĝejon. Kiam la *egwugwu* foriris, restis de la preĝejo el ruĝa argilo konstruita de s-ro Brown nur amaso da tero kaj cindro. Kaj provizore la spirito de la klano estis pacigita.

Ĉapitro 23

La unuan fojon de multaj jaroj, Okonkŭo sentis emocion, kiu pres-
kaŭ similis al feliĉo. Ŝajnis kvazaŭ la malnovaj tempoj, kiuj tiom
senklarige ŝanĝiĝis dum lia ekzilo, revenas. Ŝajnis kvazaŭ la klano,
kiu perfidis lin, komencas kompensi tion.

Kiam liaj klananoj renkontiĝis en la bazarplaco, li instigis ilin
per fajraj vortoj. Kaj ili aŭskultis lin kun respekto. Tio denove similis
al la bonaj malnovaj tempoj, kiam militisto estis militisto. Kvan-
kam ili ne konsentis mortigi la misiiston aŭ forpeli la kristanojn,
ili ja konsentis fari ion konkretan. Kaj tion ili faris. Okonkŭo finfine
estis preskaŭ feliĉa.

Dum du tagoj post la detruo de la preĝejo, nenio okazis. Ĉiu viro en
Umuofia kunportadis ĉiam pafilon aŭ maĉeton. Ili ne intencis, ke
oni trafu ilin senaverte, kiel okazis al la viroj de Abame.

Tiam la Distrikta Komisiito revenis de sia rondveturado. S-ro
Smith tuj iris al li, kaj ili longe diskutis inter si. La umuofiaj viroj ne
atentis pri tio, aŭ ĉiuokaze ili supozis, ke tio ne gravas. La misiisto
ofte iris paroli kun sia blanka frato. En tio estis nenio stranga.

Tri tagojn poste la Distrikta Komisiito sendis sian dolĉlangan mesaĝiston al la gvidantoj de Umuofia por peti ilin renkonti lin en lia sidejo. Ankaŭ tio ne estis stranga. Li ofte invitis ilin al tiaj «babiladoj», kiel li nomis ilin. Okonkŭo estis inter la ses gvidantoj, kiujn li invitis.

Okonkŭo avertis la aliajn, ke ili iru plene armitaj. «Viro de Umuofia ne malakceptas alvokon», li diris. «Eventuale li rifuzas fari tion, kion oni petas; li ne rifuzas, ke oni faru la peton. Sed la tempoj ŝanĝiĝis, kaj ni devas esti plene preparitaj.»

Tial la ses viroj iris viziti la Distriktan Komisiiton, armitaj per siaj maĉetoj. Ili ne portis pafilojn, ĉar tio estus nekonvena. Oni kondukis ilin en la kortumejon, kie sidis la Distrikta Komisiito. Li akceptis ilin ĝentile. Ili demetis siajn kaprofelajn sakojn kaj siajn eningajn maĉetojn, metis ilin sur la plankon, kaj sidiĝis.

«Mi petis vin veni» la Komisiito ekklarigis, «pro tio, kio okazis dum mia malĉeesto. Oni rakontis al mi kelkajn aferojn, sed mi ne kredos ilin, ĝis mi aŭdos ankaŭ vian flankon. Ni diskutu pri tio kiel amikoj, kaj ni trovu manieron por certigi, ke tio ne okazu denove.»

Ogbuefi Ekŭueme ekstaris, kaj komencis rakonti pri tio, kio okazis.

«Momenton», la Komisiito diris. «Mi volas alvoki miajn homojn, por ke ankaŭ ili aŭdu viajn plendojn kaj estu avertitaj. Multaj el ili venas el malproksimaj lokoj, kaj kvankam ili parolas vian lingvon, ili scias nenion pri viaj kutimoj. James[17]! Iru venigi la homojn.» Lia interpretisto eliris el la ĉambro kaj baldaŭ revenis kun dek du viroj. Ili sidis kune kun la viroj de Umuofia, kaj Ogbuefi Ekŭueme denove komencis rakonti, kiel Ĥanoĥo murdis unu el la *egwugwu*.

---

17 **James.** Proksimuma prononco: ĝejmz.

La afero okazis tiel rapide, ke la ses viroj ne antaŭvidis ĝin. Estis nur mallonga lukto, tro mallonga eĉ por permesi, ke ili elingigu siajn maĉetojn. La ses viroj estis mankatenitaj kaj kondukitaj en la gardejon.

«Ni ne misfaros al vi,» la Distrikta Komisiito diris al ili pli malfrue, «se vi nur konsentos kunlabori kun ni. Ni alportis al vi kaj via popolo pacaman administracion, por ke vi estu feliĉaj. Se iu ajn homo mistraktos vin, ni venos savi vin. Sed ni ne permesos, ke vi mistraktu aliajn. Ni havas kortumon, kie ni juĝas procesojn kaj administras justecon, same kiel oni faras en mia lando sub granda reĝino. Mi venigis vin ĉi tien, ĉar vi kuniĝis por atenci aliajn, por bruligi la domojn de aliaj homoj kaj ilian sanktejon. Tio ne devas okazi en la regno de nia reĝino, la plej potenca reganto en la mondo. Mi decidis, ke vi pagu monpunon de ducent sakoj da monkonkoj. Vi estos liberigitaj tuj kiam vi konsentos pri tio, kaj promesos kolekti tiun monpunon de via popolo. Kion vi diras pri tio?»

La ses viroj restis koleraj kaj silentaj, kaj la Komisiito forlasis ilin dum iom da tempo. Elirinte el la gardejo, li diris al la kortumaj mesaĝistoj, ke ili traktu la homojn kun plena respekto, ĉar ili estas la estroj de Umuofia. Ili diris: «Jes, sinjoro», kaj salutis.

Tuj kiam la Distrikta Komisiito foriris, la ĉefa mesaĝisto, kiu estis ankaŭ la barbiro de la malliberejo, prenis sian razilon kaj forrazis ĉiujn harojn de la kapoj de la ses homoj. Ili estis ankoraŭ en mankatenoj, kaj ili simple sidadis kaj malĝojis.

«Kiu inter vi estas la ĉefo?» la kortuma mesaĝisto demandis ŝerce. «Ni vidas, ke ĉiu malriĉulo en Umuofia portas ĉirkaŭ sia maleolo la ringon de iu titolo. Ĉu tio kostas eĉ dek monkonkojn?»

La ses viroj manĝis nenion dum tiu tago kaj la posta. Oni eĉ ne donis al ili akvon por trinki, kaj ili ne povis eliri por urini aŭ por iri en la veprejon, kiam ili sentis bezonon. Nokte la mesaĝistoj venis por moki ilin kaj por kunfrapigi iliajn razitajn kapojn.

Eĉ kiam la homoj restis solaj, ili trovis neniujn vortojn por interparoli. Nur en la tria tago, kiam ili ne plu povis elteni la malsaton kaj la insultojn, ili komencis paroli pri cedo.

«Ni estus devintaj mortigi la blankulon, se vi estus aŭskultintaj min», Okonkŭo grincis.

«Ni povus troviĝi nun en Umuru, atendante, ke oni pendumos nin», unu el la aliaj diris al li.

«Kiu volas mortigi la blankulon?» demandis mesaĝisto, kiu ĵus enkuris. Neniu respondis.

«Ne sufiĉas al vi via krimo, sed krome vi volas mortigi la blankulon.» Li portis fortan bastonon, kaj li batis ĉiun el ili per kelkaj frapoj sur la kapo kaj dorso. Okonkŭo sufokiĝis pro malamo.

Tuj kiam la ses viroj estis enŝlositaj, kortumaj mesaĝistoj iris en Umuofian por diri al la popolo, ke oni ne liberigos iliajn estrojn, ĝis ili pagos monpunon de ducent kvindek sakoj da monkonkoj.

«Krom se vi tuj pagos la monpunon», diris ilia ĉefo, «ni kondukos viajn estrojn al Umuru antaŭ la grandan blankulon, kaj pendumos ilin.»

Tiu rakonto rapide diskuris tra la vilaĝoj, ricevante aldonojn survoje. Iuj diris, ke oni jam kondukis la virojn al Umuru, kaj ke oni pendumos ilin la postan tagon. Iuj diris, ke ankaŭ iliaj familianoj estos pendumitaj. Aliaj diris, ke soldatoj estas jam venantaj por mortpafi la popolon de Umuofia, same kiel oni faris en Abame.

Estis la nokto de la plenluno. Sed tiunokte oni ne aŭdis la voĉojn de infanoj. La vilaĝa *ilo*, kie ili ĉiam kuniĝis por ludi sub la luno, estis malplena. La virinoj de Iguedo ne renkontiĝis en sia sekreta ejo por lerni novan dancon, kiun ili prezentos poste al la vilaĝanoj. Junuloj, kiuj ĉiam vagadis en la lunlumo, restis tiunokte en siaj kabanoj. Iliaj virecaj voĉoj ne aŭdiĝis sur la vojetoj de la vilaĝo, dum ili iris viziti siajn amikojn kaj amatinojn. Umuofia similis al timigita besto kun levitaj oreloj, kiu enflaras la silentan, minacan aeron, ne sciante, en kiun direkton fuĝi.

La silenton rompis la vilaĝa anoncisto, kiu batis sian sonoran *ogene*. Li alvokis ĉiun viron en Umuofia, de la aĝ-grupo Akakanma[18] supren, al kunveno en la bazarplaco post la matena manĝo. Li iris de unu fino de la vilaĝo al la alia, kaj marŝis laŭ ĝia tuta larĝo. Li maltrafis neniun el la ĉefaj vojoj.

La domaro de Okonkŭo ŝajnis kvazaŭ forlasita. Estis kvazaŭ oni verŝis sur ĝin malvarman akvon. Lia tuta familio estis tie, sed ĉiuj parolis nur flustre. Lia filino Ezinma estis interrompinta sian dudekok-tagan viziton al la familio de sia estonta edzo kaj revenis hejmen, kiam ŝi aŭdis, ke ŝia patro estas malliberigita kaj pendumota. Tuj kiam ŝi revenis hejmen, ŝi iris al Obierika por demandi, kion la viroj de Umuofia intencas fari pri la afero. Sed Obierika ne estis hejme ekde tiu mateno. Liaj edzinoj pensis, ke li iris al sekreta renkontiĝo. Ezinma estis kontenta, ke oni okupiĝas pri la afero.

La matenon post la alvoko de la vilaĝa anoncisto, la viroj de Umuofia renkontiĝis en la bazarplaco kaj decidis senprokraste kolekti ducent kvindek sakojn da monkonkoj por kvietigi la blankulojn. Ili ne sciis, ke kvindek sakoj iros al la kortumaj mesaĝistoj, kiuj plialtigis la monpunon tiucele.

---

18 **La aĝ-grupo Akakanma.** En multaj afrikaj kulturoj, la homoj de proksimume la sama aĝo konsistigas aĝ-grupon, kiu povas esti nomita laŭ la nomo de unu el la membroj. Do verŝajne Akakanma estas la nomo de grupestro.

Ĉapitro 24

Okonkŭo kaj liaj kunuloj estis liberigitaj, tuj kiam la monpuno estis pagita. La Distrikta Komisiito parolis al ili denove pri la granda reĝino, kaj pri paco kaj bona regado. Sed la viroj ne aŭskultis. Ili nur senvorte rigardis lin kaj lian interpretiston. Finfine ili rericevis siajn sakojn kaj eningitajn maĉetojn, kun la admono reiri hejmen. Ili leviĝis kaj eliris el la kortumejo. Ili parolis al neniu, nek inter si.

La kortumejo, same kiel la preĝejo, estis konstruita iomete ekster la vilaĝo. La vojeto inter la du konstruaĵoj estis tre homplena, ĉar preterpasinte la kortumon ĝi kondukis ankaŭ al la rivereto. Ĝi estis larĝa kaj sableca. Vojoj normale estis larĝaj kaj sablecaj dum la seksezono. Sed kiam venis la pluvoj, la veprejo dense kreskis ĉe ambaŭ flankoj kaj mallarĝigis la vojon. Estis nun la seksezono.

Sekvante la vojon al la vilaĝo, la ses viroj renkontis virinojn kaj infanojn, kiuj iris al la rivereto kun siaj akvopotoj. Sed la mienoj de la viroj estis tiel pezaj kaj timigaj, ke la virinoj kaj infanoj ne salutis ilin per «nno», «bonvenon», sed moviĝis flanken por lasi ilin pasi. En la vilaĝo etaj grupoj de viroj aliĝis al ili, ĝis formiĝis sufiĉe granda kunularo. Ili marŝis silente. Kiam ĉiu el la ses viroj atingis sian propran domaron, li eniris, kunportante parton de la homamaso. La vilaĝo agitiĝis, en silenta, subpremata maniero.

Ezinma jam pretigis manĝaĵojn por sia patro, tuj kiam disvastiĝis la novaĵo, ke la ses homoj estos liberigitaj. Ŝi portis ĝin al li en lia *obi*. Li manĝis distrate. Li ne havis apetiton; li manĝis nur por plaĉi al ŝi. Liaj viraj parencoj kaj amikoj kolektiĝis en lia *obi*, kaj Obierika instigis lin manĝi. Neniu alia parolis, sed ili rimarkis la longajn striojn sur la dorso de Okonkŭo, kie la vipo de la mallibereja gardisto lasis tranĉospurojn en lia karno.

La vilaĝa anoncisto denove vagis dum la nokto. Li batis sian feran gongon kaj anoncis, ke matene okazos nova kunsido. Ĉiuj sciis, ke finfine Umuofia esprimos sian opinion pri la aferoj, kiuj okazadas.

Okonkŭo dormis tre malmulte tiunokte. La amareco en lia koro nun estis miksita kun preskaŭ infaneca sento de ekscitiĝo. Antaŭ ol enlitiĝi, li tiris malsupren sian militan veston, kiun post sia reveno de la ekzilo li ankoraŭ ne tuŝis. Li skuis sian jupon el fumgriza rafio kaj kontrolis sian kapveston el altaj plumoj kaj sian ŝildon. Ili ĉiuj estis en ordo, laŭ li.

Kuŝante sur sia bambua lito, li pensis pri la traktado, kiun li ricevis en la kortumo de la blankuloj, kaj li ĵuris venĝon. Se Umuofia decidos pri milito, ĉio estos en ordo. Sed se oni elektos konduti kiel malkuraĝuloj, li venĝos sin mem. Li pensis pri militoj en la pasinteco. La plej nobla, laŭ li, estis la milito kontraŭ Isike. Tiutempe ankoraŭ vivis Okudo. Okudo deklamis militkanton laŭ maniero, kiun neniu alia kapablis fari. Li ne estis batalanto, sed per sia voĉo li transformis ĉiujn virojn en leonojn.

«Ne plu ekzistas bravuloj», Okonkŭo vespiris, memorante tiujn tempojn. «Isike neniam forgesos, kiel ni buĉis ilin en tiu milito. Ni mortigis dek du el iliaj viroj, kaj ili mortigis nur du el la niaj. Antaŭ la fino de la kvara bazarsemajno, ili jam traktis pri la paco. En tiuj tempoj, viroj estis viroj.»

Dum li pripensis tiajn aferojn, li aŭdis la malproksiman sonon de la fera gongo. Li aŭskultis atente, kaj li sukcesis percepti la voĉon de la anoncisto. Sed ĝi estis tre mallaŭta. Li turniĝis sur sia lito, kaj lia dorso doloris lin. Li grincis per la dentoj. La anoncisto pli kaj pli alproksimiĝis, ĝis li preterpasis la domaron de Okonkŭo.

«La plej granda obstaklo en Umuofia» Okonkŭo pensis amare, «estas tiu malkuraĝulo, Egonŭane. Lia dolĉa lango povas ŝanĝi fajron en malvarman cindron. Kiam li parolas, li forrabas al niaj viroj ĉian potencon. Se ili ne estus atentintaj lian virinecan saĝon antaŭ kvin jaroj, ni ne troviĝus en la nuna situacio.» Li grincigis siajn dentojn. «Morgaŭ li diros al ili, ke niaj patroj neniam batalis en ‹kulpa milito›. Se ili aŭskultos lin, mi forlasos ilin kaj planos kiel mem venĝi min.»

La voĉo de la anoncisto apenaŭ plu estis aŭdebla, kaj la distanco moligis la akran sonon de lia fera gongo. Okonkŭo turniĝis de unu flanko al la alia, kaj la doloro, kiun li sentis en sia dorso, donis al li preskaŭ ian plezuron. «Se Egonŭane parolos morgaŭ pri ‹kulpa milito›, mi montros al li miajn dorson kaj kapon.» Li grincigis siajn dentojn.

La bazarplaco komencis pleniĝi, tuj kiam la suno leviĝis. Obierika jam atendis en sia *obi*, kiam Okonkŭo alvenis kaj vokis lin. Li pendigis de sia ŝultro sian kaprofelan sakon kaj sian eningitan maĉeton, kaj eliris por marŝi kun li. La kabano de Obierika estis proksima al la vojo, kaj li vidis ĉiun viron, kiu preteriris survoje al la bazarplaco. Li jam pli frue interŝanĝis salutojn kun multaj homoj, kiuj preterpasis tiun matenon.

Kiam Okonkŭo kaj Obierika alvenis ĉe la kunvenejo, jam troviĝis tie tiom da homoj, ke se oni ĵetus supren sableron, ĝi ne retrovus sian vojon al la tero. Kaj multe pli da homoj ankoraŭ alvenadis el ĉiuj kvartaloj de la naŭ vilaĝoj. Tio varmigis la koron de Okonkŭo, vidi la forton de tiel granda homamaso. Sed li aparte serĉis unu homon: la homon, kies langon li tiom timis kaj malestimis.

«Ĉu vi vidas lin?» li demandis Obierikan.

«Kiun?»

«Egonŭane», li diris, dum liaj okuloj vagis de unu angulo de la vasta bazarplaco al la alia. La plejmulto de la viroj sidis sur kaprofeloj surgrunde. Kelkaj el ili sidis sur kunportitaj lignaj taburetoj.

«Ne», Obierika diris, dum liaj okuloj esploris la homamason. «Jes, jen li, sub la kapok-arbo. Ĉu vi timas, ke li konvinkos nin ne batali?»

«Ĉu mi timas? Mi tute ne zorgas, kion li faros al *vi*. Mi malestimas lin kaj tiujn, kiuj aŭskultas lin. Mi batalos sola, se tio konvenos al mi.»

Ili parolis per krioj, ĉar ĉiuj ĉirkaŭ ili parolis samtempe, kaj tio similis al la bruo de granda bazaro.

«Mi atendos, ĝis li finparolos», Okonkŭo pensis. «Tiam mi parolos.»

«Sed kiel vi scias, ke li parolos kontraŭ milito?» Obierika demandis post iom da tempo.

«Ĉar mi scias, ke li estas malkuraĝulaĉo», Okonkŭo diris. Obierika ne aŭdis la ceteron, ĉar tiumomente iu malantaŭ li tuŝis lian ŝultron, kaj li turniĝis por premi la manojn kaj interŝanĝi salutojn kun kvin-ses amikoj. Okonkŭo ne turniĝis, kvankam li rekonis la voĉojn. Li ne estis en la humoro por interŝanĝi salutojn. Sed unu el la viroj tuŝis lin kaj demandis lin pri la homoj de lia domaro.

«Ili fartas bone», li respondis seninterese.

La unua homo, kiu parolis al Umuofia tiumatene, estis Okika, unu el la ses malliberigitaj. Okika estis grava homo kaj oratoro. Sed li ne havis la sonoran voĉon, kiun la unua parolanto bezonas por silentigi la aliajn dum la asembleo de la klano. Onjeka havis tian voĉon; kaj tial oni petis lin saluti Umuofian, antaŭ ol Okika ekparolos.

«*Umuofia kwenu!*» li tondris, levante sian maldekstran brakon kaj puŝante la aeron per sia malfermita mano.

«*Yaa!*» Umuofia kriegis.

«*Umuofia kwenu!*» li tondris denove, kaj denove kaj denove, ĉiufoje turnante sin al nova direkto. Kaj la homamaso respondis: «*Yaa!*»

Falis tuja silento, kvazaŭ oni verŝus malvarman akvon sur muĝantan flamon.

Okika saltis surpieden kaj ankaŭ li salutis siajn kunklananojn kvar fojojn. Tiam li ekparolis:

«Vi ĉiuj scias, kial ni troviĝas ĉi tie, anstataŭ okupiĝi pri konstruado de niaj ignamejoj aŭ riparado de niaj kabanoj aŭ ordigado de niaj domaroj. Mia patro kutimis diri al mi: ‹Kiam ajn vi vidas bufon, kiu saltadas en plena taglumo, sciu, ke io minacas ĝian vivon.› Kiam mi vidis vin ĉiujn, kiuj amase alfluas al ĉi tiu kunveno tiel frue en la mateno, mi sciis, ke io minacas nian vivon.» Li paŭzis dum momenteto, kaj poste rekomencis:

«Ĉiuj niaj dioj larmas. Idemili larmas. Ogŭugŭu larmas. Agbala larmas, kaj ĉiuj aliaj. Niaj mortintaj patroj larmas pro la hontinda sakrilegio kiun ili suferas, kaj pro la abomenaĵo, kiun ni ĉiuj vidis per niaj okuloj.» Li haltis denove por firmigi sian tremantan voĉon.

«Ĉi tiu estas granda kuniĝo. Neniu klano povas fieri pri pli grandaj nombroj aŭ pli granda kuraĝo. Sed ĉu ni ĉiuj ĉeestas? Mi

demandas al vi: Ĉu ĉiuj filoj de Umuofia ĉeestas kun ni ĉi tie?»
Profunda murmuro kuris tra la homamaso.

«Ili ne ĉeestas», li diris. «Ili rompis la klanon, kaj disiris laŭ siaj malsamaj vojoj. Ni, kiuj troviĝas ĉi tie ĉi-matene, restas fidelaj al niaj patroj, sed niaj fratoj forlasis nin kaj aliĝis al fremduloj por makuli sian patrujon. Se ni batalos kontraŭ la fremduloj, ni trafos niajn fratojn, eble verŝos la sangon de klanano. Sed ni devos fari tion. Niaj patroj neniam imagis tian aferon, ili neniam mortigis siajn fratojn. Sed blankulo neniam venis al ili. Do, ni devas fari tion, kion niaj patroj neniam estus farintaj. Oni demandis al Eneke la birdo, kial li ĉiam flugadas, kaj li respondis: ‹La homoj lernis pafi sen maltrafi sian celon, kaj mi lernis flugi sen paŭzi por ripozi sur brancêto.› Ni devas elradikigi ĉi tiun malbonaĵon. Kaj se niaj fratoj prenos la flankon de la malbono, ni devos elradikigi ankaŭ ilin. Kaj ni devas fari tion *nun*. Ni devas forŝoveli tiun akvon, nun kiam ĝi altiĝis nur ĝis niaj maleoloj...»

Tiumomente estis subita agitiĝo en la homamaso, kaj ĉies okuloj turniĝis en la saman direkton. Estis akuta kurbiĝo en la vojo, kiu kondukis de la bazarplaco al la kortumo de la blankuloj, kaj post tio al la rivereto. Tial neniu vidis la alproksimiĝon de la kvin kortumaj mesaĝistoj, ĝis ili venis ĉirkaŭ la kurbiĝo, nur kelkajn paŝojn for de la rando de la homamaso. Okonkŭo sidis ĉe la rando.

Li saltis surpieden, tuj kiam li vidis, pri kiu temas. Li frontis la ĉefmesaĝiston, tremante pro malamo, ne povante eligi eĉ unu vorton. La homo ne timis, sed restis sur sia loko, kun siaj kvar viroj viciĝintaj ĉe lia dorso.

En tiu mallonga momento, la mondo ŝajnis halti, atendante. Estis absoluta silento. La viroj de Umuofia kunfandiĝis en la mutan fonon de arboj kaj gigantaj lianoj, atendante.

La sorĉon rompis la ĉefmesaĝisto. «Lasu min trairi!» li ordonis.

«Kion vi volas ĉi tie?»

«La blankulo, kies potencon vi mem tro bone konas, ordonas, ke ĉi tiu kunveno finiĝu.»

Per fulma movo Okonkŭo elingigis sian maĉeton. La mesaĝisto kaŭris por eviti la trafon. Estis senutile. La maĉeto de Okonkŭo du fojojn malleviĝis, kaj la kapo de la viro kuŝis apud lia uniforme vestita korpo.

La atendanta fono saltis en tumultan vivon, kaj la kunveno finiĝis. Okonkŭo staris, rigardante la mortan viron. Li sciis, ke Umuofia ne ekmilitos. Li sciis tion, ĉar oni lasis la aliajn mesaĝistojn eskapi. Oni ektumultis anstataŭ ekagi. Li perceptis timon en tiu tumulto. Li aŭdis voĉojn demandi: «Kial li faris tion?»

Li viŝis sian maĉeton sur la sablo kaj foriris.

Ĉapitro 25

Kiam la Distrikta Komisiito alvenis ĉe la domaro de Okonkŭo gvidante armitan bandon de soldatoj kaj kortumaj mesaĝistoj, li trovis malgrandan grupon de viroj, kiuj sidis rezignacie en la *obi*. Li ordonis al ili veni eksteren, kaj ili obeis sen kontraŭstaro.

«Kiu inter vi nomiĝas Okonkŭo?» li demandis pere de sia interpretisto.

«Li ne estas ĉi tie», Obierika respondis.

«Kie li estas?»

«Li ne estas ĉi tie!»

La Komisiito koleriĝis kaj lia vizaĝo ruĝiĝis. Li avertis la virojn, ke se ili ne tuj venigos Okonkŭon, li ĵetos ilin ĉiujn en malliberejon. La viroj murmuris inter si, kaj Obierika parolis denove.

«Ni povas montri al vi, kie li troviĝas, kaj eble viaj homoj povos helpi nin.»

La Komisiito ne komprenis, kion Obierika intencis per la vortoj «eble viaj homoj povos helpi nin». Unu el la plej incitaj kutimoj de ĉi tiuj homoj, li pensis, estas ilia amo pri superfluaj vortoj.

Obierika kun kvin-ses aliaj kondukis ilin. La Komisiito kaj liaj homoj sekvis, tenante pretaj siajn pafilojn. Li jam avertis Obierikan,

195

ke se li kaj liaj kunuloj provos superruzi ilin, ili estos pafitaj. Kaj do, ili ekiris.

Estis malgranda veprejo malantaŭ la domaro de Okonkŭo. La sola enirejo el la domaro en tiun veprejon estis tra malgranda ronda truo en la ruĝargila muro, tra kiu la kortobirdoj eniris-eliris, senĉese serĉante manĝaĵojn. La truo estis tro malgranda por ke homo trairu ĝin. Al tiu veprejo Obierika kondukis la Komisiiton kaj liajn homojn. Ili iris ĉirkaŭ la rando de la domaro, restante proksime al la muro. Oni aŭdis neniun bruon krom iliaj piedoj, kiuj subtretis sekajn foliojn.

Ili atingis la arbon, de kiu pendis la korpo de Okonkŭo, kaj ili haltis kvazaŭ ŝtoniĝinte.

«Eble viaj homoj povas helpi nin tiri lin malsupren kaj enterigi lin», Obierika diris. «Ni alvokis fremdulojn el alia vilaĝo, sed verŝajne ili bezonos sufiĉe longan tempon por alveni.»

La Distrikta Komisiito tuj ŝanĝiĝis. La rigoran administranton anstataŭis studento de primitivaj kutimoj.

«Kial vi ne povas mem malsuprentiri lin?» li demandis.

«Tio estas kontraŭ nia kutimo», unu el la viroj diris. «Detrui sian propran vivon estas abomenaĵo. Tio estas ofendo kontraŭ la Tero, kaj la homo, kiu faras tion, ne estos enterigita de siaj klananoj. Lia kadavro estas fiaĵo, kiun nur fremduloj rajtas tuŝi. Tial ni petas viajn homojn malsuprenigi lin, ĉar vi estas fremduloj.»

«Ĉu vi enterigos lin kiel ĉiun alian homon?» la Komisiito demandis.

«Ni ne rajtas enterigi lin. Nur fremduloj povas. Ni pagos viajn homojn, por ke ili faru tion. Kiam li estos enterigita, ni plenumos nian devon al li. Ni faros oferojn por purigi la malsanktigitan grundon.»

Obierika, kiu senĉese rigardadis la pendantan korpon de sia amiko, subite turniĝis al la Distrikta Komisiito kaj diris furioze: «Tiu homo estis unu el la plej elstaraj viroj en Umuofia. Vi pelis lin mortigi sin; kaj nun li estos enterigita kiel hundo...» Li ne povis diri pli. Lia voĉo tremis kaj sufokis liajn vortojn.

«Silenton!» kriis unu el la mesaĝistoj, tute senbezone.

«Malsuprenigu la korpon,» la Komisiito ordonis al sia ĉefa mesaĝisto, «kaj portu ĝin kaj ĉiujn ĉi tiujn homojn al la tribunalo.»

«Jes, sinjoro», la mesaĝisto diris kun soldata salutgesto.

La Komisiito foriris, kunportante tri-kvar el la soldatoj. De multaj jaroj li penadis por porti la civilizon al diversaj partoj de Afriko, kaj dum tiuj jaroj li lernis multajn aferojn. Unu el tiuj estis, ke Distrikta Komisiito neniam devas okupiĝi pri tiel sendignaj detaloj kiel tiri malsupren kadavron el arbo. Tia atento donos al la indiĝenoj malaltan opinion pri li. En la libro, kiun li planas verki, li emfazos tiun fakton.

Dum li marŝis reen al la kortumo, li pensis pri tiu libro. Ĉiu tago alportas al li iom da nova materialo. La rakonto pri ĉi tiu viro, kiu mortigis mesaĝiston kaj pendumis sin, estos interesa legaĵo. Oni preskaŭ povus verki pri li tutan ĉapitron. Aŭ eble ne tutan ĉapitron, sed ĉiuokaze ampleksan alineon. Estas tiom da aliaj aferoj por enmeti, kaj necesas esti rigora pri fortranĉo de detaloj. Li jam elektis la titolon de la libro, post longa pripensado: *La pacigo de la primitivaj triboj de Malsupra Niĝero.*

Dankoj

Dankon al miaj tri kontrolantoj, Hirotaka Masaaki (Vastalto), Renato Corsetti kaj Edmund Grimley Evans, kiuj detale kontrolis la tradukon. Mi pardonpetas al ili, ke mi ne ĉiam akceptis iliajn konsilojn.

Renato Corsetti ankaŭ tradukis la citaĵon de W. B. Yeats, kiu enkondukas la romanon.

Dankon ankaŭ al Gabriel Olubunmi Òshó-Davies, kiu konsilis pri kelkaj kulturaj specifaĵoj.

Pri la transskribo
de igbaj nomoj

Igbaj vortoj aperas kursive en la teksto, kaj ili restas en la originala formo. Estas transskribitaj nur la nomoj de la roluloj laŭ la reguloj de Esperanto. La litero w estas transskribita per ŭ, y per j, ch per ĉ, kaj j per ĝ. Tial la nomoj Okonkwo, Nwoye, Chielo kaj Ojiugo aperas kiel Okonkŭo, Nŭoje, Ĉielo kaj Oĝiugo. La akuzativa finaĵo -n estas aldonita laŭbezone al nomoj, kiuj finiĝas per -o aŭ -a (Okonkŭon, Obierikan), sed ne al tiuj, kiuj finiĝas per -i kaj -e (Ekŭefi, Nŭoje).

Pro la reguloj de Esperanto necesas ŝanĝi la akcenton en kelkaj nomoj. La nomo Obierika normale havus la akcenton ĉe la dua silabo: Obierika, sed en Esperanto tio fariĝas Obierika.

Igbaj vortoj

Agadi-nwayi. Maljunulino.

Agbala. Virino. Uzata ankaŭ rilate al viro, kiu ne prenis titolon.

Agbala do-o-o-o! ... Ezinmao-o-o-o! La pastrino alprenas la voĉon de la dio Agbala, por voki al si Ezinman.

Amadiora. La dio de tondro kaj fulmoj.

Aru oyim de de de de dei! «Saluton al la fizika korpo de amiko.» La *egwugwu* parolas per formala lingvaĵo malfacile komprenebla de ordinaraj homoj.

Chi. Persona dio, sed ankaŭ persona destino aŭ sorto.

Efulefu. Senvalora homo.

Egusi. Semoj de diversaj specoj de kukurboj kaj melonoj, uzataj por densigi supojn kaj stufaĵojn.

Egwugwu. La spirito de vilaĝo praulo, prezentata de maskita homo.

Eke. La igba semajno havas kvar tagojn: *Eke, Oye, Afo*, kaj *Nkwo*.

Ekwe. Tamburo el ligno.

Eneke-nti-oba. Speco de birdo.

Eze elina, elina! Achebe ne tradukas tiun versaĵon, kiu aludas al la rakonto pri la kortego de la formiko, menciita en la lasta frazo de la ĉapitro 4.

Ezeugo. Homo kun pastraj funkcioj.

Iba. Febro, verŝajne pro malario.

Ikenga. Ligna statuo de spirito kun kornoj, kiun Igbo tenas en sia persona sanktejo. Ĝi reprezentas ties *Chi* (personan dion), ties antaŭulojn, ties dekstran manon, potencon, sukceson kaj personajn atingojn, kaj spiritan agadon.

Ilo. Placo en la vilaĝo, kie ĉiuj renkontiĝas por ceremonioj, sportoj, diskutoj ktp.

Inyanga. Fanfaronado, sinmontrado.

Isa-ifi. Ceremonio, en kiu oni taksas la fidelecon de virino al la edzo.

Iyi-uwa. Aparta ŝtono, kiu ligas infanon *ogbanje* kun la mondo de la spiritoj. La *ogbanje* estas protektata, ĝis oni malkovras kaj detruas tiun ŝtonon.

Jigida. Ŝnuro kun centoj da malgrandaj globetoj portata ĉirkaŭ la talio.

Kotma. Tribunala mesaĝisto, afrikano dungita de la britoj por certigi obeon al la leĝoj. *Kotma* estas piĝina vorto bazita sur la angla esprimo «court messenger», t.e. kortuma mesaĝisto.

Kwenu. Krio de aprobo kaj saluto.

Ndichie. Pliaĝuloj.

Nna ayi. Nia patro, respektoplena saluto.

Nno. Bonvenon.

Nso-ani. Peko kontraŭ la ter-diino, Ani.

Nza. Malgranda, sed agresema birdo.

Obi. La granda loĝejo de la familiestro.

Ochu. Murdo aŭ neintenca mortigo.

Ogbanje. Infano regata de malica spirito, kiu forlasas la korpon de la infano kiam ĝi mortas, sed tiam eniras la uteron de la patrino por renaskiĝi en la korpo de la posta infano.

Ogbuefi. Homo kun alta titolo.

Ogene. Muzikilo, speco de gongo.

Ogwu. Sorĉo, magio.

Osu. Klaso de homoj laŭ la kulturo de la Igboj konsiderataj elpelitoj, kiuj ne rajtas havi kontakton kun aliaj klananoj.

Oye. La igba semajno havas kvar tagojn: *Eke*, *Oye*, *Afo*, kaj *Nkwo*.

Ozo. Unu el la titoloj.

Tie-tie. (Piĝina vorto el la angla *tie* (ligi).) Vito uzata kiel ŝnuro.

Tufia! Sakro.

Udu. Tamburo farita el ceramikaĵo.

Uli. Likvaĵo farita el semoj, kiun oni uzas por fari provizorajn desegnaĵojn similajn al tatuoj.

Umuada. Kuniĝo en la origina vilaĝo de ĉiuj filinoj edziniĝintaj ekster la klano.

Umunna. La granda grupo de parencoj en unu familio.

Uri. Parto de la gefianĉiĝa ceremonio, kiam oni transdonas la edzinoprezon.

Esperantaj vortoj

Aframomo. Spicaĵo el la familio de la zingibroj uzata en tropika okcidenta Afriko.

Bafia ligno. Ligno de la arbo *Baphia nitida*, kiu kreskas en centra okcidenta Afriko. La ligno havas belan koloron, kaj el la ligno kaj arboŝelo oni faras brilan ruĝan tinkturon.

Fufuo. Pasto el pistita kasavo manĝata en okcidenta Afriko.

Harmatano. Sezono en okcidenta Afriko, de novembro ĝis marto, kiam blovas seka vento portanta polvon kaj sablon el Saharo.

Iroko. Granda arbo kun malmola ligno, *Milicia excelsa*, kiu kreskas laŭ la okcidenta bordo de tropika Afriko. Ĝi estas uzata por fari meblojn, boatojn, plankojn ktp.

Kapok-arbo. *Ceiba pentandra*, arbo kies semujo enhavas silkecan lanugon uzatan por remburi kusenojn, matracojn k.s.

Kolanukso. La semo de diversaj afrikaj arboj, ĉefe *Cola acuminata* kaj *Cola nitida*. La nukso enhavas kafeinon, kaj oni maĉas ĝin en multaj okcidentafrikaj landoj. Ofte oni prezentas ĝin por bonvenigi vizitantojn.

Kuirbanano. Parenco de banano malpli dolĉa, kutime kuirita antaŭ la manĝado.

Muĝilo. Antikva muzikilo uzata de pluraj popoloj tra la mondo, kutime nur por sanktaj ritoj. Ĝi konsistas el plata lignopeco fiksita al ŝnuro. Kiam oni svingas la ŝnuron en cirkloj, ĝi eligas laŭtan, vibran zumadon, kiu estas aŭdebla trans longaj distancoj.

Taro. Manĝebla kolokazio, *Colocasia esculenta*. Ĝi havas amelriĉan bulbotuberon, kiun oni kuiras laŭ simila maniero kiel terpomojn. Oni manĝas la foliojn kiel legomon.

Udalarbo. Arbara fruktarbo, *Gambeja albida*, kiu kreskas multloke en tropika Afriko. En la igba lingvo ĝi nomiĝas *udala* aŭ *udara*.